大屋幸世叢刊 8

展覧会図録の書誌と感想

大屋幸世著

まえがき

　美術展覧会などの図録の書誌作製の試みは、いままでなかったのではないか。私はこのような試みがなくてはならないと思っている。実はひとつ心配していることがある。現在、日本で刊行、出版されていた図書のすべては、原則として国立国会図書館へ納本することが義務付けられている。それに対して図録はどうなっているのか。国立国会図書館へ原則納められているのか。あるいは東京国立博物館、国立西洋美術館など公立の博物館、美術館へはどうなっているのか。というのも、ここ20年以前からの図録に載せられる美術研究者などの解説文は、ほとんど研究論文といってもいいほど高級なものとなっていて、美術評論、研究のための重要な資料なのである。ぜひ参照されねばならない。また図録の作品解説を読むと、そこには各作品の世界各地の展覧会出品の記録が掲載されている。すると、日本の出展記録も必要となる。そのためには図録が記録として重要な役を荷なってくる。こういう沢山の面から図録の保存は緊急の課題となってくる。現在、美術展覧会などはどの位開催されているのか。「藝術新潮」掲載の展覧会案内を見ると、月に60件近くの展覧会があるようだ。その全てに図録があるわけではなかろうが、それでも3、40冊はあるのではないか。年間にすると相当の数になる。私がここに作製した書誌掲載の展覧会の数は多分全展覧会の1％にも満たないのではないか。全展覧会の図録書誌が求められる。

　ところで書誌と言っても、私は随分手を抜いている。たとえば、儀礼的な序文はほとんど掲載しなかった。そこには政治家、外交関係者、美術館等の管理者などの名がある。また主催者は明記し

たが、官庁、大使館などの後援機関の名称も省いた。しかし、その展覧会の社会的、政治的背景を示すこれらは、完全な書誌のためにはぜひ記載しなくてはならない。これらは後来の完全な書誌を作製する人のために残して置いた。

　ところで〈感想〉として、私の展覧会に対する感想を置いた。繁、簡さまざまである。なかにはピカソに対する疑義、横山大観作富士図に対する批判など、いらざることも書いた。これらは、客観的であるべき書誌を汚すものであるかも知れない。孔子は70にして矩を越えずと言った。私のこの〈感想〉は明らかに矩を越えている。しゃべり過ぎている。しかし70を越え、75歳に近くなった私としては、言いたいことを言うことは許されると考える。老いの繰り言である。私は文学を専門として学んできた。しかし過去を振り返ると、文学とともに、あるいはそれ以上に美術作品に接して来た。音楽がそれに次ぐ。そういう私にとって、多分これが最後になるだろう、私の美術観を思っきり述べたのである。何等新見があるわけはない。あたり前の美術評価かも知れないが、書き残したまでである。

　　2015年5月　　　　　　　　　　　　　　　　大屋幸世

展覧会図録の書誌と感想
目　次

まえがき ………………… 1

1．1970年代以前 ……………… 5

2．1980年代前半 ……………… 20

3．1980年代後半 ……………… 46

4．1990年代前半 ……………… 84

5．1990年代後半 ……………… 119

6．2000年代前半 ……………… 175

7．2000年代後半 ……………… 214

8．2010年代前半 ……………… 254

掲載図録リスト ……………… 262

1．1970年代以前

ボナール展

1968年3月20日―5月3日
国立西洋美術館
主催・国立西洋美術館　毎日新聞社
1968年5月11日―6月16日
京都国立近代美術館
主催・国立西洋美術館　京都国立近代美術館　毎日新聞
ボナールの世界　富永惣一

　正直、現在から見ると、富永惣一の文は何ら有益ではない。かつての西洋美術史家、評論家はこの程度の文で許されていたのだ。隔世の感がある。図録のはじめに、有名な写真家カルティエ・ブレッソンのボナールの2つの肖像写真が掲載されている。1945年頃の晩年の写真は見るに値する。この図録の残念なところは、全体の3分の2がモノクロ版であることだ。1890年代の「若い娘の像」「ネコ」「パリの生活」などは原色版であれば、前期のボナールを好む私にはより印象的であると思える。それはともかく、図録を一覧すると、一見水彩画のように見えるものもあるが、一方で、どこかに沈んだような色彩を用いてところもあり、ボナールの色についての追求を感得せしめる。1947年の作まであるが、46年の「サーカスの馬」は、人間によって飼育されて来た馬の存在を描いて好作品である。巻末の作品解説はボナールの技法を中心にしていて好感が持てる。最後に「ボナールの言葉」が添えられ、また「みづゑ」「美術手帖」などのボナールの論を中心にした「文献目録」があり、参考になる。

近代美術史におけるパリと日本

昭和48年9月15日—11月4日
東京国立近代美術館
昭和48年11月10日—12月16日
京都国立近代美術館
序・三木多聞

　三木多聞の序は儀礼的なものではなく、ローランス・コランからの習得からの始め、黒田清輝、印象派、エコールド・パリ、フォヴィスムなどをとり上げ、日本とパリの関係を記している。ただ原色版がコラン、マチス、梅原龍三郎、佐伯祐三ら5点に過ぎず、残りはすべて単色版であるのが残念である。そのなかには山下新太郎、安井曾太郎、川島理一郎、久米桂一郎などの、余り観ることのない絵もある。またヨーロッパの画家でもルノワール、ドガ、ゴーガン、デュフィ、ピカソも展示されている。こうして展示作品を見ると、昭和48年という時点では相当レベル高く、また啓蒙的でもあり、野心的な展覧会ではなかったか。ただ、画家などの解説はあるが、作品解説が一切ないのも、図録の時代性を思わせる。

　なお、彫刻も出品されていて、ロダン、ブールデル、マイヨール、ザッキンはもちろんこと、日本の彫刻家も荻原守衛、高村光太郎、戸張孤雁、中原悌二郎、清水多嘉示、渡辺義知、保田章門、高田博厚、山本豊市ら、見逃がせない作品が展示され、これも野心的と評価できる。

小倉遊亀展

　昭和50年3月20日（木）—25日（火）
　日本橋・高島屋
　昭和50年4月3日（木）—8日（火）

1. 1970年代以前

四条・高島屋
主催・朝日新聞社
小倉遊亀女史の絵　梅原龍三郎／小倉遊亀回顧展に寄せて　富安風生

　小倉遊亀作品には代表作が多い。「O夫人坐像」「径」「聴く」とあげられるが、ほかの作も代表作と言い得るものがある。それぞれが作として突出しているのである。しかし、小倉遊亀の作の特質は何かと問われると難しい。ひと言で言えば、とぼけた味わいとなろうか。しかし、それは美術批評の言葉でないのはわかっている。ちょうど俳人の富安風生がかなり長い文を寄せていることと関連づければ、遊亀の姿勢には、俳諧的に一歩対象と距離を置いたところがあるのではないか。人物像にある一種の諧謔性もそれに由来しないだろうか。

ホドラー展

1975年4月5日（土）—5月25日（日）
国立西洋美術館
1975年6月7日—7月20日（日）
京都市美術館
主催・国立西洋美術館　スイス・プロヘルヴェテア文化財団　京都市　朝日新聞社
ホドラーについて　山田智三郎／フェルディナント・ホドラーの作品　ユラ・プリュシュヴァイラー

　スイスが生み、生涯の大半をジュネーヴで過したホドラーは「最も偉大なスイス的天才」と評されているが、日本人はあまり知るところはないだろう。表現派の先駆とも言われているが、単に表現派ではすまないものがある。図録の大半は白黒版であるのが残念だが、その画面は時にレアリスティックで、時に装飾的で、と

いった風にその画風は様々であるが、至って衝撃的である。解説者は「象徴的表現主義」と言うが、そうとも言わねばならないところがある。ホドラーについては、プリュシュヴァイラーの7頁に亘る文がよくその本質をえぐりつつ伝えている。

ホドラー展の再開を待ちたいと思うのは、私だけではあるまい。

ハマー・コレクションによる　泰西名画展

1975年9月20日（土）―11月3日（月・祝）
　　西武美術館
　　主催・読売新聞社　西武美術館　日本テレビ
　　序文　ジョン・ウォーカー／序文　フランソワ・ドールト／
　　序文　デニス・サットン

序文をあえて記したのは、その蒐集、コレクションの意義について詳述しているからである。アーマント・ハマーは、オクシデンタル石油会社の社長で、1960年以降に蒐集を始めたと言う。図録はレンブラント、ルーベンス、フラゴナール、ゴヤと続くが、ついでゴッホ、モネ、ルノアール、セザンヌなど、そしてモロー、モディリアニ、ルオーである。これはなんだとなる。古めかしく《泰西名画》という言葉を用いざるを得なかったろう。ここには何ら蒐集の哲学がない。有名画家なら何でもいいと言うだけではないが、金持ちの道楽と評しても間違いあるまい。

ドイツ・リアリズム1919－1933

1976年1月24日（土）―3月21日（日）
東京国立近代美術館
1976年4月1日（木）―5月16日（日）
京都国立近代美術館
　　主催・東京国立近代美術館　京都国立近代美術館　日本経済

1．1970年代以前

新聞社　ベルリン国立美術館
1919年から1933年までのドイツ・リアリズム美術の諸側面
ローラント・メルツ

　巻頭のゲオルグ・グロスは知っているが、その「パリ1925」は、リアリズムというより諷刺画であって、この図録の多くを占めるのも、諷刺画、あるいは一面を誇張したゆがんだリアル性といった、一般的に言うリアリズムとは相違する。しかし、この時代のドイツの美術状況はうかがえて関心は寄せられる。しかし、美術作品としての価値については疑問は持つ。なお作家略歴は年代記的になっていて詳細である。年表がまた詳細で、当時のドイツの政治、経済的状況がよく分かる。

　こういう展覧会にも時代性があろう。なお図録にはドイツ民主共和国所蔵となっている。

近代絵画の名作にみる日本の四季展

昭和51年4月23日—5月5日
　新宿・伊勢丹
　主催・読売新聞社
　「日本の四季」　田中　穣

　上村松園、北川民次、橋本明治、岡鹿之助と並ぶのだが、どういう意図でこう並ぶのか、それがわからない。日本の四季というが、民次にしろ、明治にしろ、その絵に四季感はない。佐伯祐三、中村彝などは確かに名作であるが、これらの絵にも季節感はない。いい作品が招来されているが、展覧会の意図はただ名作を蒐め、並べたのみとしか言いようがない。

シャガール展

1976年8月21日—9月23日　東京国立近代美術館

主催・東京国立近代美術館　読売新聞社　京都展　1976年9月26日―10月21日　京都市美術館　主催・京都市　読売新聞大阪本社　読売テレビ放送　名古屋展　1976年11月7日―11月16日　愛知県美術館　主催・中部読売新聞社　読売新聞社　中京テレビ放送　熊本展　1976年11月20日―12月26日　熊本県立美術館　主催・熊本県教育委員会　熊本県美術館　読売新聞西部本社　テレビ熊本
序文　ジャン・レイマリイ／シャガールのメッセージ　穴沢一夫

　日本ではシャガール展はどれ位催されているのだろうか。私にとって、シャガールとは長い付き合いだが、いまだ飽きることはない。そしてあまり語りたくはない。シャガールは自らの作を「心霊的な構築」と言っているが、私にあっては「心霊的な色彩」でもある。

ドガ展

1976年9月23日（木）―11月3日（水）
池袋・西武美術館
主催・読売新聞社　西武美術館
1976年11月7日（日）―12月10月（金）
京都市美術館
主催・京都市　読売新聞大阪本社　読売テレビ放送
1976年12月18日（土）―1977年1月16日（日）　福岡県文化会館
主催・福岡県文化会館　読売新聞西部本社　FBS福岡放送
序文　フランソワ・ドールト／ドガと女性　デニス・サットン／ドガとダンス　アントワーヌ・テラス／ドガと馬　ピエール・キャンパンヌ／ドガと永遠性　高階秀爾

1．1970年代以前

　初期の一種透明性を持った肖像画と、ドガの著名な踊り子の姿など、油絵の展示作品はあまり多くはない。パステル画とデッサン、数多くの彫刻作品、それらが展示作品の中心である。彫刻作品は、躍動感あふれるもので、動きのあるドガ作品の特質を表現している。ドガ作品の多方面の問題性は、寄稿家諸氏の文がよく語っている。

フォンタネージ、ラグーザと明治前期の美術

1977年10月7日—11月27日
東京国立近代美術館
1977年12月9日—1978年1月22日
京都国立近代美術館
アントニオ・フォンタネージー〈真実〉の詩情と風景の構築　アンジェロ・ドラゴーネ／明治以前の洋画　岩崎吉一／明治初期の洋画　市川政憲／ラグーザと日本の彫刻　三木多聞

　多分、このような展覧会は今後日本では開催されないのではなかろうか。フォンタネージやラグーザを知る人は少なくなったろうし、関心を寄せる人もほとんどいなかろう。フォンタネージの作品が、100点近く招来されている。その多くはトリノ市近代美術館とトリノの個人蔵なのである。よくこれほど蒐めたと言える。しかし、フォンタージの風景は単なる風景ではなく、9頁に亘る解説を寄せているドラゴーネが指摘する「画家が自分の内に練り上げた集成的発想」であって、「風景主義や漠然とした写真主義の矮小化した感覚を避けている」もので、その点で再検討されなくてはならない要素がある。そのことは数多くの、この図録掲載のフォンタネージ作品が示している。それがどのように、当時の日本の洋画家を刺激したか、これもまた、この展覧会に招来された数多くの作品に観なければならないだろう。実に多くの作品が

展覧された。その内には、高橋由一「鮭」「花魁図」、原田直次郎「靴屋の阿爺」「騎龍観音」などの傑作や浅井忠、五姓田義松、小山正太郎(「川上冬崖像」)、松岡寿、川村清雄などの絵がある。これほどの作を今現在、招来し得るであろうか。現在の展覧会は、人を呼ぶため、ある衝撃性をもったものでないと開催されていないようにも見受けられる。このようなある落着きを要する展覧会は現在では不可能になりつつあるようだ。

　ラグーザの彫刻作品は8点でしかないのが惜しまれるが、表情豊かな佳品である。

ヘンリー・ムーア　素描と彫刻展

　福島展　1978年1月21日(土)—2月12日(日)　いわき市文化センター　主催・いわき市民ギャラリー　いわき市立文化会館　いわき市　いわき市教育委員会　読売新聞社　石川展　1978年3月1日(水)—3月26日(日)　石川県美術館　主催・石川県教育委員会　石川県美術館　読売新聞社　石川テレビ放送　熊本展　1978年4月5日(水)—4月28日(日)　熊本県立美術館　主催・熊本県立美術館　読売新聞社　東京展　1978年4月28日(金)—5月31日(水)　西武美術館　主催・読売新聞社　西武美術館

　イギリス近代美術とヘンリー・ムーア　村木明／ヘンリー・ムーアの彫刻　この遙か向うのものを　飯田善国

　図録で見る限り、その展覧会はムーアの彫刻が中心ではなく、デッサン、素描が数多く展示されている。そして素描を観ると、そのなめらかな筆触が、人物像にある量感を与えていて、好感を持って受け止められる。彫刻にあっても、そのなめらかな曲線が全体をくるんだような面にムーア彫刻の特性があると言えよう。

1．1970年代以前

フリードリッヒとその周辺

1978年2月11日—4月2日
東京国立近代美術館
1978年4月8日—5月28日
京都国立博物館
主催・東京国立近代美術館　京都国立博物館　日本経済新聞社　ドレスデン国立美術館
カスパール・ダヴィッド・フリードリッヒとその周辺　ハンス・ヨウヒム・ナイトハルト／カスパール・ダヴィッド・フリードリッヒ―展望の構造と詩魂の形成　今道友信

　図録に「ドイツ民主共和国・ソ連・チェコスロヴァキア出品」と銘打ってあるが、ドイツ・ローマン主義の画家と言われるフリードリッヒを知る日本人は、どれほどいたろうか。まず日本ではほとんど知られていなかった画家だろう。多分、この展覧会があった後の日本でも、その事情は変わらないだろう。正直、図録には50点以上のフリードリッヒの絵画、デッサンが掲示されているが、多少の特異性のある風景画はあるが、19世紀はじめのヨーロッパにあって、傑出した画家とは、私には到底とらえることはできない。その周辺の画家たちの絵画も同様である。社会主義的リアリズムではないが、この当時の東ドイツ、ソ連、チェコで評価されていたのだろうと、そういう限定付きの時代性を感じさせるだけの展覧会としか思えない。

ハンガリー国立美術館展

昭和54年3月1日—3月19日　伊勢丹・新宿店　昭和54年3月27日—4月22日　北九州市立美術館　昭和54年4月28日—5月27日　奈良県立美術館　昭和54年6月2日—7月1日　神奈川県立近代美術館

主催・毎日新聞社　北九州市立美術館　奈良県立美術館　神奈川県立近代美術館　日本対外文化協会　ハンガリー文化交流協会　ハンガリー・ナショナル・ギャラリー　ブタペスト美術館
ヨーロッパ絵画の概観　マリアンナ・ハラスティ＝タカーチ／ハンガリー絵画の概観　エヴァ・ボドゥナール

　面白いのは、巻末に組織委員の名簿が掲載されているが、私が知る人名として、外務大臣園田直、日本対外文化協会会長松前重義、東京大学名誉教授脇村義太郎、コミッショナーとして神奈川県立近代美術館長土方定一がある。錚錚たる名である。かつての美術展覧会には、こういう人たちが参画していたのだ。ところで、この展覧会に出品しているのは、ハンガリーのブタペスト美術館とハンガリー・ナショナル・ギャラリー館である。現在ではほとんどとり上げられる美術館ではない。このあたり日本において反省すべき余地がないか。ここ２、30年、日本で開催されるのは、フランス、イタリア、オーストリア、イギリス、アメリカの美術館の展覧会に片寄っていないかという点である。たしかにその国の美術館は優品は多いし、観客は呼べる。しかし、もっと眼を開ければ、何か得るところはあるのではないか。たとえば、たしかに図録を見ると、16、7世紀のヨーロッパ絵画の展示には、それほど傑出した作品はないし、私にあっては未知の画家が多い。しかしマニャスコ「異端審問」（17世紀）は画材の特殊性だけではなく、その拷問の様の描写は単に記録という以上のリアリティーがある。またゴヤの「追剥い」は、こういう画材に対するゴヤの筆致を生に感得できる。ところで、展示作品の半ば以上はハンガリー画家の作品だが、1885年から1900年位までの作品には、注意が注がれる。たとえば、日本では全く知られていないムンカーチという画家の作品などはもっと注意されていい。「暗い路地」

1．1970年代以前

（1871）や「飲んだくれの亭主―村のならず者」（1870―72）にリアリティーかあり、当時のフランス画壇の絵画のなかにあっても傑出した作ではあるまいか。こういう発見のある、広く知られていない美術館の展覧会には、もっと眼を向けるべきだろう。

奥村土牛

1979年3月31日―5月27日
山種美術館
　　主催・山種美術館　日本経済新聞社
　　土牛画伯の芸術　河北倫明／土牛先生の気裏　飯島勇／土牛先生の身辺雑記　千明三郎／土牛先生の素描　佐々木直比古
　正直言って、絵画について何かを語るのはむつかしい。ましてや、絵画を専門に研究したわけでもない人間にあっては、いい絵画を観ても、ただ沈黙することしかできない。しかし、絵画の専門家と目される人でもどうかと私は思う。たとえば、この土牛展の開催当時、よく名前を見る、河北倫明であっても、この土牛図録の冒頭文を読んでも、土牛絵画について全幅的に論じているかには疑問がある。すなわち、土牛は古径から「いかにも精神的な高いもの、内面性のゆたかな清らかで香り高いもの」を感化されたというが、この言辞の何と空疎なものであるかは、「精神的」とか「内面性」、「清らかで香り高い」とか、ほとんど何も語っていないに等しいことがわかろう。彼は「土牛式画法」というが、どういう画法かは何ひとつ記していないのだ。私も土牛の日本画を好むし、高く評価しているが、語るべき言葉は持ち合わせない。土牛の一生は長い。この展覧会が開かれた1979年、まだ90歳で現役である。1978年作の「僧」が原色で本図録に掲載さ れいるが、この絵にも土牛はたしかにいる。土牛というと写生を言う人は多い。本図録でも、飯島勇も佐々木直比古も〈写生〉を指摘してい

る。それは明治38年の梶田半古、古径の元にあって以来の、土牛の軌跡を追わねばならないが、それは実に長い。戦後というか、土牛の絵というと、1956年の「踊り子」、それ以上の作として、1969年の「朝市の女」が名高い。しかし、これを写生とのみは言えまい。「朝市の女」は土牛芸術の頂点と評し得るが、これをどう言説し得るかは、私にはむつかしい。画題は平凡、別に言うべき言葉は見当らない。筆触もこれと言って特異と指摘すべきところはない。しかし傑作であるゆえんはそこにあるのではないか。「朝市の女」というとり立てて表現すべきもののない対象を、さり気ない筆致で、それをひとつ距離を置いて描出すること（写生の極致かも知れない）、それがこの画を観る人を惹きつける何か、一脈ぼっけとしたような存在感たらしめているのではないか。土牛に対しては、平凡なことしか今は言えない。河北倫明を批判することも止めねばならないかも知れない。

ボストン美術館秘宝展　コローからブラックまで

1979年7月28日（土）—9月18日（火）　池袋・西武美術館
1979年9月29日（土）—10月31日（水）　名古屋市博物館
1979年11月13日（火）—1980年1月15日（火）　出品作品について　アン・レ・プゥレー／フランス絵画とボストン　アレクサンドラ・R・マーフィー

文字通りコローからブラックまでの「フランス絵画の巨匠展」である。それも1画家1作品と限定せず、たとえばコロー7点、ミレー3点、モネ7点、ルノアール4点など、画家を多様に観ることもできる。もちろん1点という画家もいるが、これらの作品を観ることによって、1900年前後までのフランス絵画の世界を概観できる。巻末の作品解説は非常に詳細であって、作品の核心を突いている。なお、アレクサンドラ・M・マーフィーの論は16頁

1．1970年代以前

に及ぶもので、アメリカへのフランス美術作品の移入史、ひとつの物語として読める関心を寄せるべきものとなっている。

モネ・ルノアール・ボナール展

1979年8月31日—9月19日
渋谷・東急百貨店
主催・東京新聞
序文 富永惣一／アルジャントゥイユにおけるモネとルノアール　チャールズ・S・モフェット／光の画家　色彩の画家　木島俊介

よく分らない展覧会である。モネとルノアールが1874年に描きに行ったアルジャントュイユについては、モフェットの文が語っているが、その年のモネとルノアールの作が展示されているわけではない。ただ、この3者の作品が蒐集されて展示されたというだけであって、この3者の関係性、作風のかかわりなどについては一言もないし、作品解説もただ客観的なことを記すだけである。展覧者は、この3者の多くの作品を観たことを眼福とすべきなのだろう。

明治・大正から昭和へ　近代日本美術の歩み展

1979年9月1日（土）—9月30日（日）
東京都美術館
主催・東京都美術館　朝日新聞社
1979年10月6日（土）—10月28日（日）
京都市美術館
主催・京都市　朝日新聞社
近代日本美術の流れ（試論）　嘉門安雄

高橋由一の「鮭」('77) を一番にして、以下この画家のこの作

品と、ひとつひとつ上げるまでもなく、いわゆる近代日本絵画史上で名作、傑作、問題作と評価される作品が網羅されているのである。どのような力でこれらの作品を招来したのか、現在ではこれだけの作品を蒐めるのは不可能ではないか、という疑問や嘆息が洩れるほどである。図録の半ばは白黒版でそれが惜しまれるが、しかし、この展覧会に足を運んだ人たちは、眼福という以上のものを得たのに相違ない。なお、著名な宮本三郎「山下・パーシバル両中将会見図」（'42）も展覧されている（図録では原色版）。戦争画の受容のひと駒として記録されねばならない。このことは、ほかの作品についても言える。

前田青邨遺作展

　昭和54年9月20日（木）—10月2日（火）　日本橋・高島屋
　昭和54年10月4日（木）—10月16日（火）　四条・高島屋
　昭和54年10月18日（木）—10月23日（火）　なんば・高島屋
　昭和54年10月27日（土）—11月6日（火）　丸栄（名古屋）
　昭和54年11月8日（木）—11月13日（火）　高島屋（横浜）
　主催・朝日新聞社
　前田青邨の芸術　河北倫明

　前田青邨は晩年に至るまで代表作と評し得る作品を描き続けたと言ってよいと私は思う。京の町を俯瞰した「京八題」（大正5年）の大胆な構図は今に至っても古びない。画を観ているらしい女性たちの立像を描いたにすぎぬような「観画」（昭和11年）の斬新さ、「祝日」（昭和17年）の肖像画のとぼけた味わい、「応永の武者」（昭和22年）の華やかな武者振り、「Y氏像」（昭和26年）の構図によって人物を浮かび上がらせる方法の見事さ（昭和36年の「白頭」も同じ）、「石棺」の大胆な配置、こうあげてくれば、それぞれ青邨の代表作と評し得るのである。

1．1970年代以前

ルノアール展

1979年9月26日（水）―11月6日（火）
伊勢丹美術館
主催・読売新聞社
1979年11月10日（土）―12月9日（日）
京都市美術館
主催・京都市　読売新聞大阪本社　読売テレビ放送
序文：ルノアールの日課　フランソワ・ドールト／ルノワールの想い出：私の伯父・私の名付親　エドモン・ルノワール／ルノワールあるいは描くことの歓び　村木明／回想のルノアール　梅原龍三郎（談話）／華麗な色彩と自由なフォルムにたくす―官能の歓び　対談：高野三三男・久保守

　1864年の、まだルノワール的と言えない最初期の肖像画2点から、1918年までの油絵、及び19世紀のデッサン、1910年前後の彫刻と盛り沢山の作品の展覧会と言える。1869年、1870年の2つの肖像画はすでにルノワールの特徴とでも言うべき、ふくよかな像で、内部から生命的なものが滲み出ている。やがて、ルノワールは自己の絵画を獲得して行くわけだが、今それを追って行く余裕はない。私たちがルノワールに惹きつけられるのは、村木明の言う「描くことの歓び」がひしひしと私たちに伝ってくるからであり、そして「華麗な色彩と自由なフォルム」（対談の題は「官能の歓び」となっているが、私は「生きてあることの歓び」としたい。官能というより、生きてあること一般ではないか）が、私たちの生命感を鼓舞するのである。私はルノアールについてはあまり言葉を用いたくない。観る歓びのうちにいたい。

2．1980年代前半

ルドン展

1980年3月6日―25日
伊勢丹美術館
主催　東京新聞
オディロン・ルドン　ディナ・ヴィエルニ／ルドンと日本
粟津則雄

　この図録は、年代的なせいもあるが、原色版はすくない。私の好きな花瓶の花6点は原色版だが、ほかの問題作は単色で、内部の闇に色彩が沈み込んでいるような、ルドンの特質がとらえることができない。しかし、ルドンの一種無気味とも言える作品の世界は単色でもうかがい知ることはできる。しかし、ルドンの世界は、一般に広く受け容れられるものでないことは、この図録でもわかる。なお粟津則雄の言説は、日本の画家たちの早くからの受容をよく追っている。

郷愁に生き愛を讃う　巨匠シャガール展

　1980年5月22日（木）―6月3日（火）　日本橋高島屋　1980年6月7日（土）―6月29日　大分県立芸術会館　1980年7月4日（金）―7月22日（火）　盛岡・岩手県民会館　1980年7月24日（木）―8月5日（火）　立川高島屋　1980年8月7日（木）―8月19日（火）　玉川高島屋　1980年8月21日（木）―9月2日（火）　京都高島屋　主催・読売新聞社
シャガールの世界　瀬木慎一／愛の秘蹟　瀧口修造／シャガール私観　ヴェルコール

　1920年代までの作品は5点のみで、1950年代以降の作・特に1970代のものが多い。後半はリトグラフが、これも1960年代以降の作

2．1980年代前半

で占められている。油彩は正しく色彩の乱舞であり、リトグラフは赤色中心で、それが目を射る。リトグラフは愛の世界と、聖書の世界とである。まさに幸福感に満ちている。

エルテの世界展

昭和55年9月18日（木）―10月5日（日）
新宿・伊勢丹美術館
主催・東京新聞

1892年生れのエルテについて知るところは、私には一切ない。アール・デコのファッション・イラストレーターとのことである。アール・デコの一端を観ることのできる展覧会である。アール・デコとしても装飾性が過ぎるとも言える。1つの資料とはなろう。

ヴァンダーリッヒ展
―夢とエロスの錬金術―

1980年11月5日（土）―12月17日（水）
西武美術館
主催・西武美術館
イメージの解剖学　岡田隆彦

現在ヴァンダーリッヒという、20世紀の野心的具象画家を知っている人はいるだろうか。その絵画から観て、現在展覧会を開いても多くの観覧者は期待できないのではないか。そういう画家をかつては西武美術館が招き、展覧会を開催したのである。隔世の感を憶えるのは私だけではあるまい。

図録冒頭の1985年作の「1944年7月20日」はまだ具象性が強く、不思議な存在感のある男性を、強く描き下ろしているが、その次の、1964年以後の彼の作品については、それぞれ衝激を私は受けるが、感想を述べるのに、私は言辞を失う。「赤いファーの上の

ヌード」とか「女性のトルソ」はまだ前世代のヌードの域を残していて何か言い得るが、ほかの作品は、展覧会の表題を借りれば、〈エロスを私は感じない〉〈夢の錬金術〉と評せばいいだろうか。一言で言えば、色彩（図録の半分はモノクロだが）と図像が夢想的であって、夢を観ているような異様な世界である。

逸翁美術館名品展
―蕪村と呉春―

昭和56年2月10日―3月22日
サントリー美術館

　私は逸翁美術館に行ったことはない。しかし、その高名のゆえんはよく知っていた。この図録の岡田利兵衛の簡略な解説によると、逸翁美術館の収蔵品、重文14点、重美20点を含むという。近世の文藝もの、美術品が中心だから国宝はないようだが、しかし国宝級のものもあると言えよう。

　この時点では仕方ないのだが、原色版は8頁でしかない。しかしそれを観ても蕪村、呉春の特色はうかがえる。白黒版を含めて蕪村画を一覧すると、俳諧方面についてはほとんど完全と言える蕪村全集はあるが、画の方は全画集というのはない。私は蕪村の全画集が欲しい。それを得て、はたして蕪村画の本質が解るかと言えば、それは私にはできない。そもそも文人画というものが、なぜ私を惹きつけるのか、そこがよくわからないからだ。この展覧会では応挙を始め、円山派、そして呉春を始祖とする四条派の画家たちの作品も展示されている（逸翁の蒐集の系統的な広さが知られる）。蕪村、呉春らこれらの多数の画家たち。その画風を生んだ社会的基盤とは何だったのか。実は私にはわからない。なぜ蕪村は隠をめぐる絵を好むのか。俳諧領域のいたって近代的な側面とは合致しないと考えるのは私だけだろうか。しかし、蕪村

2．1980年代前半

俳諧研究者の多くは、あまり蕪村画に言及することはない。総体的な蕪村を求めたい。

三輪晁勢展

昭和56年2月27日―3月4日　銀座松屋　主催・読売新聞社
昭和56年3月12日―3月17日　心斎橋・大丸　主催・読売新聞大阪本社　読売テレビ　昭和56年3月19日―3月24日　四条・大丸　主催・読売新聞　大阪本社　読売テレビ
三輪晁勢展によせて　河北倫明／三輪さんのこと　池田遙邨／あくまで華麗に入江相政／作者のことば　三輪晁勢／三輪晁勢の歩み　内山武夫

　私には三輪晁勢を評する評言がない。ある方向へと向かって行くというのではなく、三輪は、ひとつひとつの作でその個を出現させているからである。評するためには、ひとつの作について限定するしかないからである。内山武夫の文を読むしかあるまい。

中華人民共和国南京博物院藝術展覧

名古屋展　1981年3月20日―5月10日　名古屋博物館　主催・名古屋市　名古屋市博物館　日本中国文化交流協会　中日新聞社　大阪展　1981年5月19日―7月5日　大阪市立美術館　主催・大阪市立美術館　日本中国文化交流協会　中日新聞社　東京展　1981年7月17日―7月5日　伊勢丹美術館　主催・日本中国文化交流協会　東京新聞　中日新聞社
巻末に南京博物院工作委員会署名の、長文の「中華人民共和国南京博物院展総説」と題する解説文がある。
　B.C.3000年の出土品から清に至るまでの、工藝品、絵画までを展覧しているが、中心になったのはさまざまの考古学上の出土品であろう。ただ出土品の個々の解説は簡略に過ぎ、その出土の

意義がよくわからない。明、清の山水画にも私としては興味を引かれるが、当展覧会ではそれらは省いて、すべて考古学的発掘品だけに限定し、それの発展的意義に集中すべきであったろう。

フォービスムの巨星ドラン展

1981年4月9日—5月5日　日本橋・高島屋　1981年5月7日—5月19日　なんば・高島屋　1981年5月21日—6月7日　四条・高島屋　1981年6月12日—7月5日　名古屋市博物館　主催・朝日新聞社

アンドレ・ドラン—呪縛を解かれた昇天主義者　デニス・サットン／アンドレ・ドラン—その時代と軌跡　中山公男

ドランについて一様に何かを語ることはできない。フォービスムといっても、それではおおい尽せないものがある。図録には、ドランの言葉がいくつか収録されているだけで、作品解説は一切ない。巻末の作品紹介も客観的なことのみで、作品の論述はない。それができないのではないか。私もドランの前には言葉がない。本展覧会には、多くのデッサン、彫刻作品もある。ドラン理解のためにはいい展覧会である。

森田曠平展

昭和56年9月23日（日・祭）—9月29日（火）　日本橋・高島屋　昭和56年10月1日（木）—10月6日（火）　四条高島屋　昭和56年10月8日（木）—10月13日（火）　なんば高島屋　主催・日本経済新聞社

森田曠平の芸術　河北倫明／制作覚えがき　森田曠平

「開催のことば」に「森田芸術の歩みを展望する」とあるが、出展作品は、著名な昭和36年制作の「大原女」を別にすれば、すべて昭和40年以後の、森田曠平の自らの画風を確立した後の作品

に限定されている。したがって、前期の森田がどうあったかは、この展覧会では不明というしかない。

森田曠平の絵は、その人物の眼が鋭角的であるように、鋭く切り取られた、華麗さの不動の定着にあろう。「制作覚えがき」は曠平芸術を語っていて有意義である。

映丘一門　華麗なる巨匠展

昭和56年10月22日（木）―11月3日（火）
　山種美術館
　　主催・山種美術館

松岡映丘生誕百年記念の展覧会である。私としては松岡映丘とその一門として、映丘の絵も展示した方がよかったのではと思う。一門とは山口蓬春、杉山寧、橋本明治、山本丘人、高山辰雄、岩田正巳、浦田正夫、そして群像として吉村忠夫、長谷川路可、狩光雅、服部有恒、野島青茲、川本孝雄が並ぶ、これら各日本画家の作品を一覧すると、これらの人々は松岡映丘の弟子なのかという思いを抱かざるを得ない。すなわち、各人の画風はそれぞれ多士済済で、何等共有する画風というものがないからである。そこに彼らを指導した東京美術学校教授の映丘の器の広さを見て置くべきだろう。この展覧会は実に名画揃いである。たとえば杉山寧といえば、多くの人が傑作とする「野」「海女」「水」「響」を鑑賞でき、高山辰雄「砂丘」もよく知られた作品だし、彼の新境地を示す「坐す人」もあり、山本丘人「洋上の火山」「海峡」は丘人の骨太な画風が表現された作であり、このように各人の種々相に接し得るのである。展覧期間が短期であったのがおしまれる。なお、同時に山種美術館で「松岡映丘―その人と芸術―」も開催されたことを付け加えて置く。

巻末に、「松岡映丘のことば」として「絵画と民族精神」とい

う文が再録（初出不明）され、また「美術評論」30号、昭和10年9月号掲載の「国画院と帝展問題―時局問題一問一答―」（抜粋）も再掲されている。後者は反帝展の主張を述べているが、映丘の教育論とも読める。また、さらに映丘の「市川左団次と尾上菊五郎」よりとして「左団次と僕」（「現代美術」、昭15・8）も門下生教育論である。

鏑木清方展

昭和57年1月4日（月）―20日（水）　新宿小田急　昭和57年3月12日（金）―17日（水）　阿部野・近鉄　昭和57年4月2日（金）―7日（水）　三ノ宮・そごう　主催　朝日新聞社

鏑木先生と私　東山魁夷／鏑木清方の芸術　鈴木進一／飜訳臭のない近代人　山田肇

　鏑木清方の明治・大正の絵は、どこか風俗的なものがある。たとえば、本図録の巻頭は「黒髪」（大6）と題する四ッ折になった画だが、日本画家の作としてはどこか弱い。然し、私は《風俗》という言葉を、清方を貶めるために用いたのではない。たとえば「たけくらべ」（明29）の絵には、その《風俗》が見事に生きているのである。私は著名な「一葉女史の墓」（明35）は感傷性が勝っていて高く評価しないが、清方画はこの感傷性が問題になろう。この感傷性の極致で、ひとつの画になったのが、「築地明石町」（昭2）であろうか。私もこの絵は高く評価したい。この図録にはその下絵の掲示もあるが、その下絵もまたいい。私は昭和期の清方はその感傷性から脱する方向と思う。美人画もひとつの気品というものが付されて来る。肖像画（「藤懸博士像」など）もひとつの達成感がある。

2．1980年代前半

ルーベンスとその時代

1982年4月10日—5月5日
西武美術館
　主催・東京新聞　ベルギー・フラマン文化省　西武美術館
　序文　フランス・ボードワン／ルーベンス工房と同時代の版画　坂本満

　ルーベンスの絵画は5点で、私の観るところ、「ピーテル・ペテウスの肖像」のほかは名作はないと思う。同時代のほかの作品に注目すべきものが多く、ステルマンス「トスカナ大公妃ヴィットリア・デュラ・ローヴェルの肖像」や「老婦人の肖像」は、西欧肖像史のなかで意味あろう。特に後者（本来は固有名詞があったのだろう）は、決して美しくはない像をリアルに描いて問題にしたい。デニールス（子）の「レオポルト＝ウィリアム大公のギャラリー」は画中の多くの絵画が掲示されていて、同一趣向のものがほかにあったとの記憶もあり、画中の絵画として注意される。ヴァン・ダイク、デ・ヴォスの肖像もリアルで面白い。半分以上はデッサンやエッチングなどであるが、そのなかに当時のルーベンスの邸を描いた作が2点ある。ずい分立派な居宅であるのに驚く。

プーシェ展

1982年4月24日—6月23日
東京都美術館
　主催・東京都美術館　日本テレビ放送網　読売新聞社
1982年7月3日—8月22日
熊本県立美術館
　主催／熊本県立美術館　読売新聞西部本社　熊本県民テレビ　日本テレビ放送網

フランソワ・プーシェ―優美と逸楽の画家　デニス・サット
　　　ン
　いくつかのポンパードゥール夫人像やエロティックな絵でしか
日本ではあまり知られていないプーシェの展覧会である。美術史
上に問題作は残したが、傑作はいかがかとプーシェは思わしめる
が、素描も多数展覧した本展はそれなりの有意義であったと言え
よう。プーシェ評価としては、解説者デニス・サットンが論述の
終わりで述べている「プーシェの目的は、ファンタージーは支配
し、我々に真価を思い出させる、色彩豊かな世界を想像するとい
う、称揚すべき目的なのであった」というところであろう。

モーリス・ブラマンク展

1982年5月15日（土）―6月20日（日）　山口県立美術館
主催・山口県立美術館　KRY山口放送　読売新聞西部本社
1982年7月8日（木）7月23日（金）　愛知県美術館　主催・
中部読売新聞社　中京テレビ　読売新聞社　1982年7月31日
（土）―8月29日（日）　石川県美術館　主催・石川県美術
館　読売新聞社　1982年9月9日（木）―10月5日（火）
日本橋高島屋アート・ギャラリー　主催・読売新聞社
ブラマンクの教え　フランソワ・ドールト／ブラマンクの
フォーヴ時代　マルセル・ジリー／ブラマンクの進展　エレ
ヌ・ルジウール・トゥッペ
　ブラマンクの絵を評するのはむつかしい。あきらかにセザンヌ
の影響とわかる作があったりと、ブラマンクの画風が一定しない
からである。私にはブラマンクはこれだという作がない。だから
口をつむぐしかない。ルジウール・トゥッペが言うように、ブラ
マンクは進展したのか。

2．1980年代前半

北京故宮博物院展

1982年7月17日(土)―9月27日(月) 東京・池袋 西武美術館 1982年10月23日(土)―11月28日(日) 大阪市立美術館 1982年12月4日(土)―12月23日(木) 福岡市美術館 1983年1月4日(火)―2月13日(日) 名古屋博物館 主催・各開催美術館 朝日新聞社

王朝文明の偉大さ 貝塚茂樹／紫禁城（故宮）とその歴史 小野勝年 故宮博物院珍宝館・図版解説 繭山康彦／故宮博物の成立 故宮博物院／殷と西園の銅器 関野雄／中国の陶磁器 長谷部楽爾／中国の漆工芸 西岡康弘／玉器の移り変わり 関野雄／明・清の絵画 曾根川寛／明・清の書と文房具 宇野雪村／北京好人 團伊久磨

日中国交正常化十周年記念展である。祝辞に内閣総理大臣鈴木善幸がある。非常に解説文が長く、展示品の図録と半ばしている。眼にすべきものは、古代の青銅器であろうか。唐三彩馬もある。残りは明清の皇帝が用いた式服、腰刀、鞍、皿、瓶などの日用品が多い。ただ明清時代の山水画は日本の文人画と合わせ考えるべきところはある。明清が中心であるところに、故宮博物院の特徴が知られる。

エルミタージュ美術館秘蔵
レンブラント展

1982年9月11日―11月3日
ブリヂストン美術館
主催・石橋財団ブリヂストン美術館 ソ連文化省 エルミタージュ美術館 東京新聞 笠間日動美術館
レンブラント芸術とエルミタージュの作品 嘉門安雄
本展では油彩は肖像画はすくなく、中心はレンブラント画業の

特色であるエッチングが大部分を占めている。肖像画には、私の好きな「老ユダヤ人の肖像」「老婆の肖像」が入っており、そのほかレンブラン作品の名作もあって、それなりに充実している。特に本図録の特色は部分拡大図が多くあり（このような部分拡大図を用いるようになったのは、いつごろからなのだろうか）、1番の「学者の肖像」は、顔と執筆中の手の部分が拡大され、また「老婆の肖像」でもその顔が拡大されて、レンブラントの筆がけっして細部に中心を置かず、大胆な筆致で全体の構図に意を注いだのがわかる。この部分拡大は貴重で、レンブラントを論ずる場合、有効な画面となろう。

なお、全体にわたる多くのエッチングもレンブラント論のための重要な資料となろう。

日本銅版画史展
――キリシタン渡来から現代まで
1982年10月1日―12月28日
東京都美術館
銅版画―日本における定着化　河合靖生／近世銅版画の展開とその影響　松本寛／銅版画の技法と表現　河合靖生

図録の原色版は司馬江漢、藤田嗣治、浜口陽三、池田満寿夫の4点でしかない。しかし、展示された作は「ドチリナ・キリシタン」から始まり、司馬江漢、東亜堂田善などの近世画、近代は小林清親、ビゴーなどから児島喜久雄、河野通勢、萬鐵五郎、長谷川潔などと、数多くの画家たちの名が並べられている。中に里見勝の作が3点あるのには驚いた。そして近年では中村忠良（昭12生）や池田良二（昭22生）などの作品に、美術作品として高度のものを観ることができる。巻末の解説の2つの論考は、余り知られていない日本における銅版画の歴史を知るのに非常に参考にな

る。図録がすべて原色版であれば、作品から受ける感はもっと深いと思われ、それが残念である。しかし、いずれにしろこの展覧の試みは非常に重大で、有意義であると思われるが、以後このような展覧会は開催されたのであろうか。

詳細な「日本銅版画年表」と参考文献、作家略歴は非常に有益である。

安田靫彦―その人と芸術―

前期・昭和57年10月2日（土）―10月31日（日）
後期・昭和57年11月3日（水）―11月28日（日）
山種美術館
主催・山種美術館　朝日新聞社
鉄線描の美しさ―安田靫彦の芸術　佐々木直比古
作者のことば

私は安田靫彦の日本画を評価しない。たとえば、切手にもなっている「飛鳥の春の額田王」（昭39）も、額田王の持つ力強さがどこにもない。安田の絵には、そういった内発的強さが、私には感じられない。有名な「風神雷神」（昭4）も空飛ぶ人といった趣きである。

ロートレック展

1982年10月14日（木）―11月30日（火）　新宿・伊勢丹美術館　主催・読売新聞社　1982年12月4日(土)―12月26日(日)　福島県文化センター　主催・福島県文化センター　福島県教育委員会　福島市教育委員会　読売新聞社　1983年1月6日（木）―1月30日（日）福岡市美術館　主催・福岡市美術館・読売新聞社西部本社　FBS福岡放送　1983年2月26日（土）―3月27日（日）　京都市美術館　主催・京都市読売新聞大

阪本社　読売テレビ放送
　　〈マルセル〉の帰還　M.G.ドルチュ／人間観察者　トゥールーズ＝ロートレック　ミシェル・カステル／トゥールーズ＝ロートレックと日本　ジャン・ドウウォザン／トゥールーズ＝ロートレックの生涯　ジャン＝アラン・メリック／ポスター作家としてのロートレック　アラン・ウェイユ／ロートレックの芸術―時代性と反時代性　千足伸行

　ドルチュの巻頭文を読むと、日本でのロートレック展は1968年12月に、京都国立近代美術館で開催されたのことである。その時に絵画「マルセル」が盗難に遭い、その時の守衛長が自殺したという。その「マルセル」が無事に戻って来たことを彼は語っている。

　ロートレックというと、私たち日本人は彼のポスター画が印象に残っていようが、この展覧会で彼の一生の諸作品を観れば、そのポスター画は一時期の作でしかないことが知られる。1880年前後の作の、濃密なリアリティーを持った造形性に、ロートレックの後年のスタイルは観られるが、私たちはまた別のロートレック像を得るであろう。1890年代からの、確かなデッサン力（ちから）を背景に置いた一種の軽さ（それがポスターにも結びついたのだろう）　創作意欲は旺盛になるが、アルコール依存症への道、しかし1899年の「騎手」にはそれを感じさせない。ロートレックの一生には関心が向く。

ベルギー象徴派展

1982年11月21日―1983年1月23日
東京国立近代美術館
主催・東京国立近代美術館　東京新聞　ベルギー国フランス語共同体文化省

2．1980年代前半

象徴主義の理解のために　穴沢一夫／象徴主義と沈黙の諸形式　フィリップ・ロベール＝ジョーンズ／仮面劇―クノップス、三島そしてナルシスム　フランス・ベンデルス／カタログ　カトリーヌ・ド・レクマエス　／反復と差異　本江邦夫

多分、日本人のほとんどは、それが相当のヨーロッパ絵画の愛好家でもあっても、19世紀から20世紀にかけての、ベルギーの象徴主義と言われる美術情況などはほとんど知るところがなかったのではないか。この図録で日本で広く知られているのはポール・デルヴォー位ではないか。しかし、デルヴォーは20世紀なかば以後の画家として私たちは知っているが、この図録の多くは、19世紀後半の画家、作である。そこにあるのは異様としか言えない絵画世界である。全作品が原色版でないのが惜しまれるが、しかし異様、不可思議な世界は充分に感得できる。この世界について具体的に紹介したり、論じたりすることは私にはできない。それは作品を観てもらうしかない。そして、これらの作品の美術史上の意義は、この図録に稿を寄せている諸氏の論を読むべきである。三島由紀夫についてまで言及している論があるように、非常に刺激的な論述ばかりであって、読むに足る。まして各作家についてや、作品についての解説も非常に詳細であって、この図録は単なる作品の紹介にとどまらない。貴重な美術論集とも言える。

クラシックポスター展

1983年1月14日〈この図録は、どこにも開催期間の年月日は記されていない。これは巻末にある図録発行日である〉

パルコ〈図録には、会場は記されていない。主催者名から、多分池袋パルコであろう〉

主催・パルコ

世紀末パリ＝視覚の饗宴　小出昌生

私たちはフランスポスターと言えば、直ぐにミュシャの名が浮かぶ。ほかの図案者の名は知らない。ところがこの図録によると、グーゼル、アンリ・ティリエ、ロシュグロス、シェル、グラッセ、ベルトンなど数多くの図案家がいるのを知る。特にグラッセ・ベルの図を見ると、ミュシャの図案に非常に近く、ミュシャに勝るとも劣らない図案になっている。

　図録を一覧すると、実に様々なものが広告されている。舞踏場、鉄道、観光地、書籍、パリ万国博などがあり、面白いものに、モーター付自転車の広告もある。

　ただ残念なことに、一部を除いて、その広告の作製年の記述がない。巻末の主要作家紹介は貴重だが、ポスター作製については余り再述されていない。なお、小出の文は、ポスターの大概を知るには参考になる。

　このような展覧会、再度開催して欲しいものだ。

'83　昭和世代日本画展

　1983年5月19日（木）―5月31日　日本橋・高島屋　1983年6月2日（木）―6月7日（火）　横浜・高島屋　1983年6月9日（木）―6月14日（火）　京都4条・高島屋　1983年6月16日（木）―6月21日（火）　なんば・高島屋　1983年8月11日（木）―8月16日（火）　名古屋・丸栄　1983年9月1日―9月6日（火）　岡山・高島屋　1983年9月15日（木）―9月26日（月）　広島・福屋　1983年9月28日（水）―10月3日（月）　博多・玉屋

　約60名の昭和世代の日本画家の一点展示の会である。現在も知られている画家は上村淳之、加山又造、平山郁夫の3名位しか私の知識にはない。しかし、はじめの麻田鷹司が武蔵野美術大学教授、小山硬が愛知県立芸術大学教授、下田義寛が東京芸術大学助

2．1980年代前半

教授とかの社会的地位を得ている人もいるし、日展依嘱、日展評議員、日展会友というような人もいるので、私の知識の狭さゆえかも知れない。そして各作品を観て行くと、加山又造の「黄山雨晴」が伝統的な山水画風のものであるように（加山は多摩美大教授）、伝統の上に沿った絵もあるが、それからは超絶した、これが日本画かと思わしめるような作が結構多い。たとえば、市川保道「花映」は、女性裸体と鳩を描いて、あたかも水彩画のような色彩で、淡々として、背景に沈む込むような対象の捉え方をしていて、全体の印象はむしろ洋画である。あるいは、大山鎮「潮」は、荒々しい山魂とはげしい波頭を背景に存在感ある人物を置いて日本画離れをし、岡村倫行「踞る」は、長髪の女が沈鬱な眼差しでこちらを見ているという絵で、従来の日本画には見られない画材としている。川端健生「別れ」は、筆触は洋画で、多分子供が親と死に分かれる像を描いたものだろうが、これも日本画的な画題ではない。あるいは、塚原哲夫「谷中村の田中正造翁」は、画題からして日本画にふさわしいかどうかと観られようが、絵も洋画と見まがう。私の評価しない平山郁夫「薬師寺」は画題といい、筆触、色彩といい、日本画の伝統から一歩も出ておらず、この図録なかではいたって保守的である。以上観たような日本画としての斬新さが、以後どう発展し、どう受容されたか関心のあるところだが、あるいは、私の現代日本画界への無知故かも知れないが、このような斬新な画境も広がって行ったのだろう。私としては、北野治男の、鳥（烏だろうか）２羽翔ぶ暗鬱な風景画「原野」などを高く評価したい。

　　　　メトロポリタン美術館所蔵　**古代オリエント展**
　　1983年7月9日―9月4日
　　西武美術館

主催・メトロポリタン美術館　東京新聞　西武美術館
古代オリエント展によせて　三笠宮崇仁／古代・中近東美術部門の概要　プルーデンス・ハーバー

前3000年近くのシュメール初期王朝時代からメソポタミア、シリア、イラン、トルコなどの古代オリエント文明の実に種々の遺物の展覧会である。図録には国家の変遷を略述しつつ、ひとつひとつの出土品について詳細な解説が付してある。展示品を観るだけでは不充分で、この図録の解説を読まなくては、展覧会の全容は把握できないだろう。

印象派と栄光の名画展

ワシントン・フィリップス・コレクション
1983年8月25日（木）—10月4日（火）
日本橋高島屋
主催・読売新聞社　フィリップ・コレクション
1983年10月9日（日）—11月3日（日）
奈良県立美術館
主催・奈良県立美術館　読売新聞大阪本社　読売テレビ放送
フィリップ・コレクション
ダンカン・フィリップス―目きき、批評家、パトロン　デニス・サットン／ルノワール：《船遊びの昼食》とその周辺　千足伸行

アメリカの資産家の息子であったダンカン・フィリップスとその蒐集の過程については、冒頭のデニス・サットンの文に詳しい。19・20世紀のフランスのみならずアメリカの画家たちの蒐集に及んだのは、単に彼が裕福な資産家の息子というだけではなく、美術評論家、美術史家であって、著作も持つ人物であったからであろう。このコレクターについては、日本人はあまり知るところは

ないが、その展示作品の幅の広さを観れば、並ならぬ人物であることが知られる。エル・グレコ、ゴヤ、アングル、コロー、ドラクロアから始まり、ドーミエ、シャヴァンヌ、ドガ、さらにセザンヌ、シスレー、ルノワール、ゴッホ、ボナール、ルオー、クレー、ピカソに及び、特に"ブラック・コレクション"を形成したというブラック、ユトリロ、モジリアニに、さらに驚くことに国吉康雄、岡田謙三までも収容していると知れば、このコレクションは見逃すことができないのは言うまでもない。カール・ナススなど私の知らないアメリカ画家もいるが、それは欧州人には国吉や岡田が広くは知られていないのと同様であろう。エル・グレコの「懺悔の聖ペテロ」は知られているかも知れないが、ほかルノワール「舟遊びの昼食」、セザンヌ「自画像」「サント＝ヴィクトワール山」など注目すべき作を除くと、傑出した絵画はないとも言えよう。しかし、個々の作はそれぞれの画家にあって存在感を持つものが多い。このコレクションはもっと広く知られていいのではないか。

なお、千足伸行のルノワール「船遊びの昼食」をめぐっての論は13頁に及ぶもので、立派なルノワール文献である。広く読まれるべきであろう。

ジャコメッティ展

1983年9月10日（土）―10月16日　西武美術館　主催・読売新聞社　西武美術館　現代彫刻センター　1983年10月22日（土）―11月20日（日）　宮城県美術館　主催　宮城県美術館　読売新聞社　ミヤギテレビ　現代彫刻センター　1983年11月23日（水）―12月25日（日）　岐阜県美術館　主催・岐阜県美術館　読売新聞社　現代彫刻センター　1984年1月10日（火）―2月5日（日）　大原美術館　主催・大原美術館

読売新聞社大阪本社　西日本放送　現代彫刻センター　1984年2月11日（土）―3月11日（日）　横浜市民ギャラリー　主催・横浜市　横浜市教育委員会　横浜市美術館協力会　読売新聞社　現代彫刻センター
不可能な現実　ジャック・デュポン／モデルをした話　矢内原伊作／林間の空地から　阿部良雄

　戦後のジャコメッティーの極端に細身となった彫刻に、戦後精神の凝縮した象徴を観ない者はなかろう。私もはじめてジャコメッティーの彫刻に接して以来ずっと惹かれ続けている。凝縮されたものが何か。それはいろいろ言われようが、苦悩か、不安か、いろいろ考えられるが、今しばらくは、その彫刻を観ていよう。

回顧　石井鶴三―たんだ一本の線

1983年9月10日（土）―10月16日（日）
板橋区立美術館
マルチプル人間・石井鶴三　三木多聞

　石井鶴三の絵にしろ、彫刻にしろ、何か狂気を孕んだようなところがあるのではないか（石井の絵に「浴女（狂女浴泉）」がある）。というより、石井鶴三の彫刻は、対象の心、精神を彫り出して、現出させたものが多い。有名な藤村象もそうだ。彼の挿絵も一種特異なものがあると言えよう。解説の三木多聞の文にも言及されているように、石井鶴三の多面にわたる活動を踏まえて、もう一度再評価されてもいい美術家ではあるまいか。なお40頁に亘る年譜は、作品を掲出しつつ、作品年譜にもなっている貴重なものである。これを生かした展示会が、再度催されてもいいのではないか。

2. 1980年代前半

中国秦兵馬俑

大阪展　1983年10月1日―11月23日　大阪城公園　主催・大阪21世紀協会　福岡展　1984年1月4日―2月11日　福岡県文化会館　主催・大阪21世紀協会　福岡県文化会館　読売新聞西部本社　FBS福岡放送　東京展　1984年2月21日―4月15日　古代オリエント博物館　主催・大阪21世紀協会　古代オリエント博物館　読売新聞東京本社　日本テレビ放送網　静岡展　1984年4月21日―5月12日　静岡産業館　主催・大阪21世紀協会　静岡第一テレビ　読売新聞東京本社

中国秦始皇陵兵馬俑展の開催に当って　江上波夫／秦の始皇帝陵と兵馬俑坑　陝西省秦俑坑考古隊　秦始皇兵馬俑伝物語／出展品・解説　町田章／始皇帝とその時代　西嶋定生／始皇帝陵と兵馬俑坑をめぐって　田辺昭三

中国側の祝辞によると、松下幸之助の提唱によって開催されたとのことである。祝辞には内閣総理大臣中曽根康弘、そして、中国人民共和国国務院総理趙紫陽などの名がある。1977年の「中国人民共和国出土物展」に、兵馬俑のうち披甲武士立俑2体が出品されていたとのことで、全体的な兵馬俑展は同展が第1回である。巻頭に「壮観な地下の近衛師団―兵馬俑の配列」など大きな写真付で、秦の時代、兵馬俑など長く解説されている。そして「武官俑」「弓を持つ兵俑」。そして様々な姿の武官俑、騎馬俑、馭者俑などが1点1点解説付で並列されている。田辺昭三の解説が全体像について述べている。この秦の始皇帝の兵馬俑は、日本人にも驚きをもって受け取られたので、その意義については述べることはなかろう。

橋本関雪展

昭和59年1月4日（水）―1月18日（水）　新宿・小田急

昭和59年4月7日（土）─5月6日（日）　尼崎市総合文化センター　昭和59年5月10日（木）─5月15日（火）　岡山・高島屋　昭和59年5月24日（木）─5月29日（火）　京都・高島屋　主催・朝日新聞社

展覧会に寄せて　井上靖／父関雪のこと　高折妙子／関雪画伯の印癖　藤枝晃／関雪の人と画業　村松寛／橋本関雪の世界　橋本帰一／出品目録・解説　木村重圭　原田平作

　明治、大正の関雪の大胆な構図による世界はそれなりに評価しなくてはならない。しかし、それについて云々するよりは、やはり有名な「玄猿」（昭8）以後の動物絵の見事さは、どの日本画家の追随を許さないものがある。一言で、ただ大胆な構図では済まないものである。私はその動物の顔の表情の特異さ、その動物特有の、ある場合はずるさ、ある場合は鋭さ、そういったものが、動物にある生々しさを与えていると私は観る。

マウリッツハイス王立美術館展

1984年4月24日─6月10日

国立西洋美術館

主催・国立西洋美術館　東京新聞　中部日本放送

あいさつ　ハンス・R.フーティンク　マウリッツハイス創建者：ヨーハン・マウリッツ・ファン・ナッサウ　ハンス・R.フーティンク／所蔵作品と建物　ハンス・R.フーティンク

　この図録を得るまで、私はマウリッツハイス王立美術館を知らなかった。しかし、2つの論文と図録掲載作品を読みかつ観て、これは大事な美術館であることを知った。創建者マウリッツ（1604─1679）について、フーティクは彼は驚くべき「近代」人であり、「知識に対して大いなる関心を抱き、新しいもの、未知なるもの

2．1980年代前半

に虚心に向かった。」「彼はこのような資質を、世俗的とも言える栄光への野心と願望とに結びつけ、また寛容であると同時に、自然の世界に深い興味を示した。」と言っている。その詳しい伝記的なことと、マウリッツの内面的な面については、フーティンクの詳細な論を読んで欲しいが、その伝記的なことでひとつ触れて置けば、マウリッツは蘭領ブラジルの総督に任命されるが、彼は原住民に対して弾圧的な姿勢はとらず始終寛容的であり、そしてマウリッツはブラジルで多くのものを収集する。それをオランダに持って帰ったが、後に火災ですべてを失ってしまったのことである。

　展覧の絵画について語るべきことが多いが、二点について限定すると、ひとつはレンブラントの作品が多いことである。特に「老人の肖像」(1650年) と「晩年の自画像」(1669年) はぜひとも観るべきであろう。もうひとつは、この美術館には、日本でここ20年ばかりブームとなっているフェルメールが3点あることだ。ひとつは有名で、私も知っている（しかしマイリッツハイス王立美術館蔵であるとは記憶になかった）「青いターバンの少女」である、もうふたつは「ディアナとニンフ」（図録掲載）と「デルフト眺望」である。前者はフェルメールファンには彼の作品とは見えないに違いない。解説にもあるように、はじめは別の画家とされていて、19世紀末修理の折に、画面にフェルメールの署名があらわれてきて、フェルメール作となったという。ただ詳しく検討され、この作はフェルメールのきわめて初期の作とされたとのことで、私たちの知るフェルメールとは相違しても無理ないとも言える。後者は本展には出陳されず、解説の小さな口絵写真で見るだけだが、しかし風景画とは言え、筆触にフェルメールらしさがうかがえる。この風景画は日本に紹介されているのだろうか、私は知らない。さらにこの図録を観て思うのだが、当時のオランダ

絵画には、フェルメール独特と指摘される肌理の濃密とも言える存在感は、たとえばピーテル・ファン・アンラートの「水差のある静物」(1658)の水差の肌理の描出にもうかがえるように、ほかの肖像画でも指摘できるのだ。

ほかヤーン・ステーン「親に倣って子も歌う」とかフランス・ハルス「笑う子供」のユーモアのある絵にも言及したいが、今は省略する。

上村松篁展

昭和59年5月11日（金）─23日（水）
渋谷・東急百貨店
主催・上村松篁展運営委員会
上村松篁─その人と作品　小川正隆

松篁の母の上村松園は、私は、その〈感傷〉性、〈女性〉性が過ぎて、あまり評価しない。しかし、上村松篁には〈抒情〉性は撥棄されている。鋭角的である。ただ、各作品の水準は一定程度の高さを保持しているが、決定的な1作があまり見当らない。したがって、私もあまり言うべきこともない。

秋の意匠
─近世にみる自然への観照

昭和59年9月15日（土）─10月14日（日）
板橋区美術館

開館5周年記念の展覧会である。「秋草鶉図屏風」、俵屋宗雪「秋草図屏風」、喜多川相説「四季草花図屏風」、尾形光琳「白菊図」、酒井抱一「夏秋図屏風」などの近世の名画に、柿右衛門の八角瓶、八角鉢、鍋島、古清水の陶器、鞍、硯箱、小袖を中心の衣裳などを展示している。区立美術館の展覧会としては、観る者の眼福と

なるであろうが、所蔵先が作品解説に明記してあるものと、無記のものがある。たとえば光琳の「白菊図」がそれだが、これは区立美術館所蔵なのか。またほかの屏風は実際に展示されたのであろうか。拡大図があって鮮明なので、実物の映写とも思えるが、巻末に〈写真協力〉として多くの美術館、博物館、出版社が掲示されているのですこし不安だが、多分出展されたのであろう。

源平の美術展
―壇の浦合戦800年記念

1984年9月15日（土）―10月21日（日）
下関市立美術館
合戦絵の展望―源平合戦絵を中心に　宮次男／近代日本画にみる歴史画　細野正信／『平家物語』を描いた合戦屏風の展開について　井上誠

　残念ながら、図録では原色版は少数で、大半が単色であるのが悔まれる。近代日本にあっての歴史画として、菊池契月、松岡映丘、安田靫彦、前田青邨らの絵が大事で、展示されたのは評価できるが、ほかの絵巻、屏風画を単色にして、あえて原色版にしたことには疑問が残る。それはともかく、各寺院、博物館収蔵の絵巻、屏風絵には非常に多彩で、関心が寄せられる。古雅あるリアリズムと言うべきか、それぞれ特異な絵画作品である。それに対して、宮次男の論は概論に過ぎる。細野正信の論は、フェノロサの鑑画会、歴史画論争など、近代日本画の歴史画について要点をよく押さえて論じられており有益である。
　なお、厳島神社の平家納経の展示もある。

梅原龍三郎展

1984年10月6日―31日

有楽町アート・フォーラム

主催・西武美術館　朝日新聞社

梅原龍三郎展に当って　河北倫明／梅原龍三郎の歩み　島田康寛

　1904年、浅井忠の聖護院洋欧研究所時代、16才の「下賀茂の森」「三十三間堂」(水彩)、白樺社主催梅原龍三郎油絵展出品の滞欧期の作、さらに大正期、昭和期の代表作(「黄金の首飾り」「ナルシス」「裸婦」「竹窓裸婦」「紫禁城」)に至り、戦後の諸作品まで、梅原作品の大方を観ることができる。

ピカソ展―長女マヤ・ピカソの秘蔵コレクション

1984年12月27日―1985年1月29日　プランタン銀座"エスパース・プランタン"　主催・東京新聞　1985年2月9日―3月3日　広島県立美術館　主催・中国放送　中国新聞社　広島県立美術館　1985年3月9日―3月31日　徳島県立郷土文化会館　主催・徳島新聞社　1985年4月10日―4月29日　大丸梅田店　主催・朝日放送　1985年5月11日―6月9日　山口県立美術館　主催・TYSテレビ山口　山口県立美術館　毎日放送　1985年6月20日―7月2日　大丸京都店　主催・朝日放送　1985年7月4日―7月28日　山梨県立美術館　主催・テレビ山梨　山梨県立美術館　1985年8月3日―9月5日　北海道立旭川美術館　主催・北海道立旭川美術館　北海道新聞社　1985年9月10日―9月29日　愛知県立美術館　主催・中部日本放送　中日新聞社

ピカソ・愛と芸術のドラマ　瀬木慎一

　私はピカソを全的に受け容れていない。と言うよりその多くの作を私は拒絶する。このコレクションで、たとえば巻頭の「ひげをはやした老人の肖像」とか「ピカソの父の肖像」をよしとして

2．1980年代前半

受け容れるのではない。ここにはリアルに描かれた肖像があるが、ピカソでなくてはならないものではない。伝統的な描法をピカソは身に着けていたことをこれらの作品を意味しているに過ぎない。それはともかく、これだけ日本各地で開かれ、そして観覧に来た人たちに問いたいのだ。この展覧会に感動しましたかと。たしかにデッサンなどにはピカソの力量のすごさを示す作はあるが、大半は私は評価しないものだ。それに対して、多くの人が感動したと言うなら、私は自己の鑑賞能力の無さを知るだけで引き下がらざるを得ない。

　だが、そうなのか。私はピカソの青の時代は高く評価するし、キュビニズムの作のなかにも、ピカソの傑作も見い出す。だから私が評価する作品だけを選択してピカソ展を開けば、私はピカソを20世紀の偉大な画家とする。だが、ピカソ展はそうなっていない。形象的にゆがんだ（それは本来ピカソの持っているデッサン力を否定するものだ）絵をピカソそのものとしてなぜ展示するのか、それが私にはわからない。一般の人たちは、ピカソは20世紀最大の画家であると、教え込まれ、その眼で観ているのではないか。受け容れられなくても、いい作品と観るべきと思わされているのではないか。ピカソは裸の王様になっている部分が多いのではないか。私は私の鑑賞眼で、ピカソのいい作品だけをいい作品として置きたい。何もピカソ全体に服する必要、必然性はない。

3．1980年代後半

ウィンザー城王室図書館蔵　レオナルド・ダ・ビンチ素描展
1985年3月9日（土）—5月12日（日）
西武美術館
主催・朝日新聞社　西武美術館
序　ロビン・マックワース＝ヤング卿／解説　ケネス・クラーク／解説　カルロ・ベドレッティ

　展示の素描がウィンザー城図書館蔵になるまでの経緯は、マックワース＝ヤング卿の序文に詳しい。そして素描の概略はケネス・クラークが記し、個々の作については、カルロ・ベッドレッティが22頁にわたって詳述しており、それぞれの素描の持つ重要性がわかる。実に学問的、研究的である。しかし幾つかの素描をのぞいて、ほかは図が不鮮明で、ダ・ビンチの図や記録への執着はわかるとしても、目に訴えるところは少ない。これほど地味な展覧会が、デパートの美術館で2ヶ月余催されたのは驚きである。ダ・ビンチの声名によるのか。

棟方志功展

1985年3月20日—5月6日
東京国立近代美術館
主催・東京国立近代美術館　朝日新聞社（以下同じ）
1985年6月7日—6月20日
愛知県文化会館美術館
1985年7月4日—8月4日
西宮市大谷記念美術館
主催・（上記に加えて）西宮市大谷記念美術館
棟方志功と「板画」　藤井久栄

3．1980年代後半

　昭和6年の版画集『星座の花嫁』全10点から展示は始まるが、これは、棟方に版画の道へ歩ませることになった川上澄生の影響下にあるのはたれの眼にもわかる。しかし以降、棟方は次第に自己の板画へと歩んでいく。昭和12年の「華厳譜」全24柵には、あきらかに棟方独自のものを獲得しているのがわかる。この図録の掲載図版が小さい点に少々不満は残るが、棟方の歩みが明瞭に分かるように図版が組まれている。昭和13年の「観音経版画巻」は全くの志功のものと言っていいし、驚くことは翌14年には、棟方志功の最高の作とも評し得る「二菩薩釈迦十大弟子」全12柵が作製されていることだ。私のこの作品とのはじめての出会いは、大学の学生時代、倉敷の大原美術館であったが、その雄大な作に感動したことを、今に憶えている。以降の志功板画の歩みについては、述べるまでもないが、ひとつとして、たとえば岡本かの子の詩を刻み込んだ「女人観世音板画巻」（昭24）のような、文字と板画との組み合せに絶妙な味を見せる、板画の新しい試みは強いて取り上げて置く必要があろう。私としての希望を述べて置けば、近代日本の文学作品の挿絵として有数のものと評価できる、谷崎潤一郎「鍵」の、「中央公論」掲載の挿絵板画を原寸大で観たい。この図録で59図は見渡し得るが、少々小さい。この挿絵だけの板画集が刊行されないものだろうか。この画柵の解説に「日記の覗き見という奇矯な話の筋の進行―この小説のいわば「図」―自体、実は彼らの救いがたい日常の時間―「地」―の陰画であり、棟方の版画の黒はこの小説の人間的な、あまりに人間的な地の空間の等価物たる一面をもつ」と言われているように、作品の「鍵」の本質に見合った挿絵と私には思われるからである。それはともかく、この図録の解説は棟方板画の特質を突いている面があって、単なる解説ではない。なお本図録の年譜は、棟方の著作年譜も兼ねて実に詳細である。また参考文献目録もまた綿密で、雑誌等の

みならず、新聞も年月日を付し、死去に当たっての追悼の文も雑誌のみならず新聞などもれたところがないと思わしめる綿密さである。共に土屋悦郎編で、棟方全集を持っていない人には、貴重な資料と言えよう。

点描の画家たち

　1985年4月6日―5月26日
　国立西洋美術館
　1985年6月4日―7月14日
　京都市美術館
　主催・国立西洋美術館　京都市美術館　朝日新聞社
　点描法とその展開　八重樫春樹

　点描派と言うと、私たちはシニャックの名を浮かべるが、この展覧会を観ると、この描法は多くの画家たちの採るところであったのがわかる。シニャックと同時代にシャルル・アングラン、デュボワ＝ピエがいるし、そしてピサロ、ドニさらにモネの作もあるのである。そして、私が名を知らないオランダ、ベルギーの新印象派の画家たち、さらに私には親しいセガンティーニにもあった（その作を観ると、たしかに点描である）。それだけではない、フォヴィスム、キュビスムのカンディンスキー、ピカピアなどの作もある。こうなると、近代ヨーロッパの画家たちにとって点描とは何かという大きな問題になる。その点については、11頁に及んで八重樫春樹が詳述しているとだけ言って置こう。

ターナー展
――マンチェスター市美術館蔵

　1985年4月12日（金）―5月8日（水）　小田急グランドギャラリー　主催・読売新聞社　1985年5月22日（水）―6月10

日（月）　大丸ミュージアム（大阪・梅田）　主催・読売新聞社大阪本社　読売テレビ放送

　ターナーを巡って　八木修次／J. M. W. ターナー略伝　ティモシィ・クリフォード

　本図録の原色版は半分で、その原色版の9割は水彩画であるので（ターナーには水彩画が多いが）、ターナーの風景画の全体について述べることはできない。残念である。なおクリフォードの文は略伝であるが、6頁にわたるもので参考になる。また作品解説も精細で読むに価する。

エコール・ド・パリ展

東京展　1985年4月18日（木）―5月2日（火）　プランタン銀座　主催・読売新聞社　京都展　1985年5月23日（木）―6月11日（火）　京都高島屋　主催・読売新聞大阪本社　読売テレビ放送　美術館連絡協議会　宮城展　1985年6月15日（土）―7月14日（日）　宮城美術館　主催・宮城県美術館　ミヤギテレビ　読売新聞社　名古屋展　1985年7月18日（木）―8月1日（木）　愛知県文化会館美術館　主催・中部読売新聞社　読売新聞社　中京テレビ放送　美術館連絡協議会

　エコール・ド・パリの神話と現実　瀬木慎一

　瀬木慎一は「エコール・ド・パリーという名称は、多分に雰囲気的である。」とその文を始めるが、確かにそのエコールに入るのがどの画家かとなるとあいまいである。この展覧会でもマルケ、ヴラマンク、デュフォ、ユトリロ、ローランサン、モディリアニ、パスキン、藤田嗣治、シャガール、キスリングと並べるが、これがエコール・ド・パリの画家であるかとなると、異論を提出する人もいよう。私としても〈雰囲気〉的にしかエコール・ド・パリ

は把えていないので、絵が見られればいいととなる。この図録を観て思うのは、ローランサンの絵が非常に多い。私はセンチメンタルなローランサンは全く買わない。どこがいいのかと首をひねる。パスキンも多い。若い頃、パスキンにのめり込んで、大きな複製画を購って居間に掛けて置いたが、半年で飽きてしまったという苦い経験を持つ。藤田嗣治も多いが、1924年から1957年まで13点展示されている。日本への嗣治紹介としてはよい機会ではなかったか。

フランス現代美術館
―空間の中の12人

1985年5月20日（月）―6月23日（日）
西武美術館
1985年7月2日（火）―8月4日（日）
大原美術館
主催・西武美術館　朝日新聞社　フランス芸術活動協会
空間の中の12人　カトリーヌ・ミレー／「空間」に凝縮された日仏文化交流　伊東順二

お前、現代美術が判るかと問われれば、判るものもあるが大方は判らないと答えるしかない。この展覧会図録を観ても判らないのが多い。絵画を観ても、これをどう展示するのか、その場を考えてしまう。腐蝕したピアノやカメラはなるほど一作品かもしれないが、これを展示しても1回性の衝撃はあるが、これは表題にある《美術》なのかと問わざるを得ない。写真もあるが、単に山林や森林を写しているだけで、従来の写真に比して、何ら新しさを感じない。建築もあるが、30年経た現在、すでに古めかしい建築でしかない。時間を超え得ていない。《美術》とは何か、そんな問いの前に立たざるを得ない。西武美術館ならともかく、大原

美術館がなぜこのような展覧会を開くのか理解し得ない。大原美術館は古さに徹すべきではないか。徒らに新しさを追うべきではあるまい。新しさの多くは古びるのも速い。私も古さに徹するつもりだ。

モディリアーニ展

1985年7月19日—9月29日
東京国立近代美術館
1985年10月23日—11月7日
愛知県美術館
主催・東京国立近代美術館　東京新聞　中日新聞
モディリアーニの生涯と作品　ウィリアム・S・リーバーマン／モディリアーニ神話を超えて　ダニエル・マルシェッソー／モディリアーニの日本への紹介　岩崎吉一

　モディリアーニに始めて出会ったのは、多分美術全集であったろうが、それ以来一貫して、彼には惹かれ続けている。なぜかはなかなかむつかしいが、描かれた人間が持つ、存在することへの《気恥ずかしさ》というのを感得するからであろうか。強い量感を支える線があやうさを示しているようだ。しかし特徴である長い首はなんなのか、あるいは「ポール・ギョーム」(1916)の一方の目は真黒で、片方の目は白のみ、というのは動かざるところだが、それはなぜなのか、それはモディリアーニの人物の目の持つ重要さなのだが、その目は何なのか私には何も言えない。

　なお岩崎吉一の文は「日本への紹介」と題してあって、単なる記述のようだが、大正期からの資料を博捜し、写真も交え、実に綿密なモディリアーニの日本受容を跡づけた好論文である。

ベンティング・ティツセン・コレクション展

1986年1月17日—2月11日　東京・日本橋高島屋　主催・読売新聞　美術館連絡協議会（以下同じ）　1986年2月15日—3月16日　熊本県立美術館　主催・熊本県立美術館　KTT熊本県民テレビ　1986年3月20日—4月13日　富山県民会館美術館　主催・富山県民会館美術館　北日本放送　1986年4月19日—5月18日　宮城県美術館　主催・宮城県美術館　ミヤギテレビ

ベンティング・ティセン・コレクションについて　サディ・デ・ホルテル／17世紀オランダ絵画の魅惑—秘められた象徴と寓意をめぐって　高橋達史

16世紀のヨーロッパの宗教画もあるが、コレクション（コレクションの由来については巻頭のサディ・デ・ホルテルの文に詳しい）の中心は、17世紀オランダ絵画である。近年フェルメール人気の上昇とともに17世紀オランダ画にずい分関心が寄せられるようになったが、たとえばレンブラントと並ぶ17世紀オランダ最大の肖像画家であるフランス・ハルスの名も広く知られるようになった。本展でも2点展覧されている。いい作品である。あるいはオランダの風俗画家ヘンドリック・ファン・デル・ビュルフの「繕い物をする女」などの題材、技法はフェルメールの作を想起させる。同じ風俗画家カン・スラーンの名も知られるようになったのではないか。このように、17世紀オランダの様々な画家、画風を理解するにはいい展覧会である。その手引きとして、高橋達史の解説は恰好のものである。

松本竣介展

1986年4月5日—6月15日　東京国立近代美術館　主催・東京国立近代美術館（以下同じ）　東京新聞　1986年6月28日

3．1980年代後半

―7月8日　岩手県民会館　主催・岩手日報社　1986年7月26日―8月24日　下関市立美術館　主催・下関市立美術館
松本竣介―透明な壁　本江邦夫／松本竣介―面―「生きてゐる画家」をめぐって　浅野徹

　松本竣介と言うと、一般には「画家の像」('41)、「立てる像」('42)で知られている部分が多く、彼の暗鬱な風景画や人物群像なども観賞されるべきであろう。彼が興した雑誌「雑記帳」は復刻版も出ているのだが、松本竣介の画集はあまり広くは知られていない憾みがある。36歳という早い死が惜しまれるわけで、その意味で、この展覧会は松本評価のためにはいい試みであったと言えよう。作品解説に既出の作品論を引用としている部分もある。年譜にも既出の資料に依っているところがあり、最晩年の記述には夫人の松本禎子の談話を引いている。また補注があって、ある部分を詳細に補っている。年譜としては、以後参照すべきものであろう。

マネ展

1986年6月26日（木）―7月29日（火）
新宿・伊勢丹美術館
主催・日本経済新聞社
1986年8月2日（土）―8月31日（日）
福岡市美術館
主催・福岡市美術館　西日本新聞社
1986年9月9日（火）―10月12日（日）
大阪市美術館
主催・大阪市美術館　日本経済新聞社
マネ―その人と芸術　チャールズ・F・スタッキー／マネ―近代生活の光と影　中山公男

マネは、印象主義前派のような扱い方を受けて、正当な評価が遅れているような思いを私は持つ。というのは、日本人としての私ゆえかも知れないが、このマネ展も日本人にマネへあらためて目を向かせた展覧会であったかとなると疑問を持たざるを得ない。日本人も知る「オランピア」「草上の昼食」「フォリー・ベルジェールの酒場」などの代表作は招来されていないし、招来された油絵作品も、マネに対してあらたな目を開かせるものはすくない。そして展示品の過半は水彩・素描で、それもはたしてマネへの眼を強く惹きつけただろうか。図録の作品解説は詳細で、それを読めば、各作品がマネ藝術のなかで持つそれぞれの意義は知られるが、それも知識としての域にとどまるようである。

せっかくのマネ展であるが、マネ再評価には至らなかったのではないか。

日本美術名宝展

昭和61年9月23日—10月19日
東京国立博物館
主催・文化庁　東京国立博物館
昭和61年11月1日—30
京都国立博物館
主催・文化庁　京都国立博物館

天皇在位60年を記念しての展覧会である。各地博物館、社寺、個人等所蔵の国宝をはじめとする絵画、書、仏像、手箱、陶磁器、衣裳、刀剣などの優品を展示している。巻末に各作品解説があり有意義である。

今になって心配するのは、これだけ大量の展示品を観るのに、入場者は疲労を感じなかったかということだ。ただ雪舟好きの私としては、「秋冬山水図」「天橋立図」を見逃がしたことが残念で

3. 1980年代後半

ある。

エル・グレコ展

1986年10月18日—12月14日
国立西洋美術館
主催・国立西洋美術館　東京新聞
本展に寄せて　雪山行二／エル・グレコと環境―スペインとトレドを中心に　神吉敬三／エル・グレコと16世紀スペイン絵画の展望　ヌマエーラ・B・メナ・マルケース／エル・グレコと〈理性の眼〉　フェルナンド・マリーアス／エル・グレコとヴェネツィア　越川倫明

　この図録の特色的なことは、作品の一部の拡大図があることだ。そしてそのことによって、エル・グレコの描出の特徴がくっきりと浮かんで来る。それはグレコの筆触が非常に荒々しく、大胆であり、あまり微細な筆使いがしていないのがわかる。ルネッサンスからは遠く離れた、16世紀のスペインの画家グレコの持つ力強さの表出の因はそこにある。「聖母戴冠」の天使たちの顔は、拡大図では単なる幼児そのものとしか見えない。「聖ペテロ」や「聖パウロ」は人物の存在そのものに迫ろうとする力を示している。あるいは「羊飼いの礼拝」は物語性よりも、〈情〉そのものによって描き出されていると考えられよう。その描写より人物の内面性に力を注ぎ込む、グレコ絵画の全体に言える。

　巻頭の四つの解説文は解説文というより、長大論文であって、普通の美術全集のエル・グレコ集には期待し得ない充実したものである。巻末の作品解説も緻密であって、鑑賞の上に貴重である。以上の点で、この図録は現在でも重要なエル・グレコ文献となっている。

ピカソ展―マリーナ・ピカソ・コレクション―

1986年11月18日（火）―12月28日（日）　清春白樺美術館
1987年1月6日（火）―2月15日（日）　下関市立美術館
1987年3月4日（水）―3月16日（月）　梅田・大丸ミュージアム　1987年3月21日（土・祝）―4月19日（日）　姫路市立美術館　1987年4月21日（火）―5月10日（日）　福岡市美術館　1987年5月16日（土）―6月21日（日）　福島県立美術館　1987年6月27日（土）―8月2日（日）　鹿児島市立美術館　1987年8月7日（金）―9月6日（日）　千葉県立美術館　1987年9月8日（火）―9月20日（日）　日本橋・三越本店　1987年9月23日（木・祝）―10月18日（日）　香川県文化会館
主催・開催美術館　美術館連絡協議会　読売新聞社
序文　瀬木慎一／ピカソの芸術的生涯　瀬木慎一

　1年近くに亘ったピカソ展に、多くの観覧者は喜々として出向いたのであろうか。そして観て感動したのであろうか。私は図録で見る限り、一作品として受け容れることはできなかった。陶器は箱根の彫刻の森美術館で沢山見たが、1点としていいとは思わなかった。私はピカソの全作品を受け容れないわけではない。しかし多くの作は拒絶する。造型的に駄目なのである。1年近い展覧で多くの人が感動したとするなら、私の鑑賞能力の駄目さを證するのであろう。そうなら仕方ない。

不熟の天才　菱田春草展

1987年1月4日―1月20日
東京展　新宿・小田急　大阪展　心斎橋・そごう　主催・朝日新聞社
春草の位置　細野正信／春草と故郷飯田　原彰一／父の思い

3．1980年代後半

出　菱田春夫／菱田春草の芸術　原田平作

　本展には春草七歳の作と言われる「獅子の舞」から始まり、東京美術学校時代からの歴史画を置いている。この時期は山水画風に面白味を思うが、それ以後の春草の歩みはジグザグしていて、やがて没線主彩(もっせん)をとる域に達して、当時綱島梁川が「どことなく淡々しい(あわあわ)、薄い感じがする」と言ったが、その「淡々し」さに新味があろう。ただその頃の春草の画題は何か古い感じは避けられない。やがて朦朧体の本領があらわれて、明治40年代春草の傑作に出会うことになる。「黒き猫」（重要文化財。但し本展には不出品）、「松竹梅」「落葉」を私はよしとする。ただし「苦行」「仙女」「白衣観音」は春草の弱点、すなわち古色が出ていて私はよしとしない。いずれにしろ、私にとって春草全体は評価しにく画家である。

　なお、巻頭文や作品解説を読むと、昔ながらの評価軸で、古色蒼然とした文章と思う。これらの表現上の言葉しかないとしたら、日本画に対して何か有益なものとは言えない。

シャガール回顧録
生誕100年・版画の巨匠のすべて

1987年3月3日（火）—3月8日（日）　東京・日本橋三越本店　主催・シャガール生誕百年記念展実行委員会　（財）NHKサービスセンター（以下同じ）　1987年4月1日（水）—4月26日（日）　山形・山形美術館　主催・山形美術館　山形新聞　山形放送　山形テレビ　1987年4月29日（水）—5月5日（火）　名古屋・松坂屋本店　1987年5月23日（土）—6月21日（日）　高崎・群馬県立近代美術館　主催・群馬県立近代美術館　上毛新聞社

マルク・シャガール：版画作品を巡って　シルヴィー・フォ

レスティエ／シャガール・その幻想の奇蹟について　中山公男

　幻想性、物語性、色彩感に豊んだシャガール芸術について、私は何も言うべき言葉を持たない。どの時点でのシャガールであれ、いつも私を惹きつけて止まない。版画のみのこの図録は私には貴重な画集である。時期的に分けて「寓話」「聖者」「アラビアンナイト」「ダフニスとクロエ」「サーカス」「ポエム」「オデュッセイア」を章立てし、作品の成立などの詳しい解説を付して作品を置いている。その解説によって、頁を繰って行くと楽しい絵巻となる。

西洋の美術　その空間表現の流れ
1987年3月28日—6月14日
国立西洋美術館
　主催・国立西洋美術館　読売新聞　日本テレビ放送網　欧州評議会
　西洋美術と空間の知覚　E. H. ゴンブリッチ／西洋美術とその古代観　ジュリオ・カルロ・アルガン／古代美術と空間　ワイオニス・A・サケララキス／イタリアとローマ　リチア・ヴラッド・ボレルリ／古代建築における空間の解釈　ジョルジョ・グッリーニ／中世の美術における空間　ヴィリバルト・ザウアレーンダー／ルネッサンスの空間と絵画における遠近法の誕生　マルコ・キアリーニ／イタリアの役割—ルネッサンスと遠近法　デチオ・ジョゼッフィ／16世紀北方ヨーロッパ美術における空間　ポール・フィリポ／17、18世紀美術における空間　コンラート・レンガー／19世紀美術の多様な空間　フランソワーズ・カニヤン／第四次元　ジョルジョ・デ・マルチス

3．1980年代後半

　正直言うべき言葉はない。古代ギリシャからデューラー、ルーベンス、さらにセザンヌ、モネに至るまでの美術品が展示され、それぞれの時代の空間観、さらに個々の作品の空間特質について語る論と、ここまで専門的な図録はない。私として直ぐに関心を持って読んだのは、ルネサンス期の遠近法について論じている二文献である。この展覧会は図録を求めてそれをじっくり読まないと、美術品を展覧した価値が半減する、半減以上だ。

　最終論文「第四次元」は12頁に及ぶもので非常に示唆的な内容に豊んでいる。ぜひとも読むべきものである。

エルミタージュ美術館展
　　―ヨーロッパ絵画　ロマン派から印象派へ

昭和62年7月4日（土）―8月9日（日）
北海道立近代美術館
　　主催・エルミタージュ美術館展実行委員会　北海道近代美術
　　館　エルミタージュ美術館　ソ連文化省　北海道新聞社
どうして、この展覧会が札幌だけでおわり、ほかの各都市へと巡回しなかったのか不明である。ソ連時代だからと言うのではあるまい。出展作品も、共産国家からの招来というような偏向は見られない。19世紀半ばからピカソまでの作品が網羅されていて、何ら不足するところはない。アントワーヌ＝ジャン・グロ「アルコルの橋のナポレオン」からドラクロワ（有名な「馬に鞍を置くモロッコ人」）、そしてコロー、ミレーの田園画と並ぶ。以下印象派になるが、ピサロ「パリ、テアトル、フランセ広場」は拡大図も併蔵し、その筆勢を私たちに如実に示している。ルノワールやセザンヌの初期の画も貴重である。展示の半ば以上はリトグラフなどの版画であるが、近代ヨーロッパの版画史を考えるのには、有益な資料と言えよう。

杉山寧展

1987年8月18日―9月27日
東京国立近代美術館
主催・東京国立近代美術館　日本経済新聞社
杉山寧の芸業　河北倫明

　杉山寧の「磯」(1932)、「野」(1933)だけで、彼の芸術はひとつの完成にあるとも言える。しかし戦後に至って、杉山は二転、三転するほど変化を見せる。時に抽象画にも走る。しかし、私はその底に変わらざるものを観たい。たとえば「瀑」(1955)と「渢」(1985)の間に30年の時が流れているが、不変がある。それは「滝」という流れを、一瞬のうちに画像にとどめ、時間を超越してしまっている点に共通する点がある。杉山の最高傑作と私が目する「穹」(1964)は、エジプトという悠久の歴史の時間を、一瞬に永遠化せしめた絵画と言えよう。日本の仏像にあっても「救」(1986)がそれをなしている。私の好きな作品「水」(1965)も女性像を永しえのものとしている。私が杉山に強く惹かれる作品は、そう言った絵画として永しえにされたものである。傑作と言われるものは、東西古今を問わずみなそうかも知れないが。

フランス革命とロマン主義展

　東京展　1987年10月2日（金）―12月23日（水）　東京富士美術館　主催・東京富士美術館　朝日新聞社（以下同じ）
　広島展　1988年1月1日（金）―1月28日（木）　ひろしま美術館　主催・ひろしま美術館　福岡県立美術館　主催・福岡県立美術館　静岡展　1988年3月4日(金)―3月27日(日)　富士美術館　主催・富士美術館
　序文　ルネ・ルイグ／1789年から1848年までの歴史とそのイメージ　ベルナール・ド・モンゴルフィエ

3．1980年代後半

　フランス革命・人権宣言200年記念公式行事第１号である。メッセーヂにフランス共和国首相ジャック・シラク、そして創立者あいさつとして東京富士美術館創立者・創価学会インターナショナル会長池田大作の名がある。図版はダビットの「球戯場の誓い」から始まる。フランス革命を多少知っているつもりの私は《球戯場の誓》については知らない。そこで巻末の作品解説を読んで、1789年６月17日に国民議会を作った第３身分の代議員たちが、解散しないことを誓った革命の歴史的瞬間を記念したものであることを知った。私の未知の画家が多いが（作者未詳や「18世紀フランス派」とのみあるのも多い）、描かれた人物の事跡や歴史的事実については、解説を読まないと不明でわからない作が多い。ダントンやロベスピエールの肖像を観ると、その人物らしいということが納得できる場合もある。一般的に知られているのは、フランソワ・ジェラールの「レカミエ夫人の肖像」（1805）位のもので、私の勉強不足か、ほとんど未知の作である。それ故、解説を読みつつ、各作品を観るといろいろ新知識を得る。過半はエッチング作品だが、そのなかでもナポレオン作品が多いが、図版作品でもナポレオンの種々様々な像があって、ナポレオ考察にはいい資料となっている。エッチングの作品には、著名なものであるドラクロア「民衆を導く自由の女神」、ジェリコー「メデュース号の筏」などの模刻がある。

　フランス革命、ナポレオンの帝政がよく知られてくる展覧会である。

現代日本画家による　中国を描く展

　1987年10月８日（木）―10月13日（火）　なんば高島屋　主催・読売新聞大阪本社　読売テレビ放送　美術館連絡協議
　1987年10月16日（金）―11月８日（日）　高岡市立美術館

主催・高岡市立美術館　読売新聞社　北日本放送　美術館連絡協議会　1988年1月5日（火）—1月24日（日）　下関市立美術館　主催・下関市立美術館　KRY山口放送　読売新聞社　美術館連絡協議会　1988年2月18日（木）—3月1日（火）　日本橋高島屋　主催・読売新聞社　美術館連絡協議会　1988年3月10日—3月15日（火）　横浜高島屋　主催・読売新聞社　美術館連絡協議会

中国を描いた日本画家たち　村木明

不思議な展覧会である。多くは1980年代に製作された日本画であるが、中国を描いたそれぞれ特異な画となっている。加山又造、東山魁夷などは、伝統的な日本画の中国把握だが、私には無名である画家の作品が独自な中国風景を把握しているように見える。たとえば、岩崎英遠「天壇」は、梅原龍三郎の「天壇」とは全く相違して、現代的な《天壇》となっている。岩沢重夫「敦煌早春」も、私の想う敦煌とはまるっきり違う田舎風景となっている。私が名を知る加倉井和夫は、あたかもパリ風景を描くような筆致であるし、後藤純男は存在感の確かな油絵風といった具合だ。いずれにしろ面白い展覧会である。

梅原龍三郎遺作展

1988年3月11日—5月8日
東京国立近代美術館
1988年5月17日—7月3日
京都国立近代美術館
主催・東京国立近代美術館　京都国立近代美術館　朝日新聞社

梅原龍三郎遺作に当って　河北倫明／梅原龍三郎の芸術　富山秀雄／日本的油絵の形成—岸田劉生と梅原龍三郎　浅野徹

3．1980年代後半

／各章解説　島田康寛

　梅原龍三郎ほど、近代日本の洋画壇にあって、幸福な画家はいなかったのではないか。この図録には、初期から晩年に至る187作品が掲載されているが、その時期その時期に、梅原は自己を伸展させたと言い得る。ある点で、梅原の絵を描くのを阻止する障害物はなかったのではないか。

　ところで、この図録には、個別作品の解説はない。これはどうしてなのだろうか。作品の評価に対する記述は必要ではなかったのか。かわりに、各作品の物理的データ（創作年、大きさなど）と、その作品の展覧会出品、また美術全集などの掲載などが、ひとつひとつ記されている。後者はほかの画家の図録にも見えない画期的試みと言ってよい。詳細だから、これだけで20頁余にわたっている。また年譜が展覧会などが詳しく記述され、いろいろ参考になる。また主要個展歴、参考文献目録（画集には寄稿者名も記載）、そのうちには梅原龍三郎の著作文献もある。

　総じて、梅原芸術についての記録性豊かな文献となっている。

シーボルトと日本

1988年3月29日（火）—5月5日（木）
東京国立博物館
1988年5月14日（土）—6月12日（日）
名古屋市博物館
1988年6月21日（火）—7月31日（日）
主催・東京国立博物館　京都国立博物館　名古屋市博物館　朝日新聞社　ライデン国立民族博物館
ライデン国立民族学博物館小史　ウィレム.R・ファン・ヒューリック／オランダにのこる日本美術　狩野博幸／日蘭交渉史　金井圓／「錯国」とオランダ人—近世日本の対外関係の

起点　加藤榮一

日本・オランダ修交380年記念の催事である。巻頭の加藤榮一文が記しているように、本図録のはじめは、1600年前後の日本の対外関係を語る地図、蒔絵螺鈿箪笥、家康朱印状などを展示している。そして続いてフォン・シーボルト関係のものになり、ライデンにある博物館などの収蔵品の展示となる。種々様々な展示品があるが、商家模型、清水寺図など面白いものも多い。シーボルト所用の衣服、革鞄から名刺までが展示されている。植物標本などがあるのは言うまでもあるまい。ただ解せないのは、ハーグ国立公文書館蔵の、シーボルト事件の発端となった、シーボルトの間宮林蔵宛書簡が、なぜ宛先ではなく、発信者側の手元に残っているのかだ。日本側に残っているべきではないか。

シーボルト研究は日本では相当進歩、発展しているが、この図録を観る限り、展示は総花的で、あまり研究的なものとなっていない感がある。

尾張徳川家　能楽名宝

昭和63年4月29日（金）―5月11日（水）　新宿小田急グランドギャラリー　昭和63年5月19日（木）―5月24日（火）大丸心斎橋店南館　昭和63年11月3日（木）―11月8日（火）三越栄本店7階　昭和63年11月10日（木）―11月15日（火）大丸京都店7階　主催・徳川美術館　朝日新聞社

大名と能　徳川義宜／能面について　白洲正子／尾張徳川家の能装束　山辺知行／作品解説　増田正造

正直能面はじっと観ていても飽きは来ない。いろいろ語りかけてくるようでもある。能装束について、私は何も言うことはない。

3．1980年代後半

ジャポニスム展

パリ展　1988年5月17日—8月15日
グラン・パレ
主催・フランス国立美術館連合　オルセ美術館　国際交流基金　国立西洋美術館
東京展　1988年9月23日—12月1日
国立西洋美術館
主催・国立西洋美術館　国際交流基金　日本放送協会　読売新聞社　フランス国立美術館連合　オルセ美術館

ジャポニスムスの諸問題　高階秀爾／19世紀におけるジャポニスムの源泉　ジュヌヴィエーウ・ラカンブル／ジャポニスムと自然主義　馬渕明子／ジャポニスムと簡素さ　カロリーヌ・マチュー

　冒頭の各氏のジャポニスム論についで、作成ジュヌヴ・ラカンブルの「ジャポニスム関連年表」が掲載されているが、1818年から1910年までを、写真版を多用し、35頁にわたって詳細に綴っている。これと冒頭の4氏の論とを読むなら、ジャポニスムについての、現在の研究の成果は充分に把握できると言ってよい。図版の日本の浮世絵及び工藝品、そしてフランスなどの絵画と種々なる工藝品を見通すなら、今さらジャポニスムについて、あれこれ言うべきことはないとも思える。たとえば、有名なマネ「笛を吹く少年」「エミール・ゾラの肖像」「ステファヌ・マラルメの肖像」の三点が大きな図版で掲出されている。1番目の少年の肖像は一般にベラスケスへの敬愛の念をこめての作といわれるが、異なった眼から観ると、美術上の構成、あるいは画家の視線から言うとジャポニスム的とも言えないではない。そしてゾラ（背景に日本の浮世絵があるのとは関係なく）、マラルメ肖像に至ると、あきらかにジャポニスム的視線が強くあると、私はあらためて感じる

のである。この図録の第2章は「異国趣味としてのジャポニスム」なのだが、私は「異国趣味」という言葉をジャポニスの内に見たくはない。たしかに衣服とかに日本的な趣きがあるが、それもそれに注がれる視線、藝術一般の方法を重視されるべきだろうと考える。たとえば、ピサロの「オペラ座通り、陽光、冬の朝」の描出の方法は、これは日本的方法だと私は感得する。初期ボナールの人物像もそうではあるまいか。

　このあたりを私は注目したいと思うが、日本的視線、技法が何であるか、それはむつかしい。それは専門的に研究が進んでいるのは、巻頭の4氏の論を読んでも知られるところである。

　問題は、これほど広く受容された江戸時代の浮世絵を中心にした日本藝術が、明治時代以後ヨーロッパへなぜ受容されなかったのかという、日本近代美術の問題となろう。

　なお巻末にある「ジャポニスム関連資料抜粋」は、私の知らない文献が多く、非常に参考になる。また「ジャポニスム関係主要邦語文献目録」も、まだまだ読むべき、日本文献がいかに多いことを知らされて貴重である。

オスマン朝の栄光
トルコ・トプカプ宮殿秘宝展

　東京展　1988年8月23日（火）―10月2日（日）
東京国立博物館　大阪展　1989年1月5日（水）―2月5日（日）　大阪市立美術館　福岡展　1989年1月5日（水）―2月5日（日）　福岡市美術館　下関展　1989年3月4日（土）―4月23日（日）　下関市立美術館　主催・（各開催美術館等）（財）中近東文化センター　日本放送協会　朝日新聞社　オスマン帝国の歴史　永田雄三／トプカプ宮殿　護雅夫　高橋忠久

絵画・書・装丁藝術、宝物、陶藝、織物、衣装、木工藝　武器・武具の章に分け、それぞれ署名入りの解説がある。コーランなどの美麗な装丁にまず驚く。鮫皮の装丁もある。またコーランの収納箱もすばらしい装飾がなされており、儀礼用の兜の装飾にも目を奪われる。16世紀の展示品が中心で、オスマン朝の美麗さをよく伝えている。

加山又造屛風絵展

1988年9月—10月
東京・横浜・京都・大阪　高島屋
主催・日本経済新聞社
　（図録には一切、開催年月日、開催会場の詳細が記されていない。巻末の年譜によって、上記とした）
　果断な意志と斬新への希求　瀧悌三
　私は20年近く前であったか、加山又造の作品集（全5、6巻と記憶する）を持っていたことがある。本図録にも冒頭に加山の裸婦像があるが、私はその裸婦像などにたちまち飽きがきてしまって売却してしまった。ところが、この屛風展の図録を観ると、たとえば「長城」「月光の祁連山脈」「倣北宗水墨山水」には、中国・日本の伝統的山水画を、あるいは「しだれ桜」「龍図」も日本近世伝来の図柄、筆致を感得し得て、それなりに加山又造造型の大きさを再評価するに到った、単なる装飾画ではない、それを越えるものがあると言えるのではないか。

エルミタージュ美術館展　フランス近代絵画の流れ

1988年9月10日（土）—10月23日（日）
安田火災東郷青児美術館
主催・財団法人安田火災美術館　NHKエンタープライズ

NHKサービスセンター

近代の絵画空間　池上忠治／絵画　A.G.コステネーヴィチ／素描・版画　A.S.カントル＝グコフスカヤ

ルソー、コロー（3点）から始まり、モネ（3点）、セザンヌ（3点）、マチス、ヴラマックらの油彩が並ぶ。但し、展示作品はそう多くはなく、どういう面を訴えたいのかが不明。むしろドレ、ドガ、マネらの素描や版画に新し味があると言えようか。

モネとその仲間たち

1988年10月1日—11月6日
茨城県近代美術館
主催・茨城県　茨城県教育委員会

モネの芸術　ミシェル・オーグ／モネとその仲間たち　マリアンヌ・ドラフォン／日本とモネ　匠秀夫／モネと睡蓮あるいは水の庭　黒江光彦／モネの手紙　桐島敬子訳／モネの言葉　六人部昭典訳・注／モネの作品展開　舟木力英

図録には外務大臣宇野宗佑がメッセージを寄せている。モネと言えば、日本では一般に、黒江光彦の文もこの図録にあるように、《睡蓮》となる。しかし、この展覧会には44のモネの作品が展覧されるが、《睡蓮》はわずか4点であり、それもモネ作のそれとしてはそれほど高く評価できる作とは私には見えない。ほとんどは1880年代の風景画であり、「雪の印象、日没」（1875）、「グランド・ジャット島」（1878）、「ウェトゥイエの丘」（1880）、「ヴェルノンのほとり」（1883）、「地中海の岸、曇り日」（1888）など興味深いものが多い。《睡蓮》以前のモネの理解には佳品揃いと言えよう。さて、解説文はモネ中心だが、この展覧会では「その仲間たち」の展示が重要である。その画家たちの名前をあげて置けば、この展覧会の意義も知られて来よう。ヨンキントン、ブーダー、

ピサロ、マネ、シスレー、ルノワール、モリゾ、バジール、ギョーマン、カイユボット、ルブール、マックモニーズ、シニャック、オシュデ＝モネである。こういう展覧会でもなければ観られない画家、作品も多い。一方でピサロやシスレー、ギョーマン、カイユボットの風景画は、モネのそれと対比して興味深い。ただしルノワールなどはモネ絵画とどうかかわるのか不明な面もある。その点で、各作品の解説が簡略に過ぎるところはある。非常に参考になるのだが、マネ、ピサロ、シスレー、ルノワールのエッチングやリトグラフの作品が数多くある。しかしモネは１作品もない。これも展覧会の趣旨とどうかかわるのか不明である。

　なお、匠秀夫の「日本とモネ」はモネを中心に、林忠正、松方幸次郎などの蒐集をからめつつ、日本のモネ移入を詳細に論じていて参考になる。

やすらぎの文化史—オーストリア・ウィーン

1988年10月22日（土）—12月18日（日）
たばこと塩の博物館
ハンシュタットにおける先史時代の岩塩採掘　フリッツ・エカルト・バート／オーストリアにおける有史以来の塩水の採取と塩の精製　ギュンター・ハッティンガー／オーストリアにおけるたばこの歴史　ハーバート・ルップ／ウィーン万博と日本の紙巻タバコ産業　奥田雅瑞／カフェハウス、ウィーンの「詩と真実」　岩下眞好／やすらぎを求める心　宮城音弥／心のやすらぎ　團伊玖磨／オーストリアの文学—その静的様相　藤井忠

　私は55年にわたって、１日30本の煙草を吸っているヘビースモーカーである。癌になることの可能性の高いことは承知の上の、確信犯であるが、渋谷にあるたばこと塩の博物館の将来は心配し

ている。この図録でも塩についてはほんの一部で、大半は嗅ぎたばこ入れ、パイプ、パイプボウル、たばこジャー、あるいはたばこを吸う人の絵の図で占められている。様々に（ある場合は、すこぶる美的に）考案された煙草用品は、これは立派な文化と私の眼には映る。煙草は好尚だけではなく、政治経済、社会の問題であるのは奥田雅瑞の文によっても明らかである。ウィーンにおけることは、非常に長い、ハーバート・ルップの文によっても知ることができる。今現在煙草は悪の権化となっている。健康を第一と考える社会状況のなかでは、癌を誘発させると医学的に言われる以上そうなるであろう（55年にわたってヘビースモーカーである私はなぜ癌にならないのか、ほかの病いには弱い私には不思議である）。しかしかってはそうではなかった。ひとつの文化を構成し得たのである。裏声で言えば、過去としてすて去ることは歴史に対する横暴である。これほど多種、多様な煙草用品を蒐集したたばこと塩と博物館は、博物館として残すべきだ。

　なお、宮城音弥文はフロイト等にも言及した「やすらぎ」の一般論、團伊玖磨の文は深夜、煙草によるやすらぎを記している。藤井忠文は長いものだが、オーストリア文学に観られる不安、焦燥などを論じたものである。

舟越保武展

　昭和63年10月20日（木）—25日　東京日本橋高島屋　昭和63年10月27日（木）—11月1日（火）　米子高島屋　昭和63年11月3日（木）—8日（火）　大阪なんば高島屋　昭和63年11月10日（木）—15日（火）　岐阜高島屋　主催・高島屋美術部

　個展によせて　舟越保武

舟越保武の作品と言えば、「病魂ダミアン」（ハンセン病のため

に尽して、自らハンセン病になった神父の像で、表題に対する抗議があって、それを変更したり、あるいは展示中止になったりのことがあった。そのことで知られている)、「原の城」の2作品を別にすると、端正で、気品に満ちた女性像で終始一貫している。私もその像には出逢って惹かれ、現在に到っている。ほかには言うべきことはない。

日展八十年記念展

昭和63年10月26日（木）—11月7日（月）
松屋銀座8階大催場
主催・読売新聞社　社団法人日展
日展八〇年の歩み　細野正信

　23頁に及ぶ細野正信の冒頭文が、文展、帝展、新文展、日展の歴史を非常に実証的に詳述していて参考になる。ただこの図録を観て、日本画、洋画、彫刻などの歴史的成長を考えてはならない。かならずしも、美術は成長、発展の相にあるものではない。また、この図録で文展から日展に到る、そのなかの共通項を求めることも詮ないことである。これだけ大きな展覧会には、一本の筋があろうはずはないからである。私たちはこの図録を観て、あらためて作品に出逢えばそれを可としなければならない。たとえば富田溪仙「鵜船」（大1）を観れば、その大胆な鵜船の配置に私は驚く。小野竹喬「風浪」（昭5）の景観もまたすぐれているし、川合玉堂「朝晴」（昭21）も抜き出た新山水画と受け容れられる。中村岳陵「雪晴」（昭31）は新しい雪景色の発見である。中村研一「裸體」（昭3）は今に生きる裸体、和田三造「按摩さん」（昭11）は和田の老いざるリアリティー、川島理一郎「施米」の時代性、須田國太郎「河内金剛山」（昭19）の時代からの超絶性、鬼頭鍋三郎「バレリーナ」の肉感性、みなあらためて感服する。進

歩とかを考えさせないのは彫刻で、白井雨山「使なき身」(大1)と石井鶴三「古稀老」(昭30)、吉田三郎「K画伯」(昭32)は彫り出された思惟的肉体性に共通するものがある。このように、美術史などを考えずに（と言っても前記の細野正信の日展の歩みは史的に展観している）図録を観ればいろいろ得るところはある。巻末の作品解説は短文ながら、的確に作品評価のポイントを突いている。

インド建築の5000年—変容する神話空間

1988年11月19日（土）—12月25日（日）
世田谷美術館
主催・世田谷美術館　日本建築学会　毎日新聞社
インド祭事務局（ニューデリー）
インド建築の流れ　飯塚キヨ／インド建築の設計方法—古代建築書「マーナサーラ」の世界／インド建築の下層にある根本的法則　カピラ・ヴァツヤヤン／相似する構造：幾つかの部族住居の儀式的要素　ジョティンドラ・ジェイン／ル・コルビジェ—建築のアクロバット　B.V.ドーシ、カルメン・カガールによるインタビュー／M.J.P.ミストリー、棟梁（マスター・ビルダー）の末裔　スミタ・グワブウとのインタビュー

　図録はインド共和国首相ラジブ・ガンディーのメッセージで始まる。ところで、この図録を観ると、インド建築の現在と、紀元前2世紀からのインド建築の流れは、豊かな写真と共に述べられているし、また20頁に亘って詳述されている飯塚キヨの「インド建築の流れ」を読めば、その詳細な歴史も分かる。インド建築を支える精神もほかの論で知られるし、インドの頭梁の談話でインド建築の大工の姿もあきらかである。そしてインドでのル・ゴルビジェの建築思想も、ル・コルビジェの弟子の詳細なインタヴュ

ーで分かる。このように図録の写真や論でインド建築の姿はあきらかなのだが、この展覧会には何が出品されたのか、それが一切不明である。まさか建築物を日本に運んだわけではあるまい。何を展示したのだろうか。図録に掲載されているのは、インドの建物の写真ばかりであって、展示できるものではない。しかし、展示に関する記事は一切ないのだ。奇妙と言えば、奇妙であるが、しかしこの図録はインド建築史（その精神を含めて）と現在の建築についての貴重な文献となっているのは間違いない。

横山大観「海山十題」展

1989年1月10日（火）─22日（日）

日本橋三越本展七階ギャラリー

主催・日本経済新聞社

海山十題の魅力　細野正信

　私は世の中が一般に高く評価するほど、大観芸術に対応しない。それは私の器がちいさいからであろうと自認している。しかし、この図録の「海に因む十題」の大方はその画題の大きさにもかかわらず好しとしたいところはある。「黒潮」「曙色」は平凡だが、「浦澳」「松韻濤声」「波騒ぐ」はその大胆な構図、密集した松影の絵画的成功を観る。私が嫌うのは「山に因む十題」の富士山だ。そもそも富士を《霊峰》とするその精神性を避けたい。富士はあくまでも山である。私も何度か富士山を真近かに観た。圧倒的な存在感があったが、私はそこに《霊峰》という感は持たなかった。たとえば「霊峰四趣・秋」の前景は評価できる。しかし富士山がじゃまである。そもそも富士のみを《霊峰》と称して、日本の諸峰と区別するのは間違っている。それにしては、大観描く富士は薄っぺらであるとしか私には映らない。広重の富士の方が、はるかに富士を表出している。大観以後の多くの画家たちも富士山を

描いている。私としてはそれらの作の方が、富士の重量感をよく描き切っていると感得する。

桃山の華　屏風襖絵

　平成元年5月27日（土）―7月2日（日）
　　サントリー美術館
　サントリー創業70年記念展である。サントリー美術館収蔵は3点のみで、残りは各地の寺院、美術館からの招来品である。重要文化財、重要美術品も多く、狩野光信「花卉草木図襖」（重文）をはじめ、ほかに探幽など狩野派の作品が多い。特に重文の長谷川等伯「波濤図」は見逃すわけにはいかない。ほかの作は省くが、何しろ豪華、華麗な絵図の展覧会である。

版画に見るジャポニスム展

　1989年8月9日―8月27日　横浜そごう美術館　主催・（財）そごう美術館　神奈川新聞社　全国美術館会議　1989年10月29日―11月23日　福井県立美術館　主催・福井県　福井県立美術館　1990年1月24日―2月12日　奈良そごう美術会館　主催・日本経済新聞社　奈良そごう美術館　全国美術館会議　1990年3月29日―4月10日　大丸ミュージアムKYOTO　主催・京都新聞社　全国美術館会議　1990年5月8日―5月27日　福岡県立美術館　主催・福岡県立美術館　西日本新聞社　テレビ西日本　全国美術館会議　1990年6月12日―7月22日　渋谷区立松濤美術館　主催・渋谷区立松濤美術館
　浮世を尋ねて―19世紀末のフランス美術にみる日本の精神　フィリオ・フロイド／ジャポネズリーとジャポニスムのはざまから　谷田博幸
　版画を中心としたジャポニスムの絵画展で、たしかによく観る

と、日本版画の圏内にあるものと認められ、その影響力の根底に
あるものは何かということを考えさせる。「自然」「ジャポネズリ
ー」「カリカチュア」「色彩」「都市」「風景」「女性」「コンポジショ
ン」などに章分けし、その特質を浮かび上がらせようとする、そ
の章の全体的な詳述、作品解説は種々参考になる。作品の数が多
いのはアンリ・リヴィエールであり、それらを観ると、一考の文
でも書きたくなる。ピサロやロートレックらの作もあるが、多く
は未知の画家である。

松方コレクション展—いま甦る夢の美術館
1989年9月14日(木)—11月26日(日)
神戸市立博物館
主催・神戸市立博物館　神戸新聞社　神戸市民文化振興財団
亡夫を偲んで　松方爲子／松方コレクションについて　越智
裕二郎／松方コレクションのフランス絵画　池上忠治／松方
コレクションのイギリス絵画　湊典子／松方コレクションと
浮世絵　岡泰正／松方幸次郎＝取材ノートから＝神戸新聞
「火輪の海」取材班　林芳樹　服部孝司　橋田光雄／松方幸
次郎　矢代幸雄

松方コレクションに対する関心の度は、今は相当薄らいで来て
いるのではないか。私などの年令では、国立西洋美術館の創設後
間もなく、絵画に眼覚め、そのなかにおける松方コレクションと
いうものを見聞していたから、それについては早くから関心を
持っていた。国立西洋美術館蔵のコレクションの一端として、ル
ノワールの「アルジェリア風のパリの女たち」(同題で、ほとん
ど図柄と同じ作品が、フランスにあることは、よほど後に知った)、
あるいはロセッティの「愛の杯」などが私の記憶に残る。それは
ともかくこの図録を一覧して、これは松方コレクションを観、考

えるための一大資（史）料となろうという結論を持った。松方幸次郎蒐集の全体は、現在離散してしまっているから把握できないが、この展覧会を機に努力して蒐められた作品群だけでも、コレクションの精髄をつかむことができよう。たとえば、松方コレクションに日本の浮世絵があることはあまり知られていないかもしれない。そのコレクションは8024枚にのぼり、昭和恐慌の時担保物件になっていたが、運よく松方の手に戻り、そして松方から帝室へ献上それが帝室博物館に移管、現在東京国立博物館蔵になっている。特に写楽作品では世界有数のものとなっている。浮世絵コレクション形成の次第は岡泰正の解説文に詳しい。

　私にとって勉強になったのは、詳細な越智雄二郎の松方コレクションの形成過程の全体を追った解説である（13頁に及ぶ）。実証的、研究的な姿勢がうかがえ、そのなかには「（松方は）鑑識眼を持ち美術の研究しながら蒐集をした人は全く違うのである。一人の毛色のかわった実業家が瞬速風速のようにして集めた絵画群なのである」と、いわゆるコレクション賛美、松方賛美とは違う醒めた目を持っているのだ。42の註があるが、そのなかに「松方コレクションの中の古典作家は、現在にあっては、僅かの例外を除いてはほとんど真作と認められない」という註記もある。私としてはコレクション形成の過程だけでなく、コレクション崩壊後の流転についても書いて欲しいところだが、越智の眼は「要するに戦後の日本はたまたま"敵国財産の寄贈"のおかげで西洋美術を400点所有する国立の施設を持つことができたまでのことであって、決してそれ以上ではない。」と言って、現在の文化行政の極度の貧困を述べ、やはり醒めているのである。他方、池上忠治の、コレクションのうちのフランス絵画についての解説は一般風であるが、湊典子のイギリス絵画は、松方コレクションの具体的な作品について詳述していて参考になる。註のなかで「114人

3．1980年代後半

のうち14人の作家は、その名前と生没年等が、筆者の周辺の資料からは確認できない」と記している。これはコレクションの有名無名を問わないという意味ではその幅の広さを示しているが、別の点ではそのコレクションの乱雑さを現わしているとも見られる。矢代幸雄の「松方幸次郎」は、昭和30年1月「藝術新潮」掲載の再録のものであるが、かなり長く、そして生々しい松方像、そのコレクション生成をよく語っていて第1級資料と言える。そのなかで、矢代も驚いているが、松方が自由にできる金が3千万円あったとのことである。矢代はそれを聞いた当時、パリで月200円で暮していたという。

　いずれにしろ、この展覧会図録は、松方幸次郎の実像と虚像を知るのに実に貴重である。その綿密さは、松方コレクション形成の助言者フランク・ブラングィンの画業の掲載もあり、9作品があって、そして無視できない特異さを私たちに知らせてくれるのである。

大アンデス展
国立民族学博物館第1回特別展

1989年9月14日（木）―12月12日（火）
国立民族学博物館（大阪）
主催・国立民族学博物館　朝日新聞社　国際交流基金
巡回展　京都展　1989年12月28日(木)―1990年1月16日(火)
大丸ミュージアム京都　那覇展　沖縄県立博物館　横浜展
1990年3月2日（金）―4月1日（日）　岡山展　1990年4月6日（金）―5月6日（日）　岡山県美術館　神戸展　1990年5月9日（水）―5月21日（月）　そごう神戸店　船橋展　1990年6月8日（金）―7月10日（火）　西武アートフォーラム　福岡展　1990年7月14日（土）―8月15日（水）　福

岡県立美術館　熱海展　1990年8月19日（日）―9月12日（水）MOA美術館　主催・朝日新聞社　開催地博物館・美術館など

高度差による多様な環　大貫良夫／インカ帝国の成立　松本亮三／砂漠のオアシス文明　加藤泰建／インカ雑話　増田義郎／征服と植民・破壊と抵抗の歴史　染田秀藤／土器と織・色と形のメッセージ　藤井龍彦／リャマの儀礼とシトウの祭典　友枝啓泰／世界を救ったアンデスの作物　山本紀夫／現代アンデス・インディオの現実　木村秀雄／日本人とアンデス考古学　大貫良夫／土器のさまざま　関雄二／鮮やかな織物　中島章子

　展示物は845件に及ぶ大展覧会である。図版でもあれこれ言及したくなるが、それは多種にわたって不可能だ。ただ1、2を言って置くと、はじめてインカ出土の母親と子供のミイラを観たが、それは生きたままといえる振舞いをしているもので、屍体をミイラ化したものとは思えない。これは何なのかという疑いを持った。また油絵のインカ帝国の国王の処刑図を観た。こういう残酷な場を描いた人間がいるということを知って、心が寒々となる。

　ところで、展示物の個々の作品の多くの写真も参考になるが、それとともに多くの解説文が、その展示物の理解を深めるために有益である。いや展示を離れて、それらを読むだけでインダス文明の大よそがわかるといった充実した内容になっている。たとえば、アンデス招来の食物としてじゃがいもやとうもろこしなどは広く知られているが、日本人にはなじみの深いひょうたんもアンデスからだというのを知る日本人はそういないのではないか。あるいはアンデス文明研究の日本人として、高橋是清から鳥居龍蔵、天野芳太郎、泉靖一などについて資料豊かに記述している。参考になる文であろう。また長文の解説文とは別に署名付きのコラム

3．1980年代後半

欄があって、たとえば「皇帝の身代金」「ケチュア語」「道路と飛脚」「冶金」などなど細かい事柄を立項、細述してあり読むと面白い。

　私は若いころはもっぱらエジプト古代文明に関心があって諸書を読んだが、いつの頃からか南米文化に頭が向いた。それは多分旧大陸文明から断絶した地域での、独立した文明の発達した、その型に関心した故であろう。

源氏物語と紫式部展

1989年9月17日（日）—10月8日
Bunkamura ザ・ミュージアム
主催・東急広報委員会

　ザ・ミュージアムのオープニング展であるが、図録を見るかぎり、至って薄っぺらな展覧会である。たとえば、国宝の「源氏物語絵巻」は徳川美術館と、東急系列の五島美術館蔵であるのに、それはほとんど展示されず、土佐光吉らの偽古美術的な源氏物語手鑑とくだらない現代日本画家の入江正巳の軽薄な絵だけで、見るに足るのは、谷崎源氏の挿絵位といったところである。また大野晋が監修者だが、あちらこちらに思いつきだけの駄文を草している。どこにでも顔を出したい大野の一側面があらわになっている。

写真150年・その光と影

1989年9月28日（木）—10月3日（火）
エスパース・プランタン（東京・プランタン銀座6F）
主催・日本大学芸術学部写真学科　東京工芸大学短期大学部
「写大コレクション」の誕生　細江英公／日本大学芸術学部写真学科コレクションについて　澤本徳美

79

この図録を得て、私は資料価値の大なるを知って、大変喜んだ。1840年から1982年までの代表的写真が掲載されているのである。230頁を超える大冊である。展覧会開催はわずか6日、この図録はどれほど配布されたのであろうか。はじめて観る写真が多いが、だがナダールのサラ・ベルナール像は私は知らなかった。マン・レイの「ソラリゼーション」も未見だった。むろん木村伊兵衛「青年」、土門拳「焼芋泥棒」、濱谷浩「田植え女」、林忠彦「坂口安吾像」、細江英公「薔薇刑」、秋山庄太郎「川端康成像」などの日本写真家の写真はあまりにも著名で私も知っているが、そのほかの日本写真家の作品には知らないものが多い。しかし、それは一部であって、欧米の写真家たちの作品には驚くべき作が多い。それが228点掲載されているのである。1写真家1作品であるのが心残りであるが、しかし、この図録で、写真史の大概は感得できるのであるから、この図録は貴重である。たとえば、私の未知の日本写真家野島康三の「富本憲吉像」、あるいは鈴木八郎「ミス・ニコルスキー」、福原信三（資生堂経営）「西湖風景」は注目されるし、中国人郎静山「烟波揺艇」は山水画そのままである。ヨーロッパの写真家でも任意にあげれば、カルジャ「ロッシーニ像」、フロイント「ヴァージニア・ウルフ像」は、あらためてその像をリアルに知らしめられる。しかし、著名な写真家アンリ・カルティエ=ブレッソンの「シモーヌ・ド・ボーヴォワール」は初めて知る写真だが、あまりカルティエ=ブレッソンらしくはない平凡な作だ。まだまだ欧米の写真については述べたいこともある。それほど問題作が多いのだ。

　写真の所蔵は全て日本大と工芸大である。巻末の「写真史年表」は詳細で理解を助ける。

3．1980年代後半

リヨン美術館特別展　栄光のフランス美術

1989年10月7日―12月1日
東京都美術館
主催・東京都美術館　読売新聞社
1989年12月9日―1990年1月21日
北九州市立美術館
主催・北九州市立美術館　読売新聞西部本社　FBS福岡放送
ひとつの歴史のために―リヨン美術館小史　フィリップ・デュレ／リヨン美術館の絵画　アンリ・フォション／ビュヴィス・ド・シュヴァンヌと日本　真室佳武

　リヨン美術館展というのは、この展示会以前に日本で開かれたことはあるのだろうか。これほどうまく整理されて、フランス19世紀半ばからの絵画のあり様を、観ることができるのは幸いである。とは言え、たとえば1854年の作であるル・ジャンモの「魂の詩」連作18作は特異な絵画世界を知らしめるように、焦点を絞って展覧している場合もある。あるいは「アングルとロマン派の章」にあるドーミエの6体の彫刻は、ドーミエの特異な造型性にあらためて接することができる。これは9章の「ブロンズ彫刻」（ロダン、マイヨールがある）と対照的に観ることができるのだ。あるいはモンティセリ（4作）の絵も観るに足る。「印象派とその周辺」は各画家1作品ではあるが、マネ、モネ、ドガ、シスレー、モリゾ、ルノワールほか印象派の世界は概観できる。ジャヴァンヌは解説文にとり上げられているが、特に1章を与えられている。「象徴主義とキュビスム～」「両大戦間の諸傾向」は、カリエール、ボナール、マルケ、デュフォ、ヴァン・ドニヂラ、ユトリロ、さらに藤田嗣治まで展観できる。

　有意義な展覧会だったと言えよう。

「昭和の洋画100選」展

平成元年10月25日（水）―11月6日（月）
東京・松屋銀座
平成元年12月26日（火）―平成2年1月7日（日）
広島・三越　広島店
平成2年1月18日（木）―1月30日（火）
大阪・大丸・心斎橋店
日本洋画の歩み　高階秀爾

平成と元号が変わり、直ぐさま開催された展覧会である。作品の評価についての解説は1作品ごとに、執筆者を明示して、詳細に記している。100選とあるが、正確には115選である。岡田三郎助から加納光於までの画家だが、私の知る絵が多い。ところで、この115作品はたれが選んだのであろうか。またこれら著名作品をどう招来したのだろうか。それはともかく、昭和日本の洋画の優品をこれだけ観覧できた人は幸福である。と言うのも、デパート故に会期は短く、それほど多くの人に機会はなかったろうからだ。そこが惜まれる。

ポール・デルボー展

大阪展　1989年11月1日（水）―11月13日（月）　大丸ミュージアム・梅田　主催・朝日新聞社（以下同じ）　京都展　1990年1月18日―1月23日　大丸ミュージアムKYOTO
東京展　1990年2月1日―2月26日（月）　新宿・伊勢丹美術館　姫路展　1990年3月3日―4月5日　姫路市立美術館
横浜展　1990年4月10日―5月13日　横浜美術館
ポール・デルボーとその時代像　フィリップ・ロベール・ジョン／デルボー＝夢の魔法　シャルル・ヴァン・ドウーン／ポール・デルボーとの対話―日本人について　ポール・デルボ

3．1980年代後半

- シャルル・ヴァン・ドゥーン／ポール・デルボーの夢と芸術　マルセル・ヴァン・ヨーン／ポール・デルボーの自由な演出＝あてのない無言劇　武田厚

　この図録を一覧して、すでに日本ではデルボー展が3回催されていることを知り驚いた。さらにポール・デルボー財団というものがあり、私立とは言えポール・デルボー美術館まであるというのだ。シュールレアリスト、デルボーはそこまで世に受け容れられていることは私には驚きである。たしかにキリコ、マグリッド、ダリほど危険な絵ではないが、しかし「普通の絵」で「美しく神秘的な作品」（武田厚）なのだろうか。武田はまたデルボーの「自由」を指摘する。しかしデルボーの絵に私は《自由》は感じない。むしろ画布に塗り込められた不自由を思う。ヨールは「性的欲望を表す素晴らしい裸身」と言う。デルボーの絵に私は「性的欲望」は感じない。むしろ凍結された《欲望》ではないか。ドゥーンは「夢と詩情の画家」と言う。夢はともかく、デルボーに《詩情》があるのか。「キリストの埋葬」の骸骨は何か。いずれにしろ私にはデルボーについて語ることができない。

　なおこの図録には1920年代の初期油絵、およびデルボーの水彩画・素描が掲示されている。図録の半ばを占め後者は、デルボーへの視野を拡げる。

4．1990年代前半

ロートレック全版画展

1990年5月3日―6月3日　Bunkamura ザ・ミュージアム　主催・東急文化村　読売新聞社　美術館連絡協議会（以下同じ）　1990年6月12日―7月15日　福井県立美術館　主催・FBC　福井県立美術館　読売新聞大阪本社　1990年7月21日―8月19日　北九州市立美術館　主催・北九州市立美術館　読売新聞西部本社　FBS福岡放送　1990年8月24日―9月24日　高松市美術館　主催・高松市美術館　読売新聞大阪本社　西日本放送
序文　ゲッツ・アドリアーニ／19世紀末とリトグラフ版画　木島俊介

　19世紀の版画家と言ってよいロートレックの全版画を一挙に全展示した日本初の展覧会である。ロートレックの版画については、今さら紹介するまでもなく、日本のヨーロッパ絵画の愛好家たちには周知の画風である。ポスター、書物の挿絵、版画集（リトグラフ）など多岐にわたる全作品が展覧された。ただ、図録では全作が色彩付ではなく、白黒版も多い。図録の解説はドイツ人 Götz Adriani の独文を英訳したものの邦文訳である。非常に詳細で、ロートレックの不幸な一生を軸に、各作品の成立事情について詳述していて、ロートレック絵画の全体像がとらえられるような記述となっている。図版では、晩年の不気味な絵もあるが、一方で健康そのものとも言える著名な「騎手」（1899年）は一頁大になっていて印象的である。

　白黒刷りも多いが、詳細な解説付きロートレックの全版画集として貴重な資料となっている。古書店で見かけたら、ぜひとも求めて、坐右に置くべき図録である。

4．1990年代前半
ユトリロとモンマルトルの画家たち

大阪展　1990年6月22日（金）―7月4日（水）　近鉄百貨店阿倍野店近鉄アート館　主催・読売新聞大阪本社　読売テレビ　京都展　1990年10月4日（木）―8日（月）　大丸ミュージアムKYOTO　主催・読売新聞大阪本社　読売テレビ　東京展　1990年10月18日（木）―30日（火）　大丸ミュージアム　主催・読売新聞社

モンマルトル、その伝説と現実　ジャン・フォルヌリス／ユトリロ、ヴァラドン、ユッテル　ジャン・フォグリス

　ユトリロを中心としたモンマルトルの画家たちの絵画を味わえる本展が、デパート展の故か、短時間の開催であったのは残念である。ところで、ジャン・フォルヌリスが寄稿文の題を《ユトリロ、ヴァラドン、ユッテル》としたが、この三者の関係を知る人は、日本にはあまりいないだろう。すなわち、ヴァラドンはユトリロの母(ユトリロは私生児、ヴァラドンも私生児)、そしてユッテルはヴァラドンの夫という関係である。私ははじめてヴァラドンの絵を多く観ることができたが、その独自性をどう表現すべきかがわからない。女性画家としては柔和さはたしかにあるが、それ以上圧倒的な存在感のある肉感性は、息子ユトリロにはない。ユトリロの絵は10点展示されているが、若いころからユトリロを好む私としては、その母ヴァラドンはユトリロとは結びつかないものを感じる。ユトリロのモンマルトル風景画は、たとえば建物のあやうい存在感を描いていると言えよう。それに対し、ヴァラドンは骨太だ。ところでユッテルの絵は、ファグリスも指摘するように、前2者に対してはるかに劣る。そしてファグリスによれば、ユッテルは絵を描くより、ユトリロの絵を売るのに忙しかったとのことである。この展示会では、ほかにシニャック、ロートレック、デュフィ、ピカソ、シャガールなどの作も掲示している

が、私としては未知の画家であるマクシミリアン・リュース、ルイ＝イレール・カラン、シャル・カモワンそしてギュターヴ・カイユボットらのパリ風景画が、ユトリロと合わせて関心が寄せられた。巻末には、詳しい画家紹介があり、そこで未知の画家のことが知られる。

日本・トルコ友好100年記念
トプカプ宮殿秘蔵東洋陶磁の至宝展
1990年6月5日—7月1日
出光美術館（東京）
1990年7月10日—8月5日
出光美術館（大阪）
主催・出光美術館　朝日新聞社
トプカプ宮殿の東洋陶磁　長谷部楽爾

トプカプ宮殿には、1万5千点の中国陶磁器、日本の陶磁器約700点などが収蔵されているが、その収蔵の経緯はあまり糾明されていないようだ。ただ日本のものは、明治10年代に何らかの経由でトルコに渡ったらしい。中国の陶磁器については、長谷部の文でいろいろ経緯の可能性が語られている。しかし細部については判明していないようである。

図録を観ると、中国の元、明、清や日本の18、19世紀の相当高度の陶磁器が展覧されている。蒐集眼はたしかなものと言えよう。

モスクワプーキシン美術館所蔵による
ヨーロッパ絵画500年展
1990年7月12日（木）—8月10日（金）　Bunkamura ザ・ミュージアム（渋谷）　主催・プーシキン美術館（以下同じ）　日本テレビ放送網　読売新聞社　1990年9月2日（日）—10月

4．1990年代前半

21日（日）　京都市美術館　主催・京都市美術館　読売テレビ　読売新聞大阪本社　1990年11月8日(木)—12月9日(日)　福岡県立美術館　主催・福岡県立美術館　FBS福岡放送　読売新聞西部本社　1991年2月3日（日）—3月17日（日）　北海道立近代美術館　主催・札幌テレビ放送　読売新聞北海道支社

プーシキン美術館の沿革とコレクション　八重樫春樹

　何しろ15世紀のボッティチェルリ派の「聖母」からセザンヌ、ゴッホ、ゴーガンまで展示されているのだから、何も紹介する言葉はない。何かの焦点があるかと言えば、何もない。ただ作品が並んでいるだけである。これを展覧した人は何を得ることができたのだろう。知る人は知る絵だが、ゴッホの「囚人たちの輪」を観て、ゴッホにこういう絵があったかと感心する人がいるかも知れない。その程度の展覧会である。

日本美術名品展

平成2年10月16日（火）—11月25日（日）

東京国立博物館

　主催・文化庁　東京国立博物館

　天皇即位の大典記念の展覧会である。それにしては図録は小さい。しかし展示物は、正倉院の「烏毛立屏風」から始まり、以下日本の美術、工芸品（中国伝来のものもある）の優品が展示された。銅鐸と並んで埴輪があるが、その埴輪について、私自身のかかわりをひと言触れて置きたい。出品物に「琴をひく男子」があるが、出土地として前橋市朝倉町とある。この朝倉町は私の子供の頃は朝倉村で、私の生まれた同市天川町に接した隣町であるが、私ら子供は朝倉村の古墳に遊びに行くことはしないで、天川町内の二子山古墳をもっぱら遊び場所として、ずい分破壊したもので

ある。そして朝倉村の古墳は樹木でおおわれ、現在でも同様で発掘した様子は見えないのである。朝倉町にあるはっきりした前方後円墳ひとつしか記憶がないが、どの古墳から出土したのか今の私は知りたい。

そのほか気になるのは、佐竹本三十六歌仙の切が二葉あり、ひとつは優品と言える小野小町である。この三十六歌仙は知る人は知る大正八年に切られて、一葉づつ各蒐集家の手に分配されたのだが、この展覧会の出品切には所蔵機関なりの記載がない。個人蔵なのか。現在この三十六歌仙の切を探索して、元の型に戻して全葉を一覧できるような出版物にできないものか。

あと図録を一覧して思うのは、狩野永徳「唐獅子図屛風」や俵屋宗達、伊藤若冲、円山応挙などの優品が宮内庁所蔵となっている(中国の絵画も同様)。これはどういう筋で宮内庁の所蔵となったのか、知りたいと思う。

東京国立博物館所蔵だけではなく、全国の寺社、あるいは博物館などから蒐められて展覧されている。東京国立博物館の強さを今さらながら知らしめられる。

大英博物館　芸術と人間展

1990年10月20日（土）—12月9日（日）　世田谷美術館　1991年1月5日（土）—2月20日（水）　山口県立美術館　1991年3月9日（土）—5月7日（火）　大阪・国立国際美術館
主催・世田谷美術館　山口県立美術館　国立国際美術館　大英博物館　日本放送協会　朝日新聞社
大英博物館の沿革　マージョリ・ケイゲル／芸術と人間　大島清次

メソポタミア、エジプト、ギリシャ、インド、西域(スタイン・コレクション)、マヤ・アステカ文明、ポリネシアと、ほどんど

4．1990年代前半

の文明に網羅している壮大な展覧会である。貴重で、観るに価する展示品が多い。また展示品各々の解説も詳細である。大英博物館展というのに恥じないものと言える。

それにしても、この展覧会が東京国立博物館等の物々しい会場ではなく、世田谷美術館などで開かれたことに不思議さを覚える。

エトルリア文明展
最新の発掘と研究による全体像

1990年10月27日―12月9日　大阪市立東洋陶磁美術館　1991年1月5日―2月11日　名古屋市博物館　1991年2月17日―3月17日　福岡市博物館　1991年3月26日―5月6日　ブリヂストン美術館　主催・上記の美術館・博物館

エトルリア文明―その虚像と実像　マッシモ・パロッティーノ／エトルリア人と古代地中海文明　マウロ・クリストファーニ／エトルリア絵画と地中海世界の絵画　青柳正規／タルフィニア、バッカンティの墓の壁画修復　マリア・カタルディ

エトルリア文明についての私の知識はほとんど伝説的なものに過ぎなかったが、各地の発掘によって相当その実像があきらかになったことを、この図録を見ることによって知った。各氏の解説文は重要だが、各章の無署名の長い巻頭文、そして個々の出土品の解説も多いに参考になる。図録を見ると、前1世紀の「ウェイオウス像」は古代像の傑作として私に観える。紀元前9世紀から紀元1世紀までの発掘品の展示であるから、古代イタリアを考察するためには、この図録は日本人にとっていい資料となろう。

ピカソ版画展

1991年4月6日（土）―5月5日（日）　北海道立近代美術館　主催・美術館連絡協議会　読売新聞社（以上、以下同じ）

北海道立近代美術館　札幌テレビ放送　1991年5月17日（金）
―6月9日（日）　町田市立国際版画美術館　主催・町田市立国際版画美術館　1991年6月13日（木）―6月30日（日）
北九州市立美術館　主催・北九州市立美術館
ピカソの版画世界　佐藤友哉　／『ウォラール・シリーズ』
―100枚のモノクロのドラマ―　中島順一

　私はピカソの油絵の三分の二以上は受け容れることができない。どちらかと言えば、ピカソ嫌いである。しかし1904年の「貧しき食事」（エッチング）以後のピカソの版画はよしとするところが多い。というのも、エッチングが多い故か、ピカソのデッサン力の確実さが如実に観られるからである。また、人物などの構成の巧みさも知ることができる。ピカソもこういう特殊な方面に限ってみると、私には受け容れる面が増える。

南ロシア騎馬民族の遺宝展
―ヘレニズム文明と出会い―

1991年4月13日―5月26日　東京・古代オリエント博物館　主催・古代オリエント博物館　朝日新聞社　1991年7月10日―8月18日　京都文化博物館　主催・京都文化博物館　朝日新聞社　1991年9月18日―9月30日　福岡・天神岩田屋　主催・朝日新聞社

世界史における騎馬民族　江上波夫／シルクロードから国際協力へ　V.P.アレクセイエフ／サルマタイの工芸とその周辺　加藤九祚／北コーカサスと黒海のスキタイ　V.G.ペトレンコ／ドン川からウラル地方のサルマタイ　M.G.モシュコワ／黒海北岸地方の古典古代世界　E.M.アレクセエワ／中世のコーカサス　V.N.カミンスキー

ロシアのロストフ、アゾフ、クラスノダル、スタゴロポリの各

4．1990年代前半

博物館所蔵の工芸品等の遺物の展覧会である。シルクロードのオアシスルートなどでなく、草原（ステップ）ルートを辿ってみるという試みである。前6、7世紀から前2、1世紀、西紀2、3世紀の遺物を中心に展示している。この時期の遺物がこれほど多く蒐集されていることに驚く。研究は進んでいるようで、解説は的確で参考になる。

我らの時代　マグナム写真展

1991年6月7日—30日
東京・bunkamura ザ・ミュージアム
主催・bunkamura　朝日新聞社
1991年7月19日—8月18日
大阪・ナビオ美術館
主催・朝日新聞社
時代の語り部としての写真　澤本徳美

　1947年にパリで、ロバート・キャパ、アンリ・カルティエ＝ブレッソンらによって結成された写真家集団が、マグナムである。マグナムは普通の瓶にくらべて二倍入る酒瓶のことで、「何より大きくて凄いもの」の意である。この展覧会には60名の写真家の作品を展示した。様々な歴史的事件の折の写真もあるが、精神病院の写真が数点あるように、何気ない日常生活の中での不気味な映像を撮り、時代相をあらわにしたものがある。図録を観て、よく知られているものは、1963年の「チェ・ゲ・バラ」（ルネ・ブリ）、濱谷浩「田植え女」、「タイムズスクエアを歩くジェームス・ディーン」（デニス・ストック）などがある。ルワンダのフッ族の少年を撮った写真（マイケル・ニコルズ、1981年）は飢えて幽鬼の如き像は恐しさを覚える。カルティエ＝ブレッソンの写真が数多く、「中国本土からの難民」（1948年）など印象に残る作があ

る。こういう日常生活のなかでの異常さは、後世「我らの時代(IN OUR TIME)」をどう見るであろうか。百年後、二百年後に対する記録と言えよう。

長谷川利行展

1991年6月12日（水）―6月23日（日）　新宿・小田急百貨店　1991年6月26日（水）―7月7日（日）　奈良そごう美術館　主催・朝日新聞社

長谷川利行展によせて　小倉忠夫／長谷川利行が愛した人、利行を愛したひと　尾崎眞人

長谷川利行の「靉光の肖像」「岸田国士像」などのいくつかの肖像画は、近代日本絵画史における肖像画として後世に残る作と言ってよい。しかし遺されたほかの多く画はいかがであろうか。1937年以後の画は私には受け容れられない作が多い。放浪、無頼の生活が彼の筆を荒くさせなかったか。私にはそれが残念であるとも思う。しかし、放浪、無頼の生活がなかったら、彼の画がどうなったか、それは分らない。彼の傑作も、そのすさんだ生活によって生れたのかも知れないからだ。

フィレンツェ・ルネッサンス　芸術と修復展

1991年7月16日（火）―9月1日（日）
京都国立近代美術館
主催・京都国立近代美術館　世田谷美術館　名古屋市美術館　NHKエンタープライズ　NHKプロモーション　イタリア文化財省　フィレンツェ美術監督庁　フィレンツェ輝石・修復研究所（以下同じ）
1991年9月14日（土）―11月4日（月）
世田谷美術館

4．1990年代前半

1991年11月23日（土）—12月23日（月）
名古屋市美術館
修復の諸問題と展覧会の特徴について　ジョルジョ『ポンサンティ／フィレンツェ・ルネッサンスの代表作—ある歴史の軌跡　アントニオ・パオルッチ／ウフィツィ美術館素描コレクションと画紙修復工房　アンナマリーア・ペトリオーニ・リトファニ／ルネサンスの美術家像　石鍋真澄／あくなき変革の伝統—フィレンツェの絵画小史　勅使河原純

　本展覧会はフィレンツェのルネサンスの絵画作品の展覧とその絵画等の修復の実態を紹介するという2つの趣旨の基に開催されたものである。といっても、各作品解説（画家紹介とともに詳述されている）を読むとわかるが、作品の展示と同時にその作品の技術的特質、それに基づいての修復とを合わせている。したがって、解説の美術的価値を述べつつ、いかなる修復をしたかについても触れているわけである。例の著名な、ベネデット・ダ・マイアーナの彫刻、憔悴した像を彫り出した「マクダラのマリア」は作品の伝来を述べつつ、その修復の経過を詳しく説いている。そしてこの作品は「修復資料」にも掲出され、X線写真や修復以前の状態もあきらかにして、現在私が親しく観る像といかに相違するかを知らしめている。あるいは私たちがよく知るボッティチェリ「書斎の聖アウグスティヌス」も作品の価値と共に修復の次第が語られている。ところで、この図録の過半はデッサンで、そこでボッティチェリのデッサンも知ることができる。そしてそのデッサンの持つ絵画史的記述も詳細である。また図録中には遠山公一「素描の歴史と技法」などの論考も挿入されている。270頁に近い図録は貴重な資料と評価できる。

　また各章で論考を寄せている、次の日本人の文も貴重である。「1914—1927年新しい絵画への模索《モンロチ風景》から《マ

グネティック・フィールド》まで」(中村尚明)、「1933—1948年　記号と色彩のプルフォニー」(中村尚明)、「1960年以降　非人称の絵画へ」(柏木智雄)、「彫刻「もの」の潜在性へのまなざし」(柏木智雄)、これらは注も多く、種々参考になる。

ミロ展
—ピエール・マティス・コレクション

1992年1月11日—3月25日
横浜美術館
主催・横浜美術館　日本経済新聞社　神奈川新聞社　TVKテレビ
ジュアン・ミロとピエール・マティス　ジャック・デュパン／ジュアン・ミロ—その成長過程と芸術的円熟期　ビクトリア・コンバニア／ミロとニューヨーク・スクール　バーバラ・ローズ

マティス・コレクションを見ると、私たち日本人はフランスの画家マティスと思ってしまうが、両者は全く無縁である。冒頭のデュパンの文が詳細に述べているが、ピエール・マティスは、アメリカの「偉大な画商であり、威厳に富む、思慮深い専門家」であったという。「何よりもミロの創造活動に関する特権的な証人」であるとも言って、ミロのマティスについての証言も引いている。さて、私にあって、ミロは決して前衛的な画家ではない。正直ピカソより親しい、と言うと人によっては私を貶めるだろうが、あえて私はそう言う。しかし、ミロについては、私は語るべき言葉はない。ただ観ていればいいのである。その評価については、本図録掲載のコンバリア、ローズのかなり長い論考に委ねる。

4．1990年代前半

中川一政生涯展

1992年2月13日（木）―2月25日（火）　日本橋・高島屋　主催・TBS　TBSビジョン　1992年3月12日（木）―3月24日（火）　横浜・高島屋　主催・TBS　TBSビジョン　1992年4月2日―4月14日（火）　大阪・なんば・高島屋　主催・MBS　TBS　TBSビジョン　1992年4月16日（木）―4月21日（火）　京都・四条・高島屋　主催・MBS　TBS　TBSビジョン　1992年4月25日（土）―5月17日（日）　石川県立美術館　主催・石川県立美術館　北陸放送　1992年5月27日（水）―6月1日（月）　福岡・天神・岩田屋　主催・RKB毎日放送　1992年6月6日（土）―7月12日（日）　神奈川・真鶴町立中川一政美術館　主催・真鶴町立中川一政美術館　独往邁進、日本洋画史を歩む　匠秀夫／同時代の証言（武者小路実篤、馬興善郎、石井鶴三、ジャン・フランソワ・ジャリッジ）

　これほど多くの会場で中川一政展が開催されたのも、中川一政が広く日本人に受け容れられていた故であろう。私も30年ほど前、中川一政に深く傾倒し、大版の画集を3、4冊、またエッセイ集を10冊以上購い求めたりしていた。何よりもそれは中川一政の画にある生気に満ちた質量感に惹かれたからである。少青年以来病弱であった私に対して、中川一政の気力あふれた画面は生力を与えてくれたのである。それは今に変わらない。この展覧会には初期油絵から数々の山容図、花、少年、少女像が展覧され、また一政特有の岩彩図も多い。また印譜、書、陶器と中川一政の全容を観ることができる。

曽侯乙墓

平成4年3月17日（火）―5月10日（日）

東京国立博物館

主催・東京国立博物館　日本中国文化交流協会　日本経済新聞社　湖北省博物館

曽侯乙墓発掘の主な成果　舒之梅　譚維四　／曽侯墓の時代　江村治樹／曽侯墓の漆工芸　西岡康宏／曽侯墓出土の青銅器　高浜秀　谷豊信／曽侯乙編鐘の歴史的意義　平勢隆郎／曽侯乙墓の神話世界　稲畑耕一郎

　紀元前5世紀の戦国時代、「曽」という侯国を治めていた「乙」という支配者の墓の発掘によって見い出された青銅器、玉器、漆器、金製品、竹簡の展示会である。その発掘品の多さにも驚くが、それぞれの解説文、特に日本人学者の文にうかがえる研究態度の深さにも驚く。平勢論文の注を読むと、日中において、古代中国の音楽の研究が随分進んでいることがわかる。楽器の展示も多い。

　ところで私が求めた図録には、幸いにも日本経済新聞の1992年4月18日号の"Weekend Nikkei"版があり、そこに「驚異古代中国のハイテク」と題する記事が二面にわたって記されているのを見ることができた。中国の人、右氏の詳細な説明がなされていて、種々参考になる。また別に同新聞の同年5月4日の文化欄に寄せた馮光生「古代中国の鐘　日本で"歌う"」を切り抜いたものも挿入されていて、そこで墓出土の楽器の数が125点に及び、編鐘の音階を復活することに成功した次第が語られている。そして東京博物館で毎日実演、好評を得ていることも述べている。編鐘によって、日本の「さくら」「浜辺の歌」さらに「四季の歌」も演じ得て、自分らのレパートリーのうちにあるとも言っている。「何しろ編鐘は、五オクターブの音が出せる」と自慢してもいる。

森田曠平―作品と素描

　前期　平成4年3月28日（土）―4月26日（日）　後期　平

成4年4月29日(水)—5月24日(日)
山種美術館
森田曠平—花を伝えるために　野地耕一郎
　森田曠平の作品には強く惹かれるが、どうしてなのか、筆が進まない。この図録では各作品に画家の言葉が添えられているが、それは作画動機は語っていても、それ以上ではなく、あまり参考にはならない。ただひとつ言えるのは、森田曠平の作品の人物は、いざ動かんとする、その起発の働きが満ちていることだ。それが心地良いが、しかしそれでは森田芸術を語ったことにはならない。その構図の特異さは動きだけでは説明できない。あるいは人物の眼も気になるところである。今のところ、私にとって森田曠平は魅力ある謎の画家である。

ムンク—画家とモデルたち

1992年4月4日(土)—5月10日(日)　芸術の森美術館(札幌)　主催・芸術の森美術館　北海道新聞　1992年5月21日(木)—6月14日(日)　松坂屋美術館(名古屋)　主催・中日新聞社　東海テレビ放送　松坂屋美術館　1992年6月30日—7月28日(火)　伊勢丹美術館(東京)　主催・東京新聞　1992年8月1日(土)—9月13日(日)　いわき市立美術館　主催・いわき市立美術館　1992年9月19日(土)—11月3日(火)　兵庫県立美術館　主催・兵庫県立近代美術館　神戸新聞　(財)伊藤文化財団　1992年11月10日(火)—12月　福岡県立美術館　主催・福岡県立美術館　西日本新聞社　テレビ西日本　全展覧会主催・ムンク展実行委員会
　ムンクにおける女性、あるいは愛と死　匠秀夫／エドヴァルド・ムンクとそのモデルたち1912—1943　アルネ・エグム
これほど多くの日本の美術館で、ムンク展が開催されたのは、

日本におけるムンクの受容の広さを語っている。ところが、この展覧会には日本人の愛好するムンクの版画作品はほとんどない。日本人ならたれしも知る「叫び」はない。あるいは油彩の「思春期」「病める子」もない。観覧に来た人たちは驚いたのではないか。すなわち初期作品が全くなく、1920年前後以降の作品が展示されている。多くの日本人は、ムンクが1944年80歳まで生きたことを知らないのではないか。ところがこの展覧会は、その長命のムンクの画風を、非常に詳細な解説を附して追っているのである。熱っぽい身体というような趣きは残しているものの、日本人にはあまりなじみのない作の展示に、初期ムンク的な作を期待して来観した一般的日本人はどう感想を持ったろうか。しかしアルネ・エグムの話や解説は、ムンクの一代を知るには実に有効な手引きと言える。

エルミタージュ美術館展
―17世紀オランダ・フランドル絵画―
1992年6月10日(木)―8月18日(火)
東武美術館
主催・東武美術館　朝日新聞社　エルミタージュ美術館
奇蹟―栄光のオランダ17世紀／エルミタージュ美術館　ナタリア・グリツアイ／サンクトペルクにおけるオランダ・フランドル絵画の収集　イリーナ・ソコロワ／エルミタージュ美術館のネーデルランドのデッサン

17世紀オランダの画家と言うとレンブラント、ヴァン・ダイク、ルーベンスを私は知っているが、本展でも彼らの作品は数点展示されている。特にレンブラントの「老人の肖像」「老婦人の肖像」は、そのリアリズムにあって本展でも出色の作と言える。ほかにも私の知らない画家のすぐれた作を見ることができる。たとえば

驚いたのは、フランス・スネイデルスという画家の「猫の頭」で、数匹の猫の生きたままのリアルな頭の描写は記憶されるべきだ。また版画も多数展示され、特にレンブラントのエッチングは数多くあり、精緻で見るに価する。なお図版の印刷が、技術の進歩によるのか、浮き立つようで、原画に近くなっているのではないかと思わしめる。

17世紀オランダ風景画展

1992年8月1日—9月27日　東京ステーションギャラリー　主催・財団法人東日本鉄道文化財団　東日本旅客鉄道株式会社　1992年10月10日—12月20日　笠間日動美術館　主催・笠間日動美術館　茨城新聞社　1993年1月5日—2月21日　熊本県立美術館　主催・熊本県立美術館　熊本日日新聞社　RKK熊本放送

展覧会によせて　ローベルト・R・デ・ハース／黄金時代のオランダ絵画　ボル・バーク／水と陸と人と　マリーケ＆デターロ・カラッソ／江戸時代の日本における西洋画法の受容—風景画の場合—　小林顕子／空想と現実の狭間で—黄金時代のオランダ絵画　エドウィン・バイセン

冒頭の解説だけで40頁を占めている。それらを読めば、17世紀のオランダ絵画の特質について熟知せしめる。そういう状況下の風景画についても教えられる。私のほとんど知らない画家の作品であるが、巻末の画家紹介、そして何よりも詳細な作品の論述には驚く。ここまで研究が進んでいるのかという思いを抱く。何しろ作品論に註がいくつも付せられているのである。オランダの17世紀絵画研究のためには、必携の資料とこの図録はなっている。

近代巨匠画家　クレパス画名作展

東京展　平成4年8月6日—11日　大丸ミュージアム（大丸東京店）

大阪展　平成4年8月28日—9月9日　京阪ギャラリー・アーツ・アンド・サイエンス（京阪百貨店）

近代日本美術におけるクレパス画の展開　原田平作

クレパスという画材による故だろうか、面白い企画展とは思うが、佳作というものが私には見出せなかった。梅原龍三郎、川口軌外、熊谷守一、小磯良平、小絲源太郎、鈴木信太郎、須田国太郎、それぞれの画家の特質は表現されているが、クレパス画故の作品として、あえてとり上げるべきものはすくないのではないか。岡鹿之助「鉄仙」、佐藤敬「裸婦」など良い作と言えるが、クレパス画としてかどうか、そこが判然としない。画材としてのクレパスは何か意味があるのか、それを考えさせる。

栄光のハプスブルク家展

1992年8月30日—10月27日

東武美術館

主催・東武美術館　NHK　NHKプロモーション

ハプスブルク家　ゲオルク・ヨハンネス・クーグラー／田舎の伯爵から神聖ローマ帝国皇帝へ　クリスチャン・ボウフォール＝スポルテン／世界大国にむけてのハプスブルク家の勃興　ルドルフ・ディステルベルガー／マリア・テレジアの時代　ゴットフリート・ムラーツ／オーストリア帝国　デュンター・デュリーブル／東と西の皇帝・王たち　ペーター・バンツアー

たしかに図録の第1は有名な絵画「シェーンブル宮殿の女帝マリア・テレジアとその家族」であり、またベラスケスの傑作肖像

画として知られる「青い服のスペイン王女マルガリータ・テレサ」の展示はあるが、この展覧会は絵画美術展ではない。服飾品、武具、家具などの出品が多くあるように、ハプスブルク家の生活の再現というべき展覧会である。わざわざ神戸市立博物館から著名な「泰西王侯馬寄馬図」を招来したのもそれ故である。したがって冒頭にある諸家の文も、ハプスブルク家を時代、時代に分けた、年代記的な文である。ハプスブルク家の詳細な家系図も置かれている。

以上のような意味で、この図録はハプスブルク家を知るには恰好の書となっている。詳細な出品物の解説も、その方向で書かれている。

和様の意匠　古伊万里

1992年11月12日（木）―11月17日（火）　大丸ミュージアムKYOTO　1993年1月22日（金）―1月26日（火）　福岡天神　大丸　1993年2月24日（水）―3月8日（月）　大丸ミュージアム・梅田　1993年3月18日（木）―3月30日（火）　大丸ミュージアム・東京　主催・朝日新聞社

古伊万里の器の普及　大橋康二

「七寸皿による伊万里の変遷」「初期伊万里」「初期伊万里の茶道具」「祥瑞手の伊万里」「錆・瑠璃・青磁」「松ヶ谷手」「寛文様式」「延宝様式」と章分けして、古伊万里の全貌が豊富な図版によって知らしめられている。

奥谷博展―現代の黙示録

1993年1月5日（火）―1月31日（日）　刈谷市美術館　主催・刈谷市教育委員会　刈谷市美術館　中日新聞社　奥谷博展実行委員会　1993年2月6日（土）―2月28日（日）　笠

間日動美術館　主催・笠間日動美術館　奥谷博展実行委員会　1993年3月19日（金）─4月18日（日）　山形美術館　主催・山形美術館　山形新聞　山形放送　山形テレビ　奥谷博展実行委員会　1993年5月22日（土）─6月20日（日）　平塚市美術館　主催・平塚市美術館　東京新聞　奥谷博展実行委員会　1993年6月26日（土）─7月25日（日）　三重県立美術館　主催・三重県立美術館　中日新聞社　奥谷博展実行委員会

奥谷博さんの芸術　原田実／奥谷博の絵画　陰谷鉄郎／昭和会賞受賞のころの奥谷博さん　長谷川徳七／山形─独立美術協会─そして奥谷博展へ　加藤千明／《犇く黒い生》をめぐって　松本育子

　奥谷博の絵画に私は強く惹かれる。そういう現代画家は私には2、3を数えるしかない。しかしなぜ惹かれるのか、それを文章化するのはむつかしい。たとえば彼のごく初期の「横たわる裸婦」（1961）を観れば、彼が藝大時代その研究室に入った林武の影響は指摘できる（もちろん奥谷の独自性である肉感はある）。しかし翌年の「おじいさん」はすでに林から脱却していて、そしてこの絵の延長線上に奥谷の作があればことは簡単である。しかし「坐せる女」(1963)から、「キジとサギ」「トカゲと吹子」(1964)、「桐の木の下」(1965)へと、厚塗から、色のある透明性へと至ると、奥谷の以後の絵画性の特質が現われ、私としてはどう言葉を用いていいかわからない。有名な作である「鏡の中の自画像と骨」(1975)をとらえて、奥谷の《死》を指摘する人がいるが、ここには《死》の不気味さ、理不尽さはない。《死》は絵画に定着されている。「悲」「哀」(1990)の《死》による悲しみや哀悼の念が絵画として対象化されている。あるいは魅惑的な自画像2点（1982）も、己に何か語らせる、あるいは絵画から意味が発せ

4．1990年代前半

られるわけではない。風景画として傑作である「小牧雪景色」も、奥谷絵画の流れのなかでは連続性はなく、突出している。このように奥谷絵画からの判然としたメッセージというものはない。展覧会の副題として《黙示録》とあるのは正解である。

慶応義塾所蔵　浮世絵名作展　高橋誠一郎コレクション
平成5年　前期2月3日（木）―2月14日（日）　後期2月16日（火）―2月28日（日）
三越美術館・新宿
主催・三越美術館・新宿　慶応義塾　日本浮世絵協会　朝日新聞社
高橋誠一郎文抄録―「浮世絵と私」／高橋誠一郎先生と浮世絵　山口桂三郎／「高橋誠一郎浮世コレクション」のこと　河合正朝
「幼い私が絵草紙屋の前に立ちつくしたのは、およそ憲法発布のころから日清戦争が終わる時分まで」と高橋は言うのだから、何しろ話は古い。正直この図録を観て、いかに豊かなコレクションであるかは一目瞭然であって、これがある、これがないなどと言うべきではない。歌麿や北斎、広重の作品の数には驚く。これは江戸時代に限らない。明治に入っても月岡芳年の数の多さに驚くが、さらに小林清親も数は多い。そして井上安治、小村雪岱、橋口五葉、石井柏亭、伊東深水、ノエル・ヌエット、川瀬巴水にまで、手が及んでいるのである。言うべき言葉がない。

芸術と風景
1993年2月21日―3月21日　東武美術館　主催・東武美術館　東京新聞　「芸術と自然」展実行委員会（以下同じ）　1993年4月3日―5月5日　姫路市立美術館　主催・姫路市立美術

館　神戸新聞社　1993年5月22日―6月20日　茨城県立近代美術館　1993年7月2日―8月8日　鹿児島市立美術館　主催・鹿児島市　鹿児島市教育委員会　鹿児島市立美術館

　自然観の変遷―デューラーからセザンヌまで　ロラン・レヒト
　デューラーからコロー、モネ、デュフィまで、実に様々な時代の風景が並置されている。私には未知の画家も多い。ただ簡単な解説付きだけで各作品を展覧しても有意義ではあるまい。図録を求めて、各作品の詳細な解説を読んで、その作品の特質を知らなくてはなるまい。

ポルトガルと南蛮文化展
めざせ、東方の国々
1993年4月8日（木）―5月23日（月）
セゾン美術館
主催・日本ポルトガル友好50年周年記念行事実行委員会　ポルトガル文化庁　ポルトガル文化庁美術館協会　ポルトガル文化庁国際文化交流部（以上、以下の展覧会も同じ）　NHK　NHKプロポーション　セゾン美術館
1993年6月1日（火）―7月4日（日）
静岡県立美術館
主催・NHK静岡放送局　NHK名古屋ブレーズ　静岡県立美術館
1993年7月13日（火）―8月31日（火）
京都文化博物館
主催・NHK京都放送局　NHKきんきメディアプラン　京都府京都文化博物館
1993年9月11日（土）―10月11日（月）
大分県立芸術会館

4．1990年代前半

主催・大分県　大分県教育委員会　NHK 大分放送局　NHK 九州メディス　大分合同新聞社　大分県立芸術会館
Via Orirentalis—東方への道　マリア・エレナ・メンデス・ピント／「南蛮」この曖昧にして豊沃なるもの　坂本満／後悔学とポルトガルの地図制作法　アルフレード・ピニエイ・アミルケス／大航海時代に使用されたポルトガルの武具、武器　ジョアン・ロウレイロ・デ・フィゲレイド／大航海時代のポルトガルの航海用具　アントニオ・エスタケオ　ドス・ロレイス／西アフリカ／発見の時代のアフリカとポルトガル人：具象芸術にとっての実りある出会い　ロエツィオ・パサーニ／東アフリカ／アントニオ・ポカラの作成した、東インド国の地砦の図録　イザベル・シッド／インド＝ポルトガルの美術　マリア・エレナ・メンデス・ピント／ムガール／ムガール美術　マリア・エレナ・メンデス・ピント／セイロン／セイロン＝ポルトガルの象牙工芸と家具　マリア・エレナ・メンデス・ピント／中国　マリア・エレナ・メンデス・ピント／中国・ポルトガル二国間交易における磁器　マリア・アントニア・ピント・デ・マトス／日本　越智祐二郎

　図録を見、そしてその解説を読んだだけでも、これだけ大規模なポルトガル、南蛮文化、美術についての展覧会が、以後開催し得るか疑わしいと言わざるを得ない。アフリカ、インド、セイロンなどへの南蛮文化の浸透がこれだけあったのかと思わしめられる点が多々ある。たとえばインドにおける聖イグナティウス・ロヨラ像、聖フランシスコ・ザビエル像は図版だけでも圧倒される。この存在ははじめて知るものだ。実にリアルである。コンゴのキリストの磔刑像2点も（16—17世紀）、すでにコンゴにあるということも驚きである。1635年のアフリカ地図を見ると、そのかなりな正確さ（解説に「17世紀の世界認識に大きな貢献をした」と

ある）は、どこからもたらされたかを知りたくなる。オルフェルト・ダッバーの1689年刊『アフリカ史』は、岩波書店の、大航海時代叢書には収録されていないらしい。ほかにも『東洋遍歴記』（1614）、『東インドへの航海記』（1638）、『海の悲劇物語』（1735年）も紹介されている。そして図を追うと、1631年、ダウィディス・ハエクス『マレー―ラテン語・ラテン―マレー語辞典』が掲示されている。『日葡辞書』に類するものがあったわけで、その解説に「辞書はヨーロッパの国々が支配力を広めた成果であり、ポルトガルは極東の中心的存在であったのである」とある。

　日本と南蛮関係は最後に置かれている。大阪に南蛮美術館があり、私も一見したが、この展覧会にも相当出品されていて、正直この展覧会を見ずに終わったのは残念というほかない。たとえば「聖フランシスコ・ザビエル、山口の大名大内義隆に拝謁の図」は、大内義隆の像がまったく西欧の王の姿をしているのは、知って置かねばならなかった。個人蔵が意外に多く、「花輝蒔絵螺鈿厨子」などはすこぶる立派なもので、どういう道筋で個人蔵になったのか知りたいところだ。「花鳥樹蒔絵螺鈿聖龕」も個人蔵だが、そこに描かれている聖母子像などは、かなり出来のいい絵画である。最近、風俗画屏風に関心があるが、この展覧会にもリスボン、国立古美術館「南蛮屏風」、大阪城天守閣、神奈川県立博物館蔵の３点が展示されている。

　図版を見通して思うのだが、これだけ多くのものを、入館者はどう観て行ったのだろうかという点だ。そして各展示物には、どの程度の解説がなされていたのだろうか。正直この図録の詳細な解説を読むと、会場でじっくり観て、そしてこの図録を求め、自宅であらためて解説を読み、展示物を再確認する必要があろうと思う。

　なお展示番号があり、図録に解説があっても、写真版がないも

4．1990年代前半

のもある。

レンブラント銅版画展―解明へのプロローグ
1993年4月18日（日）―5月30日（日）
町田市立国際版画美術館　主催・レンブラント銅版画展実行委員会　町田市立国際版画美術館
1993年7月21日（水）―8月22日（日）
川村記念美術館　主催・レンブラント銅版画展実行委員会　川村記念美術館

　これだけ特殊な美術展が開かれるのは稀有と言っていい。章分けされ「自画像」「聖書からの主題」「寓意　挿絵　狩猟　風俗」「裸体習作」「風景画」「肖像画」となっている。私はさしずめ自画像に関心があるが、人それぞれにそれは異なろう。全200頁の内容豊富な図録は期待にそむかない。

大津英敏
第11回宮本三郎記念賞
1993年5月11日（火）―16日（日）　日本橋三越　1993年9月2日（木）―7日（火）　熊本岩田屋　1993年9月15日（水）―20日（月）　久留米岩田屋　主催・（財）美術文化振興郷会　朝日新聞社
"生"を見つづける画家　岩崎吉一

　大津英敏と言えば《KAORI》シリーズであるが、私は図録で、それ以前の大津の絵を初めて観た。それは大津の具象画に対する姿勢がよくあらわれている。具象画をぎりぎりの所まで追いやる、すなわち具象が破壊する直前に立っていると思える。それに対して《KAORI》シリーズの絵は、少女の確かな存在がとらえられている。参考文献目録を見ると、諸氏いろいろ言っているようだ

が、私には、その《KAORI》は人間という《生》そのものの発見のように見える。《KAORI》はすこしも美しくないし、可愛らしくもない。あるいは《女性》性（裸体画はあるが）も感じさせない。多分、大津は自分の子供を得て、《生》そのものの具象を発見したのだ。大津は1943年生れ、私より一歳下、現在彼はどういう絵を描いているのだろうか。

上海博物館展

東京展　1993年6月29日―8月22日　東京国立博物館　主催・東京国立博物館　上海博物館　中日新聞　東京新聞　愛知展　1993年9月4日―9月26日　愛知県美術館ギャラリー　主催・上海博物館　愛知県美術館　中日新聞社　東海テレビ放送　東海ラジオ放送　福岡展　1993年10月9日―11月7日　福岡市美術館　主催・上海美術館　福岡市美術館　西日本新聞社

上海美術館展について　西岡康宏／上海博物館の紹介　丁義忠

私が中国美術として一番好むのは、商（殷）から西周・春秋の青銅器である。この展覧会にも多くの青銅器が展観されている。その存在感あふれるところに私は魅力を感じる。次は山水画だが、本展でも北宗以下の各種の山水画が展観されている。山水画ではないが、南宋（1200年）の梁楷筆「八高僧図巻」は拡大写真もあって、そののんびりとした図像が非常に面白い。元の王蒙筆「青卞隠居図」などは、雪舟と比較したくもなる。終りが多くの景徳鎮の陶器である。見事なものが多い。書も多いが、私にはわからない。巻末の解説は詳細で参考になる。

4．1990年代前半

装飾古墳の世界

佐倉展　1993年10月5日（火）―11月28日（日）　国立歴史民俗博物館　朝日新聞（以下開催館、新聞社同じ）　四日市展　1994年1月21日（金）―3月13日（日）　四日市立博物館　福岡展　1994年4月8日（金）―5月15日（日）　福岡市博物館　神戸展　1994年6月4日（土）―7月17日（日）　神戸市立博物館　宮崎展　1994年8月13日（土）―9月11日（日）　宮崎県立総合博物館

装飾古墳へのいざない　白石太一郎／装飾古墳の世界　白石太一郎／模写された装飾古墳　白石太一郎／装飾古墳を描く　日下八光／装飾古墳以前―縄文・弥生時代の絵画　春成秀爾／古墳時代人の造形と絵画　設楽博己／石人・石馬と装飾古墳の世界―九州の装飾古墳　白石太一郎／装飾古墳に描かれたもの　杉山晋作／新しい装飾古墳―高松塚の世界　白石太一郎／装飾古墳の源流―東アジアの装飾墓　東潮／竹原古墳と高松塚古墳の絵を比べる―装飾古墳壁画の2つの様―　佐原真／中国の古墳壁画と日本の装飾古墳　西嶋定生／ヨーロッパの古代墓室壁画　青柳正規／古代史からみた装飾古墳　和田萃／民族学からみた装飾古墳　大林太良／装飾古墳・保存の足どり　玉利勲

実物を古墳から招来することはできないので、ほとんどは模型と模写、復元図である。それでも副葬品（埴輪など）は実物が多い。図録の巻末に「主要装飾古墳・壁画古墳解説」があって、77の古墳についての詳細な解説がほどこしてあって至って参考になる。また各県別の装飾古墳の一覧があって、その数の多さには驚く。なお神奈川、千葉、茨城県に相当あるのに、古墳の多い、私の故郷である群馬、及び栃木県に一点もないのはなぜなのだろうか。

なお、その性質上、展示物に実物がないが、本図録は、寄稿文が多岐にわたり、装飾古墳、壁画古墳を考える上で、いい資料となっている。

バーンズ・コレクション展
1994年1月22日—4月3日
国立西洋美術館
主催・国立西洋美術館　読売新聞社
バーンズ氏とフランス近代絵画　高階秀爾／コレクションの誕生—アルバート・C・バーンズとそのコレクション　高橋明也

バーンズは館外貸出を禁じていたが、バーンズコレクションを収容しているギャラリーが老朽化し、修復のための資金捻出に貸出解禁、それによる展覧会が可能になったのである。16点のルノアールの作品は初期から後期を見渡すことができ、セザンヌは20点で、著名な「セザンヌ夫人」「赤いチョッキの少年」「カード遊びをする人たち」「大水浴」を含み、セザンヌの全体像に迫まり、ロートレックの2点は不気味であり、ピカソは7点で各時期の作風が窺い知られ、マティスは14点でいい作品、といった具合で、バーンズ・コレクションの優秀さに驚く。

バーンズのコレクションの形成過程（その時代性）は高橋明也の解説に詳しい。バーンズがウィリアム・ジェイムズやデューイのプラグマティズムの実践的方法論によって、日常生活において、いかに芸術を享受するかという問題意識の応用が彼の蒐集の根本的姿勢であったという。それがなぜ印象派やエコール・ド・パリに結びついたのか、それはバーンズの同時代的意識によるものであろう。この解説によると、、バーンズ・コレクションは1926年に70点ほどのセザンヌ、180点のルノワールがあったというから、

本展覧会に招来されたのは、バーンズ・コレクションのほんの一部であると言えよう。

川合玉堂展

平成6年1月27日（木）―2月8日（火）

日本橋・高島屋

平成6年2月24日（木）―3月8日（火）

なんば・高島屋

川合玉堂　人と芸術　平光明彦

　私は川合玉堂の絵は好きで、かつて青梅の玉堂美術館にまで足を運んだ。この図録のはじめは、玉堂18歳の「老松図」だが、これは見事に玉堂一生の課題と言うべき山水画風と琳派風とがとりこまれた作風となっている。10代でこれほどの画術は恐れるべきものを感得させる。河北倫明は本図録巻頭の「川合玉堂展によせて」で、しきりと「古来の日本人の暮らしと、それをとりまく懐かしい自然環境」を言いまた玉堂が求めたものは「これから伸びてゆくものではなく、亡びてゆく姿」であったと言う。これはまちがいである。玉堂が描いた山水画風なものは、かつての山水画や文人画がそうであったように、日本のどこにもない、あくまで描かれた虚構の山水であって、懐かしい自然環境などではない。だから玉堂描く山水は亡びて行くことはない。玉堂の新しさはその山水にある危さを与えている点である。その琳派風の「紅白梅」もある繊細さをうかがい知ることができる。玉堂にはそういう新しさがあるのだ。

モネ展

1994年2月11日―4月7日

ブリジストン美術館

主催・石橋財団ブリヂストン美術館　東京新聞　TBS
1994年4月16日—6月12日
名古屋市美術館
主催・名古屋市美術館　中日新聞社　中部日本放送
1994年6月18日—7月31日
ひろしま美術館
主催・ひろしま美術館　中国新聞社
モネの芸術における場所、主題、意味について　ポール・ヘイズ・タッカー／クロード・モネのジャポニスム—自然と装飾　馬渕明子／日本におけるモネの受容　宮崎克己／第一回印象派展とキャプシーヌ大通り　深谷克典

　巻頭のポール・ヘイズ・タッカーの文は30頁に及ぶもので、そのことからも、この展覧会がモネの全容を知らしめるための大展覧会であることがわかる。そして第1章が「初期のモネ　1858—1870」であって、無署名であるが、そのことについて、詳細な解説文が付してある。以下の時代に当っても、同様の文がある。たとえば、第2章は「アルジャントゥイエのモネ」で、この地に集ったルノワール、シスレー、そしてマネなどに触れつつ、この地のモネの作品について詳述しているように、実に細かいのだ。作品解説も詳細である。展覧者ははじめて観るモネ作品も多いと考えられるが、その作品の意義は図録の解説文によるべきであろう。

　馬渕明子のモネとジャポニスムおよび宮崎克己のモネの日本受容の諸相は、調査が行き届いていて、ぜひとも読まれるべきである。また、モネの発言も含めて記述された年譜は18頁に及び非常に参考になる。また「モネ　日本語文献目録」は編年体で19頁、利用するべきものである。

　図録は全300頁、多分モネについて、以後これだけの展覧会が開かれることは期待できないので、貴重な図録となろう。

4．1990年代前半

王朝の美

平成6年4月12日（火）—5月15日（日）
京都国立博物館
主催・京都国立博物館　日本テレビ放送網株式会社　読売テレビ放送株式会社　読売新聞大阪本社

「王朝の美」の時代　朧谷寿／王朝絵巻の世界　若杉準治

　何しろ国宝だけで50点を超す展覧会である。ほとんど平安時代のもので、鎌倉時代のものがそれに次ぐ。よくこれだけの宝物を寺院や博物館などから招来し得たと思う。京都博物館だけであるのは、招来先が多岐に渡り、ほかへの移動がむつかしかったのか。国宝だけでも言及すれば大幅な紙幅を用するので、図録を見てもらうしかないのだが、第一番目が、陽明文庫蔵の「御堂関白記」自筆の巻で、まず道長の筆勢を観ることができるのである。そして王朝の美の方はともかくとして、私としては「怖」の部にある「地獄草紙」（東京国立博物館、奈良国立博物館）、「沙門地獄草紙」（シアトル美術館）、「餓鬼草紙」（京都国立博物館）、「病草紙」（京都国立博物館）などの一覧に驚くと言って置きたい。「鳥獣人物戯画」（高山寺）が大写しになっていて、これもいい。

　このほか、図版も大きく、それぞれ眼福と評し得る宝物ばかりである。これだけの宝物を再度招来するのは、なかなかむつかしいのではないか。

　たとえば「信貴山縁起」（朝護孫子寺）は、図版（石公巻）が4葉掲示されているが、展覧会の場にはこれがすべて展示されたのであろうか。それはむつかしいように思われる。図録だけに4葉を掲示したのではないか。すると、図録は貴重なものと言える。

日本画の装飾美　金銀の煌（きら）めき展

1994年4月23日（土）—5月22日（日）

練馬区立美術館
日本画のなかの金と銀　根崎光男

横山大観・下村観山から始まり、小野具定、上野泰郎に至るまでの多くの日本画家たちの、華麗な（といっても、横山操や小野具定のような相当リアルな絵画もあるが）日本画の展覧である。各画家の個性がよく描かれていて、観るに価する展覧会と言えるだろう。

円山・四条派から現代まで―京都の日本画
京都画壇二五〇年の系譜展

京都展　平成6年9月15日（木）―9月27日（火）　高島屋京都店グランドホール　主催・京都新聞社　奈良展　平成6年9月29日（木）―10月23日（日）　奈良そごう美術館　主催・（財）奈良そごう美術館　日本経済新聞社　東京展　平成6年10月26日（水）―11月6日（日）　小田急美術館　主催・小田急美術館　毎日新聞社　横浜展　平成6年12月3日（土）―12月29日（木）　そごう美術館　主催・（財）そごう美術館　毎日新聞社　千葉展　平成7年1月2日（月）―1月29日（日）　主催・（財）千葉そごう美術館　毎日新聞社
"写生主義の軌跡"短見　村越英明／東洋から西洋への転回〜観念的な世界から造形的な世界へ　原田平作／近代の京都画壇　内山武夫

なにしろ円山応挙から1969年の麻山鷹司までだから、応挙の絵も後景にかすみかねない。観ると、四条派と始祖呉春の作品はいいものとは私に受けとれないし、長沢芦雪の絵は8点にのぼるが、「軍鶏図」「虎図」をよしとするだけで、ほかはとらない。こういう風に系統的に蒐められて展示されると、作のよしあしに論議が行ってしまう。しかし、明治に入ると、そういうことはなく、

4．1990年代前半

1作品1作品について言及したくなる。たとえば、鈴木松年の「月下雪中狼図」ははじめて知る作品だが、飢えた狼の獰猛さを荒々しく描いて力作である。あるいは甲斐庄楠音「如月太夫」（1926年）から梶原緋佐子「秋立つ」（1972年）までの美人画が並載されているが、これを観て、美人画というものに考えを深める。橋本関雪は3点で、その内2つは著名な「玄猿図」と「岩上紅猿図」。関雪はやはり猿かと思わしめる。というように、個々の作品からあれこれ考えが浮かぶが、それなりに面白い図録である。

1874年―パリ〔第1回印象派展〕とその時代
1994年9月20日―11月27日
国立西洋美術館
主催・国立西洋美術館　読売新聞社
はじめに　高橋明也／1874年：批評をめぐって　ルース・バーソン／1874年のサロン　ジュヌヴィエーヴ・ラカンブル／1974年のマネ　ジュリエット・ウィルソン＝バロー／1874年のサロンにおける国家買上ならびに注文作品について　喜多崎親

この展覧会は標題は一見第1回印象派展に焦点が当たっているかのように見えるが、図録を見れば分かるように、1874年のサロン出展の作品の方が多いのである。たとえば喜多崎親のサロンの国家買上作品の一覧、その価格などの記録は実に面白いし、資料としてサロンの作品の配列図もあって参考になる。たとえば1872年にサロン落選のルノワールの作品も掲示されている。たしかに作品の半ばは第1回印象派展出品のものであって、その実体はよく分かるが、しかしそれはサロン作品群と対比させることで、印象派の作品がより鮮明に受け取ることができる仕組みとなっていると言えよう。たしかに、たとえばモリゾやピサロの作品が5点

も掲示されているなど、第1回印象派展を知るためには理想的な展覧会であるが。

ルネ・マグリット展

　1994年11月1日―1995年1月22日　三越美術館・新宿　1995年1月28日―4月9日　兵庫県立近代美術館　1995年4月22日―5月28日　福岡市美術館　主催・三越美術館・新宿　兵庫県立近代美術館　福岡市美術館　朝日新聞社

　マグリッドと世界の神秘　ダニエル・アバディ／20世紀のトロンプ・ルイユールネ・マグリットの世界　伊藤俊治／マグリッドによるマグリット

たとえば、この図録のはじめは「マグリットの岩たち」「マグリットの紳士」と題して作品を並べている。たぶんマグリット作品として、もっともよく知られた画題であり、絵画だ。私もここのマグリットは受容できる。しかしそれ以後のマグリット作品は正直全てを理解できるわけではない。わからない作も多い。私が受容できる現代画家の具象作品はマグリットまでだと思える。そういう私だから、私はマグリットについて、何も語ることはできない。この図録には多くのマグリットの自らを語る言葉が掲載されている。それらの言葉も私には理解できるところとそうでないところがある。この図録は全280頁という厚さだ。マグリット理解のためには充分に豊かと言える。関心がある人は隅々まで見るべきだろう。

ウィーンのジャポニスム

　東京展　1994年12月20日（火）―1995年2月12日（日）　東武美術館　主催・東武美術館　オーストリア国立工芸美術館（以下開催とともに同じ）　東京新聞　山口展　山口県立美

4．1990年代前半

術館　主催・テレビ山口　毎日新聞　名古屋展　1995年4月11日（火）―5月14日（日）　愛知県美術館　中日新聞社　中部日本放送　高松展　1995年5月23日（火）―6月25日（日）　高松市美術館　主催・四国新聞社　西日本放送　横浜展　1995年7月1日（土）―8月6日（日）　主催・東京新聞
「ヨーロッパ化した日本」―ウィーンのジャポニスムに関する考察　ヨハネス・ギーニンガー／クリムトと装飾―ウィーンにおける絵画のジャポニスム　馬渕明子／「日本の影響は基本的にひとつの刺激に過ぎなかった」―ウィーンの版画芸術　ヨハネス・ウィーニンガー／「彼らがめざしていた多くのものは、すでに日本人がなし遂げていた」1900年頃のウィーンの工芸に与えた日本の影響　アンゲラ・フェルカー／ウィーン建築におけるジャポニスムの要素　太田泰人／ブリュッセルのストックレ邸におけるモザイク　フリーズのため下図　ハンナ・エッガー／ブリュッセルのストックレ邸　三宅理一／エミール・オルリック―ジャポニスニムの源泉への旅　スザンナ・ビフラー

この図録を一覧してまず感じたのは、フランスにおけるジャポニスムとは違うということだった。なるほど、あえてウィーンと言わねばならないところがあるのだろうということだ。それでは日本の浮世絵版画を中心とした影響下の《ジャポニスム》は、ウィーンにあっては何かと言えば、たとえばヴィーニンガーは「平面的な芸術という概念は、数年の間、ひとつの謳い文句となった。それは量塊性とシンメトリーからの脱却を意味していた。装飾がすべてを支配したその数年間の間に、版画、とりわけ日本の装飾的なものへの感覚がとぎすまされた。」と言う。あるいはフェルカーは「平面性の強調は日本美術の構成的特徴」と言い、「立体的・彫刻的かたちの装飾化、装飾一般に対する関心、造形要素と

しての線の強調、透視図法によって構成されえない空間」とも言う。たしかに「平面的な芸術」とか「平面性の強調」の「構成的特徴」は日本浮世絵の特質であるし、《ジャポニスム》の基底にある。しかし「装飾」はどうであろうか。たとえば、この図録でもしばしば引用される広重や北斎（ウィーン絵画にはそれらと構成的にそっくりな作が多いことを今回知った）の版画に、私たち日本人は装飾性を感じるであろうか。クリムトやエゴン・シーレ、チェシュカの絵には、たしかに装飾性はあろう。しかし私たちは広重、北斎にはそれを観ることはしない。その構成的要素の斬新さに驚くだけである。私の好まない浮世絵のなかには、たしかに装飾的なものはあるが、しかしそれは日本浮世絵の最良の作ではないと私は考える。多分この図録で、ウィーンのテキスタイル・パターンなどが多数掲載されているのは、その装飾性ゆえなのだろうが、私はそこに日本的な美は感じない。日本の文様も掲示されて、影響関係があろうと言うのだろうが、そこに《ジャポニスム》があるとは私は思えない。しかし、ことがそう簡単でないのは、この図録のはじめに寄稿している諸氏の論文的解説（日本文だけで35頁に亘たり、7頁のヴィーニンガーは詳述の論である）によっても分かる。たとえば、日本に滞在し、実際に木版によって日本の様々な景を刷ったエミール・オルリックの作品は、まさにヨーロッパ人の版画で、このあたりも考えに入れなくてはならない。なお巻末に、1900年前後の、日本美術などを論じた資料が訳出されていて、非常に参考になる。私にとって《ジャポニスム》研究はこれからだ。

5．1990年代後半

アンドリュー・ワイエス展

1995年2月3日―4月2日　愛知県美術館　主催・愛知県美術館　中日新聞社　中部日本放送　1995年4月15日―6月4日　Bunkamura ザ・ミュージアム　主催・Bunkamura　東京新聞　1995年6月10日―7月16日　福島県立美術館　主催・福島県立美術館　福島民報社　福島テレビ　1995年9月24日―11月26日　ネルソン＝アトチンズ美術館（アメリカ合衆国ミズリー州カンザスシティ）

アンドリュー・ワイエスの魔力、神秘、そして真実　トーマス・ホーヴィング／ワイエス―その内なる世界　高橋秀治／アンドリュー・ワイエスあるいは不在の光景　尾崎信一郎

　巻頭にワイエスの「この展覧会は60年に及ぶ私の画業で、唯一私にかつてない喜びを与えてくれる回顧展です。私にとって、この展覧会は「自叙伝」そのものであり、これまでの創造生活を見事に映しだすものです。」というメッセージが置かれている。この300頁に近い大冊の図録掲載の各作品にワイエスはそれぞれ解説を記している。その紙数は相当なものと思われるが、そこでワイエスは作品の契機、成立を語り、また作品のポイントに注意を向けさせている。その画家自身の解説が詳細に付してあるという意味で、この図録は貴重なものである。それは作品論であるとともに、ワイエスの人間関係をあきらかにし、また〈自叙伝〉にもなっている。

　さて、私はワイエスに強く惹かれる。そして思うに、ワイエスに代表作というものがあったろうかということに気づく。私はワイエスの全作品に惹かれ、この作品としてあげるものはない。そこにワイエスの秘密があるのではないか。すなわち1作品1作品

が、対象を瞬時に氷らせ、それを永遠化させている。すなわち個別作品に個々の神在ますといったものとなっているのではないか。個々の作品が、ほかの作品から超絶しているのである。だからそのなかから代表作というものは選択できない。それぞれが代表作と言える。

　ヨーロッパではワイエスの作品はあまり評価されず、展覧会もほとんど開催されていないという。解説者が言っているが、ワイエスのアニミズム的世界は一神教的なヨーロッパでは受け入れないのではないか、とのことだ。ところで日本ではこの展覧会以前に４回ワイエス展は開かれている。現在はどうであるか判然としないが、ワイエスは日本人には受容されやすいのであろう。それはワイエスのほとんど全作品が水彩画であることとも関係していよう。

　詳しくワイエスの画業について理解するためには、寄稿された各解説者の文を読むべきだろう。

柳瀬正夢展
―画布(カンヴァス)からあふれ出した筆跡

1995年２月24日（金）―４月９日（日）

町立久万美術館

　主催・町立久万美術館　南海放送サンパーク美術館　愛媛新聞社

　むくげのペン　柳瀬信明／柳瀬正夢ノートから　画家の原風景―松山と門司　井手孫六／正夢と槐多―「尿する裸像」をめぐる断想　窪島誠一郎／柳瀬蓼科（りょうか）　柳瀬信明／ひとつの1932年のフォト・コラジュ　尾崎眞人／詩画集「邯鄲夢枕」にみる大正ロマンの形象　甲斐繁人

　1945年５月25日、新宿駅前広場で空襲死した柳瀬正夢の展覧会

である。大正5年の油絵（そのうちの「自画像」は岸田劉生ばりの画である。時に正夢15歳）やスケッチから手造りの詩画集『邯鄲夢枕』の竹久夢二調の絵（正夢の名は夢二から来ているともいわれる）など、さまざまな画の試みが掲載されている。日本美術院研究所時代にあって、村山槐多との交友から槐多の画も並置される。そしてマヴォー時代を経て、一気にプロレタリア・アート期に進む。この正夢の大胆かつ強烈なポスターや雑誌絵は、それ以前の正夢のどこから産み出されたのか。その連続性を探ることはできない。このあたりが、本図録の頂点である。第2次油彩画時代になると、それなりに物語性がある。「Kの像」は、Kすなわち鉄塔書院の小林勇（というより岩波書店の人）の像である。正夢に絵筆を再び執らせ、激励した人物だ。「耳飾り」はゾルゲ事件の尾崎秀実が買い上げた作品である。

　年譜が非常に詳細である。また関係文献目録も詳しく参考になる。

　付記

　私の手元に武蔵野美術大学美術資料図書館編「柳瀬正夢資料集成」（2000年11月15日）がある。巻頭文に井手孫六「柳瀬正夢波瀾に充ちた短い生涯」、柳瀬信明「柳瀬正夢資料集成の作成にあたって」がある。遺族から寄託、寄贈された正夢の油彩画、版画、素描、ポスター、装丁、関係資料などの総目録である。1500点に及ぶ。

ブリューゲルの世界

1995年3月28日―6月25日
東武美術館
主催・東武美術館　朝日新聞社
ブリューゲル再考―歴史的・文化史的土壌に立って　Ｉ・諺

の黄金時代　Ⅱ・ブリューゲルの《子供の遊戯》とルネサンスの子供・遊戯観　Ⅲ・季節画の世界　Ⅳ・狐の尻尾とかささぎの寓意性　Ⅴ・ブリューゲルの信仰問題　森洋子／地上の楽園への道—《絞首台のうえのカササギ》をめぐって　高橋美彌子

　私にとって、ブリューゲルは不可思議な画家としか言い得ない。非常に関心が寄せられる画家である。しかし、私にはブリューゲルについて語る資格はない。学識が欠ける。幸いに、注記を70も付した、長大な論である森洋子「ブリューゲル再考」、そして高橋美彌子「地上の楽園への道」が、充分にブリューゲル絵の特質を多くの挿絵を用いて論じている。ブリューゲル論文として貴重な参考文献であろう。また図録は拡大写真もあり、図版を鮮明にしている。また作品解説も詳細である。この図録は大事にされなくてはならない。

ボストン美術館の至宝—19世紀ヨーロッパの巨匠たち

横浜展　1995年4月27日—7月24日（月）
そごう美術館
主催・ボストン美術館　朝日新聞社（以上2機関以下同じ）
そごう美術館　神奈川新聞社
千葉展　1995年8月4日（金）—9月17日（日）
千葉そごう美術館
主催・千葉そごう美術館
1995年9月27日（水）—11月5日（日）
奈良そごう美術館
主催・千葉そごう美術館
風俗画の勝利　アンナ・ビウシ／ボストン美術館風俗コレクションの歴史　エリック・M・ザフラン

5．1990年代後半

　正直、展覧会の名称だけでは、この展示の実体はわからないのではないか。だから名称だけを見て展覧に向かった人たちには意外な感を与えたかも知れない。図録の注記によると、この展覧会はボストン美術館によって計画されたものであるとのことで、そこにボストン美術館側と日本の主催者側とは見解の齟齬があったかも知れない。実を言うと、私もこの図録を一覧するまでは、ヨーロッパ絵画における《風俗》ということについて、何の予備知識もなかった。だから、19頁に及ぶアンナ・ビウシの「風俗画の勝利」という論考は、私には得るところが多かった。《風俗》という言葉の定義から、「簡単にいえば、風俗画とは日常生活の情景を描いた絵画のことである。しかし、19世紀の画家にとっての日常生活とは、古代ローマから同時代のアルジェリアにいたる、ヴァラエティに富んだ地域と時代の日常生活を意味していた」としつつ、風俗画の起源として「日常生活の情景はギリシャでも描かれており、ローマ時代の作例は、ポンペイの壁画などに残されている」と指摘する。なるほど風俗画の視野が拡げられる。面白いのはフランス語で風俗画のことを「ジャンル（genre）」というそうで、それは17世紀終わり頃、絵画はいくつかのタイプに分けられ、ひとつのヒエラルヒーを作り、「古典的、そしてキリスト教的なテーマは最も賞賛に値するものであり、表現の高潔さが尊ばれた。そのため寓意画、宗教画、歴史画がヒエラルヒーの頂点におかれ、肖像画はその次に続いた。」「この物差しの底に位置づけられたのは「ジャンル画」であり、これは当初は高等な芸術に属さないあらゆるもの意味していた。すなわち風景画、静物画、動物画、そして日常生活の情景を描いた絵である」とのことである。以下たとえば百科全書派のディドロの風俗画の評価などへ論は進み、ディドロの評価は「日常の振る舞いの中に例示された人間的、道徳的な教養を見ることを願い、芸術を教育に必要な道具

であると見なした」と指摘する。とすると、ディドロは風俗画のなかに、従来の伝統的な絵画観を挿入したのに止まるのではないかと思わしめる。さらに読めば「彼（ディトロ）は、魅力的でしかし不道徳であるプーシェよりもグルーズの方を評価したが、それはグルーズが教訓的でありながら、小説のように楽しむことができ、しかも手軽な教育的効果を持っていたからである」とある。現代の私たちはグルーズという風俗画家は耳にしないが、プーシェの絵にはよく出会う。プーシェ的風俗画の勝利であろう。以下、「芸術のための芸術」「目的を持たない芸術の卓越性」などに言及し、「写実主義の風俗画」「現代生活―田舎」の章に至って、クールベやミレーなどに到り、「現代生活―都」となって、本展覧会に招来された絵画の掲示となる。そこにはコロー、ミレー、マネ、ドガ、モネ、ルノワールの、私たちがよく知る画家もいるが、ほかの大多数ははじめて知る画家と言える。展覧会の名称が「巨匠」とあるのに疑いがあるし、観覧者たちもオヤッと思うに違いない。しかし図版を観るなら、ラ・ペーニャ「祭りに行くジプシーたち」「トルコの衣装を着た若い女」、モンティセリ「ルネサンスの衣装を着た人々」、ジェーローム「ムーア人の浴場」、アースチン・ニコル「吉報」、イスラエルス「別離の前日」、ステヴァンス「献灯する若い女」、ティソ「パリの女達―サーカス愛好家」など描写力のすぐれたもの、色彩の乱舞といったもので、日常生活の諸相がうかがえる。いわば風俗画の勝利そのものと言っていい。アンナ・ビウシは論考の終わりで、「後の歴史家にとって、一見平凡で日常的な主題と、美術との関連はもはや自明なことであり、従って風俗画は、まさに風俗画という言葉が批評文の中から消えてしまった時に、勝利したのだと言うことができるだろう」と言っている。私の予備知識に、ヨーロッパの《風俗画》というのが全くなかったのも、私の絵画の知識、あるいは教養というも

のが、《風俗画》が勝利したあとに形成されていたからであろう。なお巻末にある画家論、各作品論は風俗画という側面から詳細に論じたもので、参考になるという以上に、内容のあるものだ。また英語での記述だが、作品の変転、そして種々の展覧会掲示の記録を克明に追ったものである。

将軍吉宗とその時代展

東京展　平成7年8月5日（土）―9月10日（日）　サントリー美術館　主催・サントリー美術館　NHK　NHKプロモーション　和歌山展　平成7年9月22日(金)―10月29日(日)　和歌山市立博物館　主催・和歌山市立博物館　NHK和歌山放送局　和歌山きんきメディアプラン

将軍吉宗とその時代　大石慎三郎／紀州と徳川吉宗―その虚像と実像　三尾功

NHK大河ドラマ「八代将軍吉宗」を機に開催された展覧会である。はじめに、家康以後の、御三家を含めた詳細な系図が掲示されている。7代将軍までは家康直系だが、8代将軍吉宗が突然紀州家から移ってきたわけで、しかも、吉宗は側室の子で、その母の出自があまりはっきりとしていない。それだけでも関心が向けられる。吉宗関係年表も面白い。そのほか図録は吉宗伝を知る資（史）料が豊かである。「享保の美術」に関心が向くが、吉宗に仕えた狩野派の絵は総じて見るに価しない。新時代の画家として、長崎渡来の沈南蘋や南画家の祇関南海（紀州藩の藩校の校長）、柳沢淇園（柳里恭）などが観るべきか。

ミュシャ「生涯と芸術」展

東京展　1995年10月7日―11月26日　Bunkamuraザ・ミュージアム　主催・ミュシャ財団　東京新聞社　Bunkamura

アルフォンス・ミュシャ展実行委員会（ミュシャ財団　アルフォンス・ミュシャ展実行委員は以下の各展共通）　京都展 1995年11月30日―12月19日　京都高島屋　主催・京都新聞社　下関展　1996年2月23日―4月7日　下関下立美術館　主催・毎日新聞社　TYSテレビ山口　RKB毎日放送　千葉展 1996年5月18日―6月23日　千葉県立美術館　主催・東京新聞　高知展　1996年6月28日―8月5日　高知県立美術館　主催・高知新聞社　NHK高知放送局　北見展　1996年8月10日―8月30日　北細圏北見文化センター　主催・北海道新聞社　大阪展　1996年9月4日―9月23日　大丸ミュージアム梅田大阪　主催・産経新聞社　関西テレビ放送　名古屋展 1996年9月27日―11月10日　電気文化会館　主催・中日新聞社　郡山展　1996年11月16日―12月23日　郡山市立美術館　主催・東京新聞　横浜展　1997年1月2日―2月2日　そごう美術館　主催・東京新聞

アルフォンス・ミュシャ―作品の全体像　ペトル・ヴィトリッヒ／ミュシャの感化と影響―黒田清輝と鹿子木猛郎の場合　島田紀夫／チェコ人、アルフォンス・"ムハ"ロヴラスタ・チハーコヴァー

日本国中、1年以上に亘って各地美術館でミュシャ展が開催されたというところに、いかに日本にあって、ミュシャが受け入れられているかを如実にあらわしていよう。正直私自身ミュシャについては大体のところは観て知っていると思っていたが、この図録の全体を観てそれが誤りであったことを知らされた。ポスター等の装飾画家という一般的に受け入れられている面についても、いかにそれが広範囲にわたっているか、それをあらためて知らされた。そしてまたミュシャの絵が、ポスターなどにあっても抜きん出た力強さのあることがわかる。100年以上経っても、日本人

に愛好されるのも納得できる。晩年になってからのリトグラフ、ステンドグラス、あるいは「スラブ叙事詩」の制作など、私自身未知だった。

ナント美術館展　魅惑の19世紀フランス絵画

宮崎展　1995年10月17日（火）―12月10日（日）　宮崎県立美術館　主催・宮崎県　宮崎県教育委員会　宮崎県立美術館　福岡展　1996年1月5日（金）―2月4日（日）　福岡市美術館　主催・福岡市美術館　テレビ西日本　西日本新聞社　広島展　1996年2月8日（木）―3月3日（日）　呉市美術館　主催・呉市美術館　呉市文化振興財団　テレビ新広島　京都展　1996年3月9日（土）―4月7日（日）　京都市美術館　主催・京都市美術館　京都新聞社　千葉展　1996年4月17日（水）―5月19日（日）　千葉そごう美術館　主催・千葉そごう美術館　産経新聞社　福島展　1996年5月25日（土）―7月7日（日）　いわき市立美術館　主催・いわき市立美術館　いわき市　いわき市教育委員会
ナント美術館におけるコレクションの歴史　クロード・アルマン＝コスノー／並行する歴史　クロード・アルマン＝コスノー／ボードリー、ドローネ、ティソー―伝統と近代のはざま　三浦篤／ナント……その街と歴史　クロード・アルマン＝コスノー／19世紀前半におけるコレクターの趣味　クロード・アルマン＝コスノー／オリエンタリズム　ディーパク・アナント／19世紀後半における折衷主義　クロード・アルマン＝コスノー

　ナント美術館とは初めて知る美術館であり、フランス西部の古都ナントという街も知らなかった。1598年のナントの勅令というのが、かろうじて耳に残っている位だ。その美術館の由来や街の

歴史は、この図録で2、3触れられているのでそれに譲る。それよりもこの図録を観ての驚きの方が大事である。フランスの19世紀半ばから20世紀にかけての絵画展なのだが、しかしここには印象派のかけらすらない。私の知るフランス絵画の歴史に超然とした絵画がここには並べられている。なぜかは図録はじめの、ナント美術館のコレクションの特質を記した文に詳しい。簡単に言えば、フランス画壇の《サロン》（印象派を排除した）中心の絵画の展覧会なのだ。いくつかの例外はあるが、ここにあるのは時の、一般的なまなざしから許された克明で、端正な描き込み、リアルなロマン主義（結びつかないが）といった至って安心できる絵画である。では意味がないかと言えば、そうではない。絵画史的に言えば、印象派が出現せざるを得ない絵画的情況を私たちに知らしめる。それだけではない、時代のなかで許された表現の心地良さが、当時にあっては体制内的と言えても、時を経た現在でそれを許容し得るのである。すなわち時を置いた歴史的なまなざしからではなく、ひとつの美の姿として鑑賞できるのである。こういった絵が、日本で一年近くの会期で巡回展示されたことは喜ぶべきであろう。

北京故宮博物院名宝展
―紫禁城と中国4000年の美の秘宝―

東京展　1995年11月3日（金）―12月24日（日）　東京富士美術館　主催・東京富士美術館　北京・故宮博物院名宝展実行委員会　故宮博物院（以下、主催館、ほか同じ）　埼玉展　1996年1月9日（火）―1月28日　大宮ソニックシティ　主催・埼玉県　埼玉新聞社　テレビ埼玉　北海道展　1996年2月4日（日）―2月25日（日）北海道立近代美術館　主催・北海道新聞社　千葉展　1996年3月3日(日)―3月31日(日)

5. 1990年代後半

千葉そごう美術館　主催・毎日新聞社　大阪展　1996年4月6日（土）—5月6日（月）　大阪市立美術館　主催・読売新聞大阪本社

故宮博物院と中国4000年の美　高倉達夫

4000年の美という副題にまどわされてはいけない。青銅器が2点ほど、唐の碗、明の山水画が2点ほどあるが、展示品の大半は清時代の皇帝の用いる諸道具、景徳鎮の磁器(明のものもある)、衣服などで占められている。だから清の皇帝を中心したその生活、広く言って文化を知るにはいい展覧会ではあるが、それに限定しているきらいはある。全般的な中国文化はわからない。

中村彝展

1995年11月15日—12月3日

小田急美術館

主催・小田急美術館　毎日新聞

彗星のごとく現れ、去った夭逝の画家—中村彝の芸術　金原宏行

中村彝と言うと、中村屋店主の娘、相馬俊子を描いた「女」、「少女」、そして晩年の「エロシェンコ氏の像」、「髑髏を持てる自画像」「老母の像」であまりにも有名になりすぎている感があるが、本展覧会は、そのほかの多くの作品を展覧して、中村彝の像を拡げている。私としては中村彝を高く評価するが、しかしそれについての言葉はない。

高山辰雄展

1995年12月5日—1996年1月3日

パリ　三越エトワール

主催・日本経済新聞社

絵を歩く　高山辰雄／一人、魂の宿る自然の中に　フランツ・ブーンダーツ／高山辰雄について　尾崎正明

パリで開催された高山辰雄展の図録をなぜ日本で手にし得たのか、よくわからないが、日本文も入っているので、パリで観た日本人が、この図録を求めて、日本に持ち帰り、それが古書店へ廻ってきたのであろう。

数多い日本画家で、パリで観賞され得る人は、はたして高山辰雄のほかにいるのだろうか。とは言え、この展覧会に出品されているのは、1981年から1994年までの作品である。いわば高山のひとつの到達点に立った作であることだ。ブーンダーツは面白いことを指摘している。「日本では伝統的に美術と装飾芸術がはっきり区別されていません」、私はこれを読んで、またまたジャポニズムとオーストリア装飾美術との結び付きかと思ったのだが、むろんブーンダーツは、高山の作品は装飾的な形式に過ぎないのではないと言う。そして「形と色の人工的な組み合わせ」なのだと指摘する。否定的とは言え、装飾的ではないと言いつつ、まず高山の作を観て、「装飾」という言葉が出てくること、さらに肯定的に「人工的」と言う点、私はそこに日本人とは相違する見方があると考える。私たち日本人は、高山辰雄の絵を観て、たれも直感的に「装飾」と受けとらないし、「人工的」とも思わない。高山の人物像にしろ、風景画にしろ、私たちの奥深い琴線を震わせる、微細な感性に見合った、「人工的」というよりむしろ自然性というものがそこにある。何も物語ることもせず、ただ存在しているというように立って姿を観る。まだ私には高山辰雄を語るには絵に対する修練が不足している。その私が突飛なことを言えば、高山のこの期の画から連想するのは（高山は「絵を歩く」で、自分が育った環境が、南画家が住んだ地であった、と言っている点から、決して突飛とは言えまい）、日本の山水画や文人画の世界

なのだ。自然のなかに安心しきって住んでいる静寂さ、あの静寂さが沈黙の高山の画に通じているのではないかと私は考えてみたいのである。たとえば「暁暗」「山気みつ」は、私には現代の山人画、文人画と言い得ると考える。

モデルニテーパリ・近代の誕生　オルセー美術館展
1996年1月14日—3月31日
東京都美術展
主催・東京都・東京ルネッサンス推進委員会　東京都美術館　オルセー美術館　日本経済新聞社
序　アンリ・ロワレット／序　高階秀爾／モデルニテとは何か　高階秀爾／ボードレールと現代性　カロリーヌ・マチュー／モデルニテの画家マネ　高橋明也／メゾン・モデルヌ　マルク・バスクー／日本絵画とモデルニテ　真室佳武／「モデルニテ」の視点で明治の日本を見る　岡泰正

　全体がいくつかに章分けされていて、それぞれの章にかなり長い解説がなされている。カロリーヌ・マチュー「自然の呼び声」、高橋明也「レアリズムとオリエンタリズム」、カロリーヌ・マチュー「近代都市」、マルク・バスクー「芸術と産業」、マルク・バスクー「アール・ヌーヴォー」、高橋明也「セザンヌからナビ派へ」。以上のような章分けで、実に様々な画家たちの各種の絵画が展示されている。絵画ばかりではなく彫刻、劇場などの正面図、エッフェル塔の建築過程の写真、アール・ヌーボーの盆、椅子などが展示品である。クールベ、ドーミエ、マネ、モネ、ピサロ、ドガ、ロートレック、ゴッホ、ゴーガン、シニャック、ボナール、ルドンなどの周知の画家だけではなく、ほかの多様の画家たちの作が並び、昏迷するかとも思えるが、しかし図録を順次目を通して行けば、諸氏の言う、美術における《モデルニテ》が判明して来る

ようになっている。《モデルニテ》についての詳細は、諸氏の論を読んで欲しい。日本におけるその面は２氏の論が面白く読める。図録は300頁余で大冊として美術状況が判然として来る内容となっている。

大英博博物館肉筆浮世絵名品展

　1996年３月26日―４月21日　千葉市美術館　主催・大英博物館　日本浮世絵協会　朝日新聞社（以上、以下同じ）　千葉市美術館　1996年４月27日―６月２日　福島県立美術館　主催・福島県立美術館　福島放送　1996年６月12日―７月21日　名古屋市博物館　主催・名古屋市博物館　1996年８月３日―９月８日　宮崎県立美術館　主催・宮崎県　宮崎県教育委員会　宮崎県立美術館

　肉筆浮世絵の研究・収集・贋作　ティモシー・クラーク／浮世絵派の図様と画題　浅野秀剛

これほど大がかりな肉筆浮世絵展が、なぜ東京、大阪などの日本の主要都市で開催されず、名古屋はともかく、多くが地方都市であったことが不思議である。内容から観て、浮世絵研究のためには必見の展覧会であるからだ。ところで私は肉筆浮世絵のよさがわからない。版画に比して劣るのではないかと考えている。したがって、ここでは展示作品について云々するのは避ける。ひとつ驚いたことを記して置きたい。それは、英国における浮世絵研究の高さ、進展のことだ。ティモシー・クラークの文は何よりそれを語っている。私には欧米における浮世絵収集についての叙述が大変参考になったが、それが非常に調査された上での論なのだ。そのほかの点でも、日本の研究者以上とも言える論述である。何しろ註が79もあるが、その多くは日本語文献なのである。全13頁の論であって、私などには実に有益であった。クラークの身分は

5．1990年代後半

大英博物館日本部学芸員である。一学芸員でここまで学殖豊かなのかと驚くしかない。また巻末の作品解説が非常に詳細、綿密である。これは、大英博物館で開催された"Ukiyo-e Paintings in The British Museum"の図録掲載の、ティモシー・クラーク作製のものの翻訳とのことである。クラークの底知れぬ力を感じさせる。日本人研究者は全く顔負けである。

フォルクヴァング美術館展

1996年4月5日―5月19日　岡山県立美術館　主催・岡山県立美術館　社会福祉法人旭川荘友の会　山陽新聞社　財団法人地域創造　1996年6月21日―7月28日　北海道立近代美術館　主催・北海道立近代美術館　北海道新聞社　財団法人地域創造　1996年8月4日―9月8日　北海道立函館美術館　主催・北海道立函館美術館　北海道新聞社　財団法人地域創造　1996年9月15日―10月27日　名古屋市美術館　主催・名古屋市美術館　中日新聞社　東海テレビ放送　1996年11月2日―1997年1月19日　東武美術館　主催・東武美術館　サンケイリビング新聞社　1997年2月14日―3月23日　熊本県立美術館　主催・熊本県立美術館　熊本日日新聞社　RKK熊本放送　1997年4月29日―6月15日　千葉市美術館　主催・千葉市美術館　サンケイリビング新聞社

フォルクヴァング美術館について　ゲオルク・W・ケルチュ／ヨーロッパ近代絵画―自律化への道　深谷貞典

　フォルクヴァング美術館は1902年に設立された、ドイツのエッセン市にある美術館だが、収蔵品はそれほど多量ではなく、日本人には知られることがあまりなかろう。その美術館展が1年以上にわたって、日本全国で開催されたのは特筆すべきことだろう。展覧は章分けされていて、図録では章毎に長い解説が付してある。

それを記して置こう。妹尾克美「風景Ⅰ」、穂積利明「風景Ⅱ」、村上哲「人物」、岸本美香子「情景・物語」、佐藤友哉「静物・構成」。図録を観ると、種々問題作、傑作と評価し得る作などもあるが、そして章分けするように、画類も焦点を合わせ得るのだが、しかし何を強調し、どういう流れで19世紀末から20世紀の絵画を観せようとしているのか、その趣意、意図がわからない。たとえば「風景Ⅰ」では、クールベ「波」（傑作と観たい）からピサロ、ゴッホ、モネ、セザンヌ、ムンクと並置されていて、これでもこの絵画にこういう風景画がありますよということしか語っていない。あるいは「情景・物語」にはマネ、ゴーガン、ホドラー、ノルデ、キルヒナー、マグリット、タンギー、ムンク、ダリと並ぶ。これでは観客は戸惑うのではないか。ほかにはピカソもあれば、レジェ、モンドリアンがあって突然、モネが展示される。こう観ると、この展覧会はそもそも何を観せようとしているのかが、私にはさっぱり分からない。

シルクロード大美術展

平成8年4月20日—7月7日
東京都美術館
主催・東京ルネッサンス推進委員会　東京都美術館　フランス国立美術館連合　読売新聞社
序章／セランドとシルク＝ロード／オアシスのつらなりとセランドの考古学／セランド仏教図像学の試み／セランドから中国、そして日本へ／シルク＝ロード、仏教東漸とセランドの探検史

どういうわけか、図録中の解説に筆者の署名がない。特に最後の文は相当長いもので、どうして署名がないのか不明。セランドとは狭義の西域、タリム盆地に相当と解説にあるが、図録のはじ

めはインド、パキスタン(ガンダーラ)、アフガニスタンの見事な仏像が並ぶ。敦煌の数々の出土品も目を引く。この図録では、全般的に仏像、仏画の掲示が多い。その意味で仏教美術を考えるには、いい資(史)料集になっている(僧侶の図もある)。

生のあかしを刻む　柳原義達展

　三重展　1996年5月11日―6月16日　三重県立美術館　主催・柳原義達展実行委員会　美術館連絡協議会(以下同じ)三重県立美術館　読売新聞中部本社　中京テレビ放送　札幌展　1996年6月22日―7月21日　芸術の森美術館　主催・財団法人札幌芸術の森　読売新聞社　新潟展　1996年7月27日―8月25日　長岡市美術センター　主催・長岡市　長岡市教育委員会　読売新聞社　主管：長岡市立中央図書館　神戸展　1996年9月14日―10月20日　神戸市立博物館　主催・神戸市立博物館　読売新聞大阪本社

　世界のなかにひとり立つもの―彫刻家・柳原義達／凛乎とした気配　建畠覚造／柳原義達の戦後のバラックの装飾　大田拓也／木の緑―「犬の唄」試論　荒屋舗透／柳原義達の新生―滞欧作の周辺　毛利伊知郎／連作「道標」に見る柳原芸術の達成　金原宏行／もう一つの「道標」芳野明／せめぎあう動勢を見すえて―柳原義達のデッサン　岡泰正

　なぜ柳原義達が端正な彫刻から、一般には受け容れにくい彫像(私は《彫刻》から《彫像》へと柳原の作をみたい)へと移って行ったのか、なかなかむつかしいが、私はそれを肉体から肉魂の発見、そして動態への方向に観たいと思う。「道標鴉」は、その動態への柳原のシンパシーと言うものだろう。しかし、柳原については、この図録の数多くの寄稿者たちの文にまかせよう。私は柳原は世界に通用する彫像家と見たい。

法隆寺献納宝物

1996年10月8日―11月17日
東京国立博物館
法隆寺献納物の由来と聖徳太子信仰―天保十三年の法隆寺江戸出開帳を中心に―　金子啓明

　法隆寺献納宝物は、明治11年（1878）に法隆寺から献納され、戦後、国に移管された300件余の宝物で構成されたものである。そして主なものは、天保13年（1842）に江戸本所の回向院で行われた法隆寺出開帳に出品されている。それらの宝物の由来や具体的なあり様については、金子啓明の解説に詳しいので、それにゆずる。

　図録で観ると実に多彩な宝物が展示されている。1番は平安時代末の秦致貞「聖徳太子絵伝」だが、これは図録の12頁に渡って掲載されている。あまり鮮明な図ではないが、これが絵伝の全図なのだろうか。あるいは貴重な、聖徳太子自筆「法華義疏」もある。図録を繰って行くと、非常に多くの、白鳳、天平時代の、小さいものではあるが、諸仏像に目が向けられる。

　また「御宝物図絵」「追編」の影印復刻も貴重である。

　なお、東京博物館の展覧会にはいつも思うのだが、これほど多くの展覧品を、展覧者は疲労感を抱かずに見て廻り得るのかという点だ。また図録には、個々の展示品についての解説は、製作年との記述のほかは、一切ない。不親切と思うが、どうか。図録は350頁強の大冊であるので、解説に類するものがあって、情報を増やしたいものだ。

日展90年記念展

　東京展　前期・平成9年1月3日（金）―15日（祝・水）
　　　　　後期・平成9年1月17日（金）―27日（月）　松尾銀座店

5．1990年代後半

大阪展　前期・平成9年1月30日（木）―2月4日（火）
後期・平成9年2月6日（木）―11日（祝・火）　大丸心斎
橋店　福岡展　平成9年3月2日（日）―18日（火）　福岡
天神・大丸店　主催・読売新聞社　社団法人日展
一画帖は語る―帝国美術院改組始末記　富山秀雄／国画創作
協会と帝展　内山武夫／日展九十年の推移　細野正信

　正直言って、この図録を観て、作品個々に言及して、日展の変貌を概観しようとは思わない。なぜならそれぞれの作品は帝展、日展などの審査の上の作品群から、さらに精選されたものだから、ほとんどみな名品と言えるからだ。むろん一作品ごとに私の評価はあるし、それを語ることもできるが、それをすべてにわたって詳述することは紙幅が許さない。むしろ私としては美術作品は進歩するのかということに関心がある。私はないと思う。連続性のもとにはないと考える。断絶している。洋画については近年は進歩していると思える作品もあるが、日本画については、断絶して名品があると観る。ただその場合、問題となるのは、その作品が明治あるいは大正、昭和前半のものであるという視座が入っていないかだ。たとえば高島北海の山水画「蜀道七盤關眞景」（明治43年、第4回文展）を、もし現在の日本画家が描いたとしたらどうかということだ。もちろん、私は否定するだろう。しかし北海の山水画を名品とするのは、21世紀に生きる私が、それを明治の作として時差を置いて見るのかとなると、私は時間の断絶に寄っていると言うしかない。たとえば、雪舟の作を、光淋の作を、過去においてそれを観ているかといえば、そうではあるまい。今、現在において観ているのである。では、それはなぜ現在化するのか、それはマルクスも思い悩んだことだが、時間を連続性のみでとらえればそういう疑問は出る。時間の断続の上に藝術は存在するのではないか。それは文学作品についても言えるはずである。

海を渡った明治の美術
―再見！1893年シカゴ・コロンブス世界博覧会

1997年4月3日（木）―5月11日（日）　東京国立博物館
閣龍(コロンブス)世界博覧会独案内　吉田亮

　珍しい絵画・彫刻・陶磁器などの展覧会である。ただ巻末の出品目録を見ると、掲載されたものより、はるかに多い作品が出品されている。この図録で博覧会出品の全容を見ることはできない。しかし冒頭の渡辺省亭の「雪中群鶏」は、大胆な構図、筆致で、省亭の手腕はよくわかるし、今尾景年の「鷲猿」はきびしい写生修練の上に立つ確かさを感じさせ、橋本雅邦「山水」「蓮鳥」は雅邦の見るに足る作品となっている。ただ肉筆浮世絵の横本は欧米人の目にはどう映ったか疑問だ。彫刻では高村光雲「老猿」があり、これは傑作とされているが、光雲彫刻を余りよしとしない私にはつまらない。ほかでは陶磁器の諸相が欧米人の目を射たのではないか。

　作品解説は、一般に知られていないことについて、精細に叙述している。ほか当時のアメリカにおける反響（「美術館のなかで日本の展示ほど観客が興味を持って、あるいは細かく観察したギャラリーは他にあまりない」）の資料、会場写真（これを見ると、よほど多くの出品作があったようだ）、博覧会参加次第を中心した細かい年表など資料面が豊かである。

アルザスと近代美術の歩み
―ストラスブール近代美術館展―

東京展　1997年4月5日―5月25日　東京庭園美術館　主催・財団法人東京都歴史文化財団　産経新聞社　姫路展　1997年5月31日―7月6日　姫路市立美術館　主催・（美術館、産経新聞社、以下同じ）　和歌山展　1997年7月12日―

5．1990年代後半

8月17日　和歌山県立近代美術館　山梨展　1997年8月23日—9月28日　山梨県立美術館　ストラスブール近代美術館の歩み　ロドルフ・ラプチ／ストラスブール、アルザス、美術一般とくに近現代美術についての覚え書き　ヴェロニク・ヴィージンガー／象徴主義の系譜とアルザスの画家たち—19世紀フランス絵画の一断面　高瀬晴之／19世紀フランス絵画史におけるバルビゾン派と印象派　立入正之／アルプのやはらかさ　寺口淳治／アルザス文化地理　高崎隆治／アルザス人　阿部真／ドレとマネ　高階絵里加／アルザスの魅力—独自の文化と日本との交流　富永雅文

アルザスの名はよく知っているし、ストラスブールも知らないわけではないが、そこに美術館があることは未知だった（本図録の注記によると、ストラスブールには分野別の10の美術館・博物館があるとのこと）。しかし図録を観ると、豊かな絵画が所蔵されているのが知られる。図録1頁目はジャン＝ジャック・エンネルの「グレゴワール・エンネルの肖像」だが、焦点が鮮明で浮かび出るような顔貌はリアルに迫ってくるものがあり、その力量には驚く。またドレの絵が6枚並置されるが、あらためてドレの存在を知らしめる（解説の高階「ドレとマネ」では「画家の死後1世紀あまり経たこんにち、ようやく再評価されつつある」とのこと。私はドニをいつ知ったのか。ポーの「大鴉」の挿絵によるのか）。私の知らない画家、ロータル・フォン・ローゼーバッハの6点ある絵は、それぞれ趣好の相違するもので、そこが面白い。転じてピサロ、シスレー、マネ、モネ、ルノアールが並ぶが、前記のストラスブールの美術家たちの作品に比すと、それほどいい作品とは思えない。以下、後半、アルザス地方のモダニズム作家、そしてフランス、ドイツの20世紀の美術の流れとなる。アルザス地方の前衛的絵画は先端的ないいものがある。後者にはブラマン

ク、デュフィ、ピカソ、ブラック、シャガール、エルンストなど、それぞれ水準に達した作品が並んでいる。巻末の作家紹介と作品解説は有意義である。

　なお、アルザス、ストラスブールを知るために、各人の寄稿文が好文献となっている。

リングリング美術館とボブ・ジョーンズ大学コレクションによる
光闇　華麗なるバロック絵画展
　1997年4月26日—6月8日
　平塚市美術館
　主催・平塚市美術館　東京新聞
　1997年6月9日—7月27日
　東武美術館
　主催・東武美術館　東京新聞
　1997年8月5日—9月7日
　高松市美術館
　主催・高松市美術館　四国新聞社　西日本放送
　1997年9月13日—10月26日
　宮城県美術館
　主催・宮城県美術館　河北新報社　東北放送
　カラヴァッジョとアンニーバレ・カラッチ後のローマ絵画
　越川倫明／ルーベンスと花の静物画—《パウシアスとグリュケラ》をめぐって　中村雅俊

ベラスケス、プッサン、ルーベンス、ヴァン・ダイクなど私の知る画家だが、ほかの画家たちも物語性のある画題で、動態が面白く観ることができる作品が多い。総体を見廻ることで、バロック絵画のおおよそが把握できるのではないか。

　冒頭の2つの解説文はひとつの問題にとり組んで、相当専門的

5．1990年代後半

なものであり、示唆される点が多い。

アート・ギャラリー所蔵ターナー展

1997年6月28日―8月3日　横浜美術館　主催・横浜美術館　東京新聞　1997年9月5日―10月12日　福岡市美術館　主催・福岡市美術館　西日本新聞社　テレビ西日本　1997年10月18日―12月14日　名古屋市美術館　主催・名古屋美術館　中日新聞社　中部日本放送

ターナーの生涯と芸術　デイヴィッド・B・ブラウン／J.M.W.ターナーの《大洪水》―「黙示的崇高」の主題にみる伝統と創意　新畑泰秀／「イングランドとウェールズのピクチャレスクな景感」をめぐって　沼田英子

　ターナーの風景画は単なる風景画ではない。ターナーの時代までの風景画にあった写真性がターナーにはない。いわばターナーの風景画は、ターナーの内面を通過して把握された主情的風景である。そこにターナーの風景画の魅力がある。図録の各作品の解説が非常に詳細で参考になる。特に新畑泰秀の論考は18頁に及び、註が117、ひとつの作品をめぐっての学術的研究論文と言える。

ケルン市ヴァルラフ＝リヒャルツ美術館所蔵 17世紀オランダ絵画の黄金時代展

1997年7月12日（土）―8月17日（日）　北海道立旭川美術館　主催・北海道立旭川美術館　北海道新聞社　1997年8月23日（土）―9月28日（日）　北九州市立美術館　主催・北九州市立美術館　読売新聞社西部本社　FBS　福岡放送　1997年10月4日（土）―12月25日（木）　ハウステンボス美術館　主催・ハウステンボス　西日本新聞社　テレビ西日本　テレビ長崎　1998年1月2日（金）―2月1日（日）　奈良

そごう美術館　主催・奈良そごう美術館　日本経済新聞社
絵画の黄金時代、16世紀から18世紀にかけてのフランドルとオランダの絵画をめぐって　ライナー・ブデ

　初見のルーベンスの油絵が三点あり、うち「マニトヴァ交友画」は観るべきものだが、ほかの画家たちは、私は全く知るところはない。しかし絵そのものは面白い。冒頭に置かれる風景画はその細密さに驚く。そして多くの肖像画があり、描かれることを意識した人物の像が、油絵としてかなりリアルである。肖像画史を考える場合、ひとつひとつが作品として意義あろう。半ば以上は素描、エッチングなどであって、その内にはヴァン・ダイクのブリューゲル、ルーベンスの像があり、彼らの実像を知ることができる。

京の雅・和歌の心　冷泉家の至宝展

東京展　平成9年8月30日（土）―10月12日（日）　東京都美術館　主催・東京都美術館　（財）冷泉家時雨亭文庫（以下、開催美術館、博物館、時雨亭文庫、すべて同じ）　姫路展　平成9年10月25日（土）―11月24日（月・振休）　兵庫県立歴史博物館　名古屋展　平成10年1月10日（土）―2月15日（日）　名古屋市博物館　仙台展　平成10年4月24日（金）―5月24日（日）　仙台市博物館　福山展　平成10年9月11日（金）―10月11日（日）　広島県立歴史博物館　福岡展　平成10年10月24日（土）―11月23日（月・振休）　福岡市美術館　京都展　平成11年4月3日（土）―5月16日（日）　京都文化博物館　冷泉家の歴史　藤本孝一／平成の大修理　冷泉貴美子／冷泉家の年中行事　冷泉貴美子／公家の生活―冷泉家の女性服飾類　切畑健／冷泉家の古典籍　赤瀬信吾／藤原定家の古典書写　片桐洋一／冷泉家の御影　冷泉為人／宸翰と冷泉家歴代の書　小倉大輔／公家装束　津田大輔

5．1990年代後半

　平成9年から11年に亘って2年近く開かれたその時間を見ても、当時の日本人に与えた冷泉家秘庫の開扉の衝撃をうかがい知られる。正直、私も定家自筆の古今集や後撰集、そして拾遺愚草、あるいは俊成自筆古来風躰の出現にはいささか興奮した。そのほかいろいろある。国宝、重文が多いのは充分うなずける。近世に入っての文晁の龍虎図もよい。図録を見ると、冷泉伝来の衣裳、道具類も立派なものである。これらの背景は、藤本孝一の文に書かれている、ほかの公家衆とは違った冷泉家の特殊性があるのだろう。冷泉家保存の必要性を強く感じさせる。

山口蓬春

1997年9月30日—11月16日
渋谷区立松濤美術館
主催・山口蓬春記念館（財団法人ジェイアール東海生涯学習財団）　松濤美術館
山口蓬春先生の思い出　大山忠作／山口先生のこと　高山辰雄／山口蓬春と現代　井上研一郎

　山口蓬春の前期の絵画は、対象を線描のように鋭く描出するところに特色がある。山水画のような「竹林の図」（昭10）も、実に竹は細い。前面には出ていない。それが、昭和30年前後から（線描的鋭さは残しながら）対象の存在をまるごととらえようとしている。

北京故宮博物院展
紫禁城の后妃と宮廷芸術

1997年10月4日—12月1日
セゾン美術館
主催・セゾン美術館　TBS

清朝后妃の服飾　白寅生／明・清工芸品にみる吉祥図案の世界　西村康彦／清朝后妃の生活と宮廷絵画　王家鵬／宮廷芸術　王家鵬／清朝の宮廷衣装　道明三保子／中国から見た日本の好尚—16世紀中期における日本服飾の一断面—　丸山伸彦／明・清時代の官窯　中澤富士雄

　大体、清王朝中心の衣裳、工芸品、絵画の展示会である。実に多くの衣裳が展示されているが、解説や個々の展示物の解説を読まないと、それらの意義が判然としないだろう。それは工藝品、絵画についても言えるので、あらかじめ図録を求めて、それを読みつつ、観賞する必要があるのではないか。図録を通覧すると、清王朝の妃を中心とする日常がどうであったかが、おのずから知られるようになっている。

　解説文では、西村康彦の吉祥図案の説明が実に詳細で、こんなにも多くの図案があるのかと驚かされる。これが衣服の模様にかかわるだろうから、余計に図録があらかじめ必要となろう。

　日中国交正常化25周年記念の展覧会の由だが、なぜセゾン一箇所だけの開催となったのだろうか。

アンコールワットとクメール美術の1000年展

1997年11月 1 日—12月21日
東京都美術館
主催・東京都美術館　朝日新聞社　NHK　NHKプロモーション
1998年 1 月15日— 3 月22日
大阪市立美術館
主催・大阪市立美術館　朝日新聞社　NHK大阪放送局　NHKきんきメディアプラン
古代カンボジア—その歴史的概観　アルベール＝ボヌール／

5．1990年代後半

クメール彫刻史　ティエリー・ゼフィール／ナンディンとその化身　アン・チュリアン

本展はフランス、パリ、グランパレ、アメリカ、ワシントン D. C. ワシントン・ナショナルギャラリーで開催された展示会の巡回展として開催されたものである。われわれ日本人にとってアンコール美術は親しく、そして身近なものと言えるが、本展であらためて仏像やシヴァ神像を観てみると、ギリシャ彫刻に接している思いもある。しかしこれらはアンコール・ワットから招来されたものではなく、いわゆるアンコール期のクメール美術品というべきである（アンコール・トムの招来品はある）。7世紀前半、アンコール期のサンポール・プレイ・クック様式の「ドウルガー」と称される像（但し頭部が欠落）はギリシャ彫刻といっても通じる。図録の終わりは、15、16世紀と見られる「祈る人」だが、すこぶる近代的で魅力的な座像である。

解説が非常に詳細で、アンコール期のクメール美術を知るのにはいい手引きとなっている。

色鍋島展

1997年12月16日（火）—1998年2月14日（土）　パリ・三越エトワール　1988年2月24日（火）—3月9日（月）　日本橋三越本店　1988年4月15日（水）—4月20日（月）　名古屋三越　1988年6月13日—6月28日（日）　福岡三越

「色鍋島展」よせて　13代今泉今右衛門／日本の美を象徴する色鍋島　矢部良明／鍋島藩の所領、佐賀藩　フランシーヌ・エライユ

私は日本の焼物としては志野焼を第一とするものであるから（多分、志野はフランス人は理解できないだろう）、色鍋島はどう評価してよいかわからない。関心がある人はこの図録に寄せら

れた諸氏の文を読んでもらうしかない。

大歌麿展

1998年1月6日―2月1日
福岡市美術館
主催・福岡市美術館　テレビ西日本　西日本新聞社　日本浮世絵協会
1998年2月10日―3月1日
上野の森美術館
主催・(財)日本美術協会・上野の森美術館　フジテレビジョン　福岡市美術館　テレビ西日本　日本浮世絵協会
歌麿の人と作品　石川泰弘／喜多川歌麿　北川豊章別人説　石田泰弘／写楽歌麿同人説―写楽の耳と歌麿の歌　石川泰弘／二人の二代喜多川歌麿　石川泰弘

巻末の作品一覧を見ると、アメリカをはじめ世界各地の美術館、同じく日本の各館から招来された大歌麿展であるが、私は歌麿浮世絵をさほど評価しないので、猫に小判といったところだ。また図録の絵は大写しがなく、ちいさ過ぎる憾みがある。私は明治に入ってからも、日本画の美人画で好しとする作はそう多くはなく、歌麿の美人画の変わりばえのしない顔貌に惹きつけられない。本図録は、どういうわけか、石田泰弘の一人舞台で、彼の小論文集の感がある。私は写楽は評価するので、彼の写楽・歌麿同一人説は、写楽追求にあって見逃せない。

テート・ギャラリー展

1998年1月23日―3月29日
東京都美術館
主催・東京都美術館　テート・ギャラリー　ブリティシュ・

5．1990年代後半

カウンシル　読売新聞社　NHK
1998年4月15日―6月28日
兵庫県立近代美術館
主催・兵庫県立近代美術館　テート・ギャラリー　ブリティッシュ・カウンシル　読売新聞大阪本社　NHK神戸放送局
概論　レズリー・パリス／近代日本絵画とイギリス　真室佳武／森と記憶と再生と―20世紀イギリス美術の動向とその背景　桜井武／カタログ　テリー・アン・リッグス

　巻頭のレズリー・パリスの「概論」は、はじめに日本とヨーロッパのつながりから、明治に入って、「明星」、さらにウィリアム・モリス協会設立までを述べて、そして16世紀から、1910年代まで、テート・ギャラリー所蔵の絵画と関連づけて、ヨーロッパの美術の様相を、20頁にわたって記している。註も、58に及び、単なる概論ではない。そのようにこの図録掲載の図を観て行くと、その広範囲さに戸惑うと同時に、一方止まって見たいところも多い。たとえばウィリアム・ボガーズの絵が3点あるが、そのうちの華麗とも言える「ストロード家の人々」の像の不思議な存在感を考えてしまう。あるいはウィリアム・ブレークも立ち止まらざるを得ない（8図ある）。コンスダブルの風景画も視点によっては不可思議とも言える。ターナーも同様だ。ラファエル前派、そしてその周辺の画家たち（ヒューズ、スタンホープ）、そしてホイッスラー、ムーアらの、19世紀後半の画家たちは、いまだに日本人を魅了するだろう。それだけではすまず、20世紀半ばまでの画家たちの描く人物像の、確固とした存在感も見逃がせない。

　実に数多くの絵画が展示されている。しかし概論化するのは困難だ。1作品1作品に止まらざるを得ない。作品解説は、画家たちを紹介しつつ、作品についても詳細に論じていて、非常に参考になる。

20世紀の証言　ピュリツァー賞写真展
1998年2月13日―3月8日　Bunkamura ザ・ミュージアム　主催・日本テレビ放送網　NTV インターナショナル　日本テレビ文化事業団　Bunkamura　1998年4月11日―5月24日　いわき市立美術館　主催・いわき市立美術館　福島中央テレビ　福島民友新聞社　NTV インターナショナル　日本テレビ文化事業団　1998年6月2日―6月14日　三越広島店　主催・広島テレビ　NTV インターナショナル　日本テレビ文化事業団　1998年7月8日―8月2日　奈良そごう美術館　主催・読売テレビ　読売新聞大阪本社　NTV インターナショナル　日本テレビ文化事業団　奈良そごう美術館　1998年8月5日―8月23日　千葉そごう美術館　主催・千葉そごう美術館　日本テレビ放送網　NTV インターナショナル　日本テレビ文化事業団　1998年8月28日―9月9日　ながの東急　主催・テレビ信州　NTV インターナショナル　日本テレビ文化事業団　1998年10月29日―11月11日　横浜たかしま屋　主催・日本テレビ放送網　NTV インターナショナル　日本テレビ文化事業団　1998年11月17日―12月13日　宮城県美術館　主催・宮城県美術館　ミヤギテレビ　NTV インターナショナル　日本テレビ文化事業団　1999年1月10日―1月31日　浦添市美術館　主催・浦添市美術館　沖縄テレビ　NTV インターナショナル　日本テレビ文化事業団　1999年2月6日―2月28日　三越ギャラリー（福岡）　主催・FBS 福岡放送　NTV インターナショナル　日本テレビ文化事業団

アメリカ社会とピュリツアー賞　シーモン・トッピング／ピュリツァー賞写真展に寄せて　ジェームズ・A・スカリー、Jr.／その問いの前で　沢木耕太郎／センセーショナリズム

5．1990年代後半

からピュリツァー賞への軌跡　隅井孝雄／フォトジャーナリズムとピュリッアー賞　平松久／ヴァレンタインの贈り物　シーマ・ルービン／ピュリツァー賞写真展までの道のり　早川与志子

　ピュリッアー賞はセンセーショナリズムによる賞になるのだろうか。余りに有名な「サイゴンの処刑」、撃たれる寸前のベトコンの兵士の姿を撮ったこの写真は、たしかに衝撃的である。しかし、この写真はそれを単に伝えるだけではない。ベトナム戦争の意味無き残虐性を示している。反ベトナム戦争のための写真である。あるいは、これも有名な沢田教一の、子供らを引き連れて大河を渡る母親の必死の顔は、家族という日常性を守らんとする念そのものを写している。センセーショナリズムではない。

　《写真》はよく語る。

秋野不矩展―インド　大地と生命の讃歌

1998年3月19日（木）―3月24日（火）　大丸心斎橋店　主催・毎日新聞社（以下、静岡展のほかは同じ）　1998年4月9日（木）―4月14日（火）　大丸ミュージアムKYOTO　1998年4月16日（木）―4月20日（月）　福岡天神・大丸　前期・1998年4月25日（土）―5月24日（日）　後期・1998年5月26日（火）―6月28日（日）　天竜市立秋野不矩美術館　主催・天竜市　静岡新聞社　SBS静岡放送　1998年9月3日（木）―9月15日（祝・火）　大丸ミュージアム・東京

秋野不矩展に寄せて　内山武夫／小さな個室で大きな仕事をする人　水上勉／黄色の生命力　大岡信／不矩さんの絵の恩恵　赤瀬川原平／湿り気が嫌い　藤森照信／座談会　秋野不矩　梅原猛　斎藤清明／秋野不矩　その芸術の軌跡　加藤類

子／作品解説　秋野不矩

　戦前から昭和30年代までの秋野不矩の作は評価し得る面があると思うが、それ以後の作は私には何とも評すべき言葉がない。その点については、有名な方々が詳述しているので、それらの言葉にゆずりたいと私は考える。

日本美術院創立一〇〇周年記念特別展
　近代日本美術の軌跡
　平成10年3月24日（火）―5月10日（日）
　東京国立博物館
　　主催・東京国立博物館　財団法人日本美術院
　　院展の芸術、その戦前までの軌跡　　古田亮

　院展は創立者岡倉天心の明治31年（1891）に遡るが、それはさらに明治17創設のフェノロサ、天心の鑑画会まで含められるかも知れない。この図録も巻頭は狩野芳崖の「悲母観音」（1888）などや橋本雅邦「白雲紅樹」（1890）などの多くの画を掲示している。そして院展開始のころの絵はあまり本図録には見えず、天心の都落ち、明治39年の五浦時代では、文展出品作が多くなる。さて院展の歴史は、斎藤隆三『日本美術院史』（昭19、創元社）にまかせるとして、ざっと図録を観ての私の想いを少し述べてみよう。ひとつは横山大観である。私はあまり大観を高く買わないが、「屈原」（1898、第1回院展）はたしかに力あるものと認めざるを得ない。あるいは大観の「柿紅葉」（1920）はめずらしくある明るみが全画面を占めて、大観の作とは思えない絵になっていて評価できる。しかし、私は下村観山のことを考える。観山の「天心先生画稿」（1922）を観山の最高の作と観るが、写生的（大観が否定した）であるとともに、天心の内面的な力強さが画面を占めていて、これは大観には描き得ないと考える。ほかの観山の絵

5．1990年代後半

は私には不思議な魅力を持つのであって、大観と比較して、私は観山をよしとしたい。それはともかく、この図録を観ていると、私がほかの展覧会で言った、近代美術史という時間性よりも、個々の作品の孤絶した存在感という断絶性を考えて見たいのである。それほど良い作品が近代にあると思う。

　ところで、再興院展に洋画部、彫刻部がある。ここにもいい作品がある。山本鼎の「自画像」は山本はこういう人間だったのかということを思わしめるが、足立源一郎「高き眼の女」は西洋の女性を描いて、存在のあやうさを瞬時に捉えていると思う。彫刻では平櫛田中の彫刻の幅広さを知り得る。石井鶴三「俊寛」、戸張孤雁「虚無」はともに人間の内面性を鋭くとらえている。中原悌二郎の著名な「若きカフカス人」が院展出品とは知らなかったことも付け加えて置きたい。

ブッダ展　大いなる旅路

東京展　1998年4月11日（土）―6月28日（日）　東武美術館　主催・東武美術館　NHK　NHKプロモーション　奈良展　1998年7月11日（土）―8月30日（日）　奈良国立博物館　主催・奈良国立博物館　NHK奈良放送局　NHKきんきメディアプラン　名古屋展　1998年9月9日（水）―10月11日（日）　名古屋市博物館　主催・名古屋市博物館　NHK名古屋放送局　NHK中部ブレーズ
視覚的イメージとしてのブッダ―その大いなる旅路　宮治昭／インド美術とガンダーラ美術の波紋―南東南・中央アジアの仏教美術　宮治昭／東アジアにおける仏教美術の展開―中国・朝鮮半島・日本　中野玄三

　1世紀のインドからパキスタン、中国、朝鮮、日本の仏陀像が展覧されている。世界各地の美術館、博物館の招来像は圧巻だが、

151

特にガンダーラを中心としたパキスタンの仏像は、独特な顔貌で興味を惹く。また、なぜエルミタージュ美術館に阿弥陀浄土図が何点もあるのかも関心が寄せられる。日本からは、重要美術品の釈迦八相図や涅槃図の展覧も多い。

芸術家との対話　イヴォン・ランベール・コレクション展

1998年4月11日（土）—6月21日（日）
横浜美術館
　主催・横浜美術館　神奈川新聞社　TVKテレビ
　イヴォン・ランベールの二重の生き方　エリック・メジル／ゴードン・マッタ・クラークについての覚書　天野太郎

はじめのセザンヌ、レジェはまだいい。しかし以後の現代フランス絵画の前衛的作品は、私には受け容れられない。2、3の作品以外まったく分からない。そして考える、これらの画家たちの経済的基盤は何なのかと。それはともかく、分からない絵を分かろうとする必要性はないと私は考える。

　それにしても、2ヶ月以上に渡った本展覧会の、展覧者はどの位の数だったのか。

東郷青児展

東京展　1998年4月28日（火）—6月28日（日）　安田火災東郷青児美術館　主催・安田火災美術財団　産経新聞社　岡崎展　1998年8月5日（水）—23日（日）　岡崎市美術館　主催・岡崎市美術館　中日新聞社　北海道展　1998年9月5日（土）—10月18日（日）　北海道立近代美術館　主催・北海道立近代美術館　千葉展　1998年10月22日（木）—11月23日（月）　千葉そごう美術館　主催・千葉そごう美術館　産経新聞社　大阪展　1998年12月27日（日）—1999年1月12日

5．1990年代後半

（火）　なんば高島屋グランドホール　主催・産経新聞社　熊本展　1999年1月20日（水）―2月28日（日）　熊本県立美術部本館　東郷芸術の回想　植村鷹千代／東郷青児の登場とその芸術的環境―日比谷美術館と青踏社を中心に　五十殿利浩／理想と永遠の高みに―「東郷式美人画」について　鈴木正寛／対談　東郷青児の人間像に迫る　嘉門安雄　東郷たまみ

私は東郷青児の絵をはじめて見て以来、非常に長い間、その絵の装飾的軽さを毛嫌いしてきた。また、伝え聞く画壇のボス的人間性もよく思っていなかった。それは今でも大きく変化したわけではないが、この展覧会も生誕100周年記念であるように、その長い時間の距離のなかで、私の内には、東郷絵画の装飾的軽さにも、一応の評価を持つようになった。この図録には青児とかかわりのある竹久夢二、ピカソ、カンディンスキー、ヴォラール、キスリングの作品も掲載されている。青児画の大正初年度からの作品も見ることができる。東郷青児の全体像を得るにはいい展覧会だったろう。

醍醐寺展―祈りと美の伝承

東京展　1998年5月12日（火）―24日（日）　日本橋・三越店　主催・総本山醍醐寺　日本経済新聞社（以下同じ）　千葉展　1998年6月18日（木）―7月12日（日）　千葉そごう美術館　主催・千葉そごう美術館　萩展　1998年7月25日（土）―9月6日（日）　山口県立萩美術館・浦上記念館　主催・山口県立萩美術館・浦上記念館　毎日新聞西部本社　テレビ山口　名古屋展　1998年10月22日(木)―11月3日(火)　松坂屋美術館　主催・テレビ愛知　松坂屋美術館　大阪展　1999年1月15日（金）―2月2日（火）　なんば高島屋　主

催・(財) NHK サービスセンター
醍醐寺創建期・中興期の密教美術―仏像を中心に　西川新次／醍醐寺の歴史　仲田順和／醍醐寺細見　有賀祥隆

　私は真言宗醍醐派総本山醍醐寺について知るところはほとんどなかった。そのために図録冒頭の3つの文を読んだのだが、そこではじめて醍醐寺が、平安初期醍醐天皇の力によって、それまで空海とのかかわりはあったが、ささやかな草堂あるいは私寺の域を出なかったものが薬師堂・五大堂が創建され、以後1200年余の歴史を持つ寺となったということを知ったわけである。しかし、それらを読んでも、現在の醍醐派総本山にまで成る歴史上の重みというものがあまり感じられないのはどうしてだろうか。特段に醍醐寺でなければならないという、歴史上の要請があったのだろうか。この図録を観ると、その配列が平安時代から江戸時代へと突然飛んだりしていて、たとえば真言宗の肝心の「両界曼荼羅」が江戸時代作がはじめに掲示されてあって（鎌倉時代のものはある）、もともとの平安時代のものがなぜないのかという疑問を抱いてしまうのである。仏像も多々あるが、たとえば、鎌倉時代作の「十一面観音立像」はおだやかで美しい顔をしているが、平安初期創建の大本山の所蔵の像としては決定的なものとは言いにくい。醍醐寺には、そのような時代を画するもの、決定的なものと言える作が見当らない。近世に入っての絵画もあるが、呉春の「泊船図」は呉春絵画としてはすぐれているとは評し得ない。近代に入ってから堂本印象の襖絵があるが、印象画として観るに足りない。

　そして面白いのは、醍醐寺の平安、鎌倉期の美術品で国宝とか重要美術品に指定されているものがあろうはずなのだが、巻末の各作の解説は詳細だが、その点は本文中を含め一切ない。どうしてなのだろうか。

5．1990年代後半

いささか苦言となったのは、私の知識に醍醐寺がほとんど無かった故だろう。

マイセン磁器の美

平成10年5月15日（金）—6月14日（日）
千葉そごう美術館
主催・千葉そごう美術館　毎日新聞社
マイセン磁器の発明と美的展開—18世紀と19世紀を中心に
嶋屋節子／ヨーロッパ陶磁史の中のマイセン　佐々木秀憲／
住建美術館マイセンコレクション—18・19世紀におけるマイセン磁器の様式的特徴　重藤嘉代

マイセン磁器の華麗な展示会である。住建美術館のコレクションによるものである。私はこれらの磁器の人物像をよしとしないので、この展覧会については何も言うことはない。マイセン磁器について詳しく理解するのに、図録寄稿の三者の論が大いに参考になろう。

ペルー黄金展

東京展　1998年7月23日（木）—9月15日（火）　日本橋高島屋8階ホール　主催・ペルー黄金展実行委員会　ペルー黄金博物館（以下同じ）フジテレビジョン　大阪展　1998年10月1日（木）—10月20日（火）　なんば高島屋グランドホール7F　主催・関西テレビ放送　産経新聞社　岡山展　岡山市オリエント美術館　主催・岡山市　岡山市教育委員会　産経新聞社岡山総局　岡山リビング新聞社　1998年12月9日（水）—1999年1月4日（月）　広島そごう会館9階文化催事会場　主催・テレビ新広島
中央アンデスの自然環境と先史文化　松本亮三／クントウ

ル・ワシの黄金　大貫良夫／古代ペルーの冶金術と金製品　パロマ・カルセード／シカンの冶金活動—バタン・グランデ遺跡の発掘から　ショー・アン・グリフィン

　様々な金製品の展示は、私たちを驚かせるものがある。たとえば、黄金製の「埋装用腕」は始めて観るものだ。《Q》というコーナーが66あって、「馬はいなかったのか。馬のかわりになる動物はあったのか」、「刺青はあったのか」、「どのような税があったのか」など、基本的な質問を立てて、その答を詳しく記している。また巻末のカルセードの冶金と金製品についての文は22頁に亘たる。論文と言ってもいい、相当高度な内容のものである。

ボイマンス美術館展
—カンディンスキーからデルヴォーまで—

1998年7月30日（木）—8月31日　伊勢丹美術館　主催・読売新聞社　美術館連絡協議会(以下同じ)1998年10月7日(水)—10月29日（木）　福岡三越・三越ギャラリー　主催・読売新聞西部本社　FBS福岡放送　1998年11月14日（土）—12月23日（水・祝）　倉敷市立美術館　主催・倉敷市立美術館　読売新聞大阪社　1999年2月18日（木）—3月7日（日）大丸ミュージアム・梅田　主催・大阪新聞大阪本社　読売テレビ　1999年4月22日（木）—5月30日（日）　佐倉市立美術館　読売新聞社　ボイマンス・ファン・ブーニンヘン美術館のモダン・アート　クリコ・デルコン／現代美術の夢と現実：表現主義からシュルレアリスムへ　千足伸行／表現主義　マールチェ・デ・ハーン／シュルレアリスム　ハケネ・デ・マン／魔術的リアリズム　ジャクリーン・ラブマンド

　ボイマンス美術館の創設は1849年であるが、モダン・アート部門は1964年になってからだという。その蒐集の過程は、ハネケ・

デ・マンの文に詳しい。また展示品の持つ様々な美術的側面については、16頁に及ぶ千足伸行の詳細な文で知ることができる。

この図録を観ることによって、20世紀半ばまでの先鋭な美術状況に触れることができる。そして面白いことに、抽象的であるより、具象的な作品が多い。カンディンスキーでも「黒い三角形」（1925）、「放射線」（1927）の2作品のように輪郭の鮮明な、具象的な作である。クレーも一般に受け容れ易い作となっている。ダリもすでに驚くべきものではあるまい。私としてはマン・レイは写真家として知っているが、ここでは（写真の対象ともなった）立体的オブジェで、「修復されたビーナス」は独創的なオブジェとなっている。マグリットはやはり不気味であって、デルヴォーは凍った人間存在を表現した。彼の作品中でも代表作と言える。一番作品の多いのが、《魔術的リアリズム》とまとめられる作品群だが、これは「魔術」的なのだろうか。私はデルヴォーで用いた、凍結した人間存在のリアリズムと評したい。

このような展覧会が、1年間近く日本で巡回されたことを評価したい。

レンブラントと巨匠たちの時代展
1998年10月3日―11月30日
伊勢丹美術館
主催・NHKサービスセンター　朝日新聞社
ヘッセン＝カッセル方伯ウィルヘルム8世―カッセル絵画館の創設者　ヘルンハルト・シュナッケルブルク／著名な巨匠たちの多種多様な版画・素描作品―版画収集家としてのヘッセン＝カッセル方伯　ヘルンハルト・シュナッケンブル／巨匠伝説：レンブラントをめぐる3人の女性たち
ドイツ・ヘッセン州北部の中心地カッセルにあるカッセル美術

館展と言った方がよい。それはヘッセン侯・ヴィルヘルム８世の蒐集作品によって成っている。レンブラントを特出しているが、その作品は４点だけである。特にレンブラントの妻を描いた「横顔のサスチス」に焦点を当て、拡大図に４頁を用いているが、私はこの絵をそれほど評価しない。自画像と言えばレングランドだが、この展示でも「ベレー帽と金のネックレスをつけた自画像」があり、私にはこの作品の方に関心が向く。ルーベンス、ヴァン・ダイクの作がそれぞれ一点あり、特にヴァン・ダイクの「セバスチャン・レールセ夫妻とその息子」は肖像画史のなかで観ても注目すべきものと思う。ほかに17世紀の画家（ほとんど私の知らない）たちの絵画であるが、いくつかの作に見られる女性の肌が、あたかも陶器のように冷麗としているのが注目される。デューラーの素描もあるが、ヴィルヘルム８世による意図的な蒐集とは言え、それほどいいものがあるとは思えない（図録の半分を占めている）。

　なお、巻頭の千足伸行の「巨匠伝説・レングラントをめぐる３人の女性」は、ほかの美術館所蔵作品の写真も活用し、レンブラントの妻サスチア、ヘールティエ・ディルクス、ヘンドリッキェ・ストッフェルスの三人の女性を綿密に追求し、その実像を追求、15頁にわたる一大論文となっている。ぜひとも読んで置きたいものである。

　　　宮廷の栄華　唐の女帝・則天武后とその時代展
東京展　平成10年10月24日（土）―12月20日（日）　東京都美術館　主催・東京都美術館　NHK　NHKプロモーション　中国陝西省文物事業管理局　河内省文物管理局　山西省文物局（以下、開催博物館及び中国三管理局は同じ）神戸展　平成11年１月23日（土）―３月22日（月）　神戸市立博物館

5．1990年代後半

主催・NHK神戸放送局　NHKきんきメディアプラン　福岡展　平成11年4月10日（土）―5月30日（日）　福岡市博物館　主催・NHK福岡放送局　NHK九州メディス　名古屋展　平成11年7月10日（土）―8月29日（日）　NHK名古屋放送局　NHK中部ブレーズ

唐時代の文物と文化―写実精神の所産　中野徹

　則天武后の名が上がっているが、これは人寄せの標題であって、武后にかかわる物品が展示してあるわけではなく、武后前後の唐の出土品を中心として、仏像、瓶、杯、鏡などを「祈り」「宮廷」「則天武后」の章に分けて展示したものである。各出品物の解説を見ると、いかに近年中国の各地で発掘が行なわれたがわかる。展示品の99％は出土器である。解説者の中野徹が写実精神の所産と記しているが、数多くの出土品の仏像は、多分唐時代当時の顔なのであろう。ふっくらとした写実的なもので、美術的なものとしてはあまり評価できない。ほとんどが出土品なので、仏像研究には寄与するところはあろう。

ロダン展

1998年11月3日―12月13日　高松市美術館　主催・高松市美術館　読売新聞社大阪本社　西日本放送　美術館連絡協議会　現代彫刻センター　フランス国立ロダン美術館（以上3機関以下同じ）　1998年12月20日―1999年1月31日　宮崎県立美術館　主催・宮崎県　宮崎県教育委員会　宮崎県立美術館　読売新聞西部本社　1999年2月11日―4月4日　足利市立美術館　主催・足利市立美術館　読売新聞社　1999年4月10日―5月16日　福島県立美術館　主催・福島県立美術館　読売新聞社　福島民友新聞社　福島中央テレビ　1999年5月22日―6月20日　秋田県立近代美術館　主催・秋田県立近代美術

館　読売新聞社　1999年6月26日―7月25日　高知県立美術館　主催・高知県立美術館　読売新聞大阪本社　株式会社高知放送　1999年7月31日―8月29日　島根県立美術館　主催・島根県立美術館　読売新聞　読売新聞大阪本社

ロダンのアトリエ　アントワネット・ル・ノルマ＝ロマン／ロダンのデッサン　クローディ・ジュドラン／ロダン写真　エレーネ・ピネ／岡倉天心のロダン　鍵岡正謹／藤岡勇造とロダン　住谷晃一郎／花子の「死の顔」とロダン　吉村有子／明鏡の彫刻家ロダン　真住貴子／ロダン関係年表　吉村有子編／日本語文献目録　中島理壽編

　比較するのは間違っているかも知れないが、20世紀の彫刻家で、ロダンを抜く人はいないと私は考えている。個々の彫刻家をあげて、どうだと出る人がいるかも知れないが、その彫刻は時代の一面を彫り上げているかも知れないが、ロダンのように資本主義世界の全体像を彫り出してはいないだろう。ルネサンスの時代を彫刻したミケランジェロと比較すれば、あるいは質においても、量においても、ロダンはミケランジェロを超えていると、私には思えるほど私はロダンを評価している。ロダンはまさに躍動する近代を彫刻した。あの躍動感はギリシャ彫刻にもない。有名なバルザック像とかユーゴー像とかには湧出する作家の精神があるし、「青銅時代」はまさにこれからへと飛翔しようする青年の客気を感じさせる。あの「考える人」にも、考えるという行為の脈動を感得しなくてはならない。森鷗外の作品「花子」で知られる女優花子の像も、ロダンの花子の関心が窺えて面白い。「花子A」には演技の一瞬の生命の働きをとらえている。「死の顔・花子」は演技で現出された死の一瞬の顔を造り出して傑作と言える。日本人として、ロダンの花子像はもっと知っておくべきだろう。

　デッサンにも関心が寄せられるが、ロダン作品の、当時の写真

は、作品の形成過程をよく語っている。

　巻末にある、国内で見られるおもなロダン作品は、いろいろ参考になる。国立西洋美術館の所蔵が多いのは知られているが、なぜ静岡県立美術館に30体近くあるのかがわからない。なお、花子像が新潟市美術館に2体あるのは、私は前から知っていた。

　1年間近く日本の美術館でロダン展が開催されたのは、日本人のロダン好きを示している。東京で催されなかったは、国立西洋美術館の収蔵が多いからか。

日本の美―縄文から江戸まで

平成10年12月13日（日）―平成11年1月18日（月）
四日市市立博物館
　主催・文化庁　東京国立博物館　京都国立博物館　奈良国立博物館（以上福島展も同じ）　四日市市立博物館　三重県教育委員会　四日市市教育委員会
平成11年1月26日（火）―2月21日（日）
福島県立博物館
　主催・福島県立博物館　福島県教育委員会

　平成6年度から始まった「国立博物館・美術館巡回展」の一環としての展覧会であるが、この試みの実態を知りたいと同時に、現在はどうなっているのかを知りたい。というのは、この図録を観ると、東京など主要都市でしか展観できない様々な歴史的遺物、美術品を地方の人々にまで及ぼした展覧会であって、地方の人々にとって非常に有意義な試みであるからだ。これは持続して欲しいものである。有名な島根県荒神谷遺跡出土の銅剣、矛、銅鐸の展示は、近時の発見物が地方の人にも接し得たわけである。ほか埴輪の良品もある。国宝の「薬師如来坐像」、あるいは伝浄瑠璃寺伝来「十二神将立像」2体もあれば、雪舟の「四季山水図」、

あるいは西洋画の「男女逍遙図」、そして池大雅、蕪村、応挙、呉春、江漢と並ぶのだから、地方の人々にとって眼福というしかない。若冲、蕭白もあるのだ。書も有名な「元暦校本万葉集」、定家「歌合切」、俊成消息と至れり尽せりである。太刀や鐔の良品も展示されている。仁清の茶碗、志野焼もある。

この展覧会の試みは持続されたのか。

ワシントン・ナショナル・ギャラリー展

1999年1月30日―4月4日
京都市美術館
主催・京都市美術館　読売新聞大阪本社　読売テレビ
1999年4月17日―7月11日
東京都美術館
主催・東京都美術館　読売新聞社
ワシントン・ナショナル・ギャラリーの歴史とそのコレクション／集中と拡散、そして／あるいは近接と疎遠―ワシントン・ナショナル・ギャラリーの19世紀絵画　島田紀夫／フェルメール作《手紙を書く女性》　太田治子

島田紀夫の冒頭文は、ここ20年ばかりの文筆家がよくやる、こけおどかしの表題の見本のようなものである。「そして／あるいは」となっているが、これは同義反復語で、同じことを示しているだけである。そして本文を読んでみれば、いささかも先鋭的なことを論じているわけではなく、いたって平明な、一般受けすることを述べているに過ぎない。たとえば、「マネの《チュイルリー公園の音楽会》は対象への「近接」への感情が強く、ドガの踊り子の絵は対象との「疎遠」の感情が顕著である。」と言うが、「近接」と「疎隔」をあたかも大事なタームのように用いているが、分かり易く言い換えば、マネは対象へ近づこうとし、ドガは対象

5．1990年代後半

に一定の距離感を持っているということだろう。しかし、この図録掲載のドガの「バレエの前」を観れば、はたしてドガの「疎隔」の指摘で済むのかと私は思う。ドガのそのやわらかい筆致と手脚の自由な屈伸には、ドガの情愛を私は感じる。なるほど、この絵には曇りガラスを通したような色調はある。それが「疎隔」であるかのようだが、それは当時の印象派によく見る造形性と色彩感覚ではないか。たとえば、ルノワールの「火瓶の花」(1866年頃)は、花々をリアルに刻明に描出せず、花全体をある色調で、曖昧なまま把握している。これは決して「疎隔」ゆえの把握ではなく、対象とのルノアールの一体感なのだ。そのように19世紀末の新しいフランス画壇は「近接」と「疎隔」などという二律背反的なタームでおさえ切れるものではない。たとえばルノワールの「ボン・ヌフ：パリ」(1872)を、解説で「セーヌ河にかかる最も古い橋「ボン・ヌフ」の上は、さながら当時の賑やかで活気あふれるパリの街の縮図となっている」と観賞しているが、とんでもない誤解である。むしろ「活気」に見える街を覆っている、陰鬱な色調が全体にありはしないか（島田の言葉を用いれば「疎隔」だ）。ここからルノワールの「髪を編む若い女性」(1876年)の暖色的で、肉感的描出（同じく島田の言葉で「近接」）がなぜ生じたのか、私は考えてみたくなる。

　ところで、話がこむずかしくなったが、この展覧会は単に「ワシントン・ナショナル・ギャラリー展」になっている。そして特に印象派・それ以後と限定しているわけではない。むろん、このギャラリーの特に注意すべきコレクションが、そのあたりにあるのは、この図録の冒頭の文章が述べている。しかし展示会の標題として、印象派および前後ということは明記しておくことが、観客に対して親切であったのではないか。それはともかく、図録を観て、前に述べたことと関連づければ、モネ「アルジャントゥイ

ユの橋、曇り日」(1976年)、シスレー「アルジャントゥイユのエロイーズ大通り」(1872)、ピサロ「カルゼー広場、パリ」(1900年)などは、ルノワールのパリ風景画と並べて何か述べて置きたいこともある。それは今は省略して置く。

　なお、巻末に「オールド・マスターズ」の章があって、ティントレット、ヴァン・ダイク、エル・グレコなどの古典作品の掲示があり、特別に折った二頁でフェルメールの「手紙を書く女性」が特出されている。太田治子文に見合うものだが、ここ2、30年の日本における熱狂的なフェルメール受容を跡づけてみたい思いを抱かしめる展示である。

ドラクロア「民衆を導く自由の女神」
　平成11年2月26日—3月28日
　東京国立博物館
　主催・文化庁　東京国立博物館　国際交流基金　フランス文化・通信省　フランス国立美術館連合　ルーヴル美術館　日本におけるフランス実行委員会

序文に内閣総理大臣小淵恵三、前内閣総理大臣橋本龍太郎、フランス共和国大統領ジャック・シラクらが稿を寄せている。「はじめに」に書かれているが、平成11年が「日本におけるフランス年」であり（何を意図としているのかは知らない）そして「日仏国宝級美術品交換展」の一環として本展は開かれた。図版では、ドラクロアの「民衆を導く自由の女神」が拡大されて掲示され、参考図として「キオス島の虐殺」「ダンテの小川」も収められている。そして無署名であるが、この図の解説として第1章「フランス史のひとこま：歴史的、政治的、社会的背景」、第2章「批評される画家：1830年のヴジェータ・ドラクロア」、第3章「制作過程」、第4章「同時代の批評」、第5章「《民衆を導く自由の

女神》共和制のイコン」としてかなり長い文章が附されていて、この作品に対する充全の理解を助けている。フランス首相のジョスパンが記しているように、「この作品の根源となった民主主義と自由の価値」を知らしめるようになっている。その点で考えると、この序文に2人の総理大臣と前総理大臣が稿を寄せていること、そこには確固として、また「民主主義と自由」という言葉が生きていたことを証するものと言える。そして、その第1の作としてドラクロアの「民衆を導く自由の女神」が選ばれたことに大きな意味があると思わなくてはならない。現在はたしてこういう絵画展が、主催者に文化庁がいて、二人の首相の序文を寄せる型で開催され得るか疑問としなければならない。

ところで、展覧会の標題には掲げられていないのだが、ドラクロアと同時代の日本の美術品が展示されている。図録では「19世紀前半の日本絵画」として、狩野派の絵画、田能村竹田、浦上玉堂、渡辺崋山（「鷹見泉石像」）、歌麿、北斎（7点）らの作が展覧された。ドラクロアの作品一点では展覧会にはならないので、加えられたものか。あるいはパリでも開催されたためなのか。

福田美蘭展

1999年3月6日—5月30日　CCGA現代グラフィックアートセンター　主催・大日本印刷　CCGA現代グラフィックアートセンター　1999年7月22日—8月31日　国立国際美術館　主催・国立国際美術館　朝日新聞社

イントロダクション　小林昌夫／福田美蘭：可能性についての絵画　水戸英行／複製された"同時代"　建昌哲

福田美蘭の現代日本美術についての意義は小林、水戸の両論考に委ねよう。私としては一見前衛的に見えるが、決してそうではない、しかし伝統とは一切分離している、特異な（としか私には

言えない）具象画を、非常に楽しく観ることができる。伝統とは分離していると言ったが、彼にはダ・ヴィンチやベラスケス、マネなどを模している絵があって、しかし、それは決してその絵を否定的な媒介作とするのではなく（だから滑稽化ではない）、新しい絵画に造型し直しているのである。私としては建昌哲の論考がよくわかり、原作を「想起」させつつ、「大胆な発想の転換」として美蘭を評価したい。前衛ということは創意する図像の新しさ、それが私には面白い。

鏑木清方展

1999年3月27日―5月9日

東京国立近代美術館

主催・東京国立近代美術館　読売新聞社

鏑木清方：椛のごとく　市川政実

　鏑木清方に《偉大》という言葉を冠するのは不適切だろう。ではなんという言葉が清方にふさわしいか、それは簡単に出てこない。ある意味で、清方は明治・大正・昭和を生きた《浮世》の画家とは言えよう。では近代の《浮世絵》家と言うと違う。そこは広重らとは趣きを異にする。そこに広重らの《偉大》さが清方にないところと言える。しかし、清方は《浮世》として日本を近代に生き、そして《浮世》に応じて、実に多彩な活動、活躍を仕上げたと評価し得る。私は、昭和に入ってからの清方を高く評価したいが、そこには清方の、明治・大正が凝集されているし、また新境地もあると見るからである。「三遊亭円朝像」「一葉」「藤懸博士寿像」「大蘇芳年」などの肖像画は、清方の達成した絵画上の境地の高さを示している。「にごりえ」（昭9）「註文帖」（昭2）も清方挿絵画の傑作、まだ戦後のいわゆる風俗画も明治・大正の清方あればこその収穫と言えよう。《偉大》とは評し得ないが、

5．1990年代後半

しかし明治・大正・昭和を生きた《浮世》の絵師として高く評価しなくてはならない。なお年譜を見ると、清方没後、実に多くの清方展が開催されている。これは稀なことというより、清方のほかには、日本画家にはいないのではないか。

なお、私の手元に「鏑木清方と七絃会」という図録様の書冊がある。鎌倉市の鏑木清方記念美術館発行のものである。「鎌倉市鏑木清方記念美術館叢書」の11となっている。内を観るなら、単なる清方のためだけではなく、近代の日本画に関する良質の資（史）料の提供となっている。古径、青邨、百穂、御舟らが参集した七絃会の記録と、その展覧会に展示された作品の掲示があって、実に貴重な特集である。そのほか「東京日日新聞」挿絵の再掲などもあり、実に清方関係の資料満載の書冊である。これが11とすると、それまでの10冊を是非みたいものだ。

美術の内がわ・外がわ
―何故、眼差しは変わったのか―

1999年4月2日（火）―5月6日（祝）

板橋区立美術館

美術の内がわ・外がわ　尾崎眞人

正直、作家年譜を見ると、私と同年代の美術家であるが、ほとんど彫刻（と言うより立体作品か）と言える作品に対して、私は何等感得するものがなかった。本図録巻頭に、展覧会前に開いたパフォーマンス・アートというものの写真が掲載されているが、そのパフォーマンスを立体化したような作品で、すこしも眼に訴えてくるものはない。こういう作品の経済的、社会的背景を私は考えるが、それは全くないのではないか。このような作品はどこが購入しどこで展示するのであろうか。いらざる懸念を抱かざるを得ない。

ルノワール展

1999年4月3日—5月16日
川村記念美術館
主催・川村記念美術館　北海道新聞社
1999年5月25日—7月4日
宮城県美術館
主催・宮城県美術館　河北新報社　東北放送
1999年7月15日—8月29日
北海道立近代美術館
主催・北海道立近代美術館　北海道新聞社　北海道文化放送
ルノワール展実行委員会
　「近代の眼」から見たルノワール　島田紀夫／薔薇色の嘘の先輩、ルノワール　荻野アンナ／ルノワールとパリ・モード　深井晃子／ルノワール・画商・コレクター・美術館　西村勇晴

　主催者のあいさつで、本展のテーマは「近代の眼」であって、「近代生活の画家」としてのルノワールに焦点を当てると述べている。章分けが「近代の女性・都市とファッション」「風景そして裸婦」「ルノワールをめぐる人々」「友人と子供」となっていて、ルノワールのまわりの生活を描いた作品が中心となっている。だから私たちがよく知る、もっともルノワールらしい代表的作品はここにはない。しかし一般的なルノワール展では観られない風景画に出会えるし、「フォンテーヌブローの森の画家ジュール・ル・クール」（1866）のようなルノワールの初期の作品も観ることができる。「ルノワールをめぐる人々」には、実に多くのルノワールにかかわりのあった女性像が掲示されているし、リトグラフのワーグーナ、セザンヌ、ロダンも貴重である。ルノワールのピエールやジャンら子たちの絵画も私は初めて観る作が多い。深井晃

5．1990年代後半

子の「パリモード」についての解説文があるように、ルノワールの眼を通したパリモードも分かる。以上のように、従来なら見のがしている作品の展示が多い。そこが貴重である。

ところで、本展覧会は、千葉県佐倉市、仙台市、函館市の３市のみの開催で、東京、関西圏の美術館では開かれていない。このような貴重なルノワール展はもっと広く多くの人々の眼に触れるようにしてもよかったのではないか。そしてさらに不思議なのは、「謝辞」を見ると、日本の数多くの美術館の収蔵品の貸与を受けているし、さらにフランス、アメリカ、ドイツの美術館の招来品もある。地方美術館によってよく可能になったものと思う。

ヒューストン美術館展
ルネサンスからセザンヌ・マティスまで

愛媛展
1999年4月13日―5月30日
愛媛県美術館
主催・愛媛県美術館　読売新聞大阪本社　美術館連絡協議会
ヒューストン美術館　サラ・キャンベル・ブラックファー財団
千葉展
1999年6月5日―7月11日
千葉県立美術館
主催・千葉県立美術館　読売新聞社
三重展
1999年7月17日―8月22日
三重県立美術館
主催・三重県立美術館　読売新聞中部本社
福岡展

1999年8月28日—10月3日
福岡市美術館
主催・福岡市美術館　読売新聞西部本社
ヒューストン美術館のヨーロッパ絵画　エドガー・ピーターズ・ボーロン／ヨーロッパ絵画600年の伝統／西洋美術史を日本からみる　原田平作

　ヒューストン美術館について日本では知られることのない館であろう。アメリカ、テキサス州ヒューストン市にある1924年創建の美術館である。その具体的な創建、および収蔵品については、冒頭のエドガー・ポーロンの文に詳しい。ティントレット、ブリューゲルのルネッサンス（私の未知の画家の作品が多い）、からバロック（フランス・ルルス、ヴァン・ダイクなど）、ロココ、さらにゴヤ、ドラクロア、ルソー、クールベが続き、そしてルノワール、セザンヌ、ドラン、モンドリアンなど広範囲な画家たちの、日本においては初公開の作品の鮮明な図版によって、展示されている。ひとつの流れによるものではないし、注目すべき作品もないが、西洋美術に対しての眼をひとつ聞かせてくれると言える。

19世紀の夢と現実
オルセー美術館展1999

1999年6月19日—8月29日
神戸市立博物館
主催・神戸市　神戸市立博物館　オルセー美術館　日本経済新聞社
1999年9月14日—12月12日
国立西洋美術館
主催・国立西洋美術館　オルセー美術館　日本経済新聞社
夢の終わり—戦争と美術家たち　高橋明也／リアリティの源

5．1990年代後半

泉―印象派と浮世絵版画の一視点　岡泰正

実に広範囲にわたる19世紀後半から20世紀はじめの美術などの展覧会である。私がはじめて知る画家もいるが、クールベ、マネ、モネ、ロートレック、ルノワール、セザンヌなどなどの作品もある。それらもそう周知でない作品が展示されている。また写真も多く、写真史の上からも貴重であろう。彫刻作品もブールデルなど数多くのものの展示がある（ドガの彫刻ははじめて知る）。絵でもモネの「死の床のカミーユ」は初見だが、非常に迫真力があり、モネにもこういう一面があったのかと思わしめるが、ほかの画家にもそういった作品が多い。

正直これほど広範囲の作品が展示されていては、観る人たちは多分に困惑したのではないか思わしめられる。むしろ各作品の解説も詳細なので、図録を開いて解説を読みつつ観る方が有益かも知れない。

なお図録はかなりの大版で、全292頁の大冊である。

金と銀
―かがやきの日本美術

1999年10月12日―11月23日

東京国立博物館

金と銀―かがやきの日本美術　松原茂

平成館開館記念特別展である。どう紹介したらいいのか迷うほどの、多種多様な絵画、美術工藝品などが展示されている。はじめが国宝の「金印」だが、各地の神社仏閣、美術館などの機関、東京国立博物館総出品の国宝、重要美術品が並ぶ。図録も340頁余の大冊であって、総体については松原茂の20頁弱の解説にまかせるしかない。これほどの美術工藝品に金銀が用いられているのか驚かざるを得ないが、個々の作品に触れるのは、たとえば近世

絵画については狩野永徳、尾形光琳、長谷川等伯、酒井抱一、円山応挙、曽我蕭白、池大雅、与謝蕪村、歌麿、写楽などなどと並ぶのである。私の筆の及ぶところではない。

はたして当展覧会の観覧者たちは、眼福を言うより、はなはだしい疲労感を覚えなかったか。それを心配するほど名品揃いである。さすが東京国立博物館の力である。

源頼朝とゆかりの寺社の名宝

平成11年10月23日（土）―11月28日（日）
神奈川県立歴史博物館
特別展・「源頼朝とゆかりの寺社の名宝」によせて　八幡義信／源頼朝画像の諸作について　相澤正彦

没後800年記念の展覧会である。頼朝ゆかりの24の寺社から招来した諸々の品々が展覧されている。それらは直接頼朝にかかわるものではなく、それらの諸寺社の所蔵する国宝、重要文化財、重要美術品などが展示される。鎌倉時代中心の仏像など見るべき作品が多い。ただ眼を捉えるべきは、第2部の「肖像にみる源頼朝」であろう。9頁に及ぶ相澤正彦の論考が非常に参考になる。展示品に対する解説文は詳細で読むべき内容である。巻末の「年譜―『吾妻鏡』にみるゆかりの寺社」は参考になる。

皇室の名宝　美と伝統の精華

平成11年12月14日―平成12年2月13日
東京国立博物館
主催・東京国立博物館　宮内庁　NHK
皇室コレクション―その内容と蒐集の経緯　太田彩／古代のかたち　笠野毅／天皇の肖像と書　古谷稔／古筆の名品　島谷弘幸／伝世の品々　松原茂／近世宮廷の美　太田彩／新し

5．1990年代後半

い伝統美　大熊敬之

　なにしろ全400頁の図録である。縄文時代、石器、そして銅鐸から、(悠紀・主基地方風俗歌屛風を別にすれば)昭和12年の上村松園の「雪月花」までを収めているのだから、観客は見通すのに大変だったろうと思う。ただこれを見て、天皇家が平安朝以来伝来している御物などと称するものは、どれほどあるのだろうかという疑念を持つところがある。

　たとえば平安朝の道風、行成、紀貫、佐理らの古筆についての作品解説を読むと、その伝来について書かれていないものが多く、書かれているのを見ると、明治に入って、伊達家、近衛家、前田家寄贈などとある。そこで、太田彩の「皇室コレクション」のその「蒐集経緯」を読むと「近世までの長い歴史の中で、天災、火災、戦乱などによって、多くのものが失われ、皇室伝来と言えるものは現存の皇室コレクションの中では、決して数が多い訳ではない。」とある。そして読み進めて行くと、明治はじめの神仏分離政策のなか、寺が窮乏し、寺院からの献上が相次ぎ、それに対して、皇室から下賜金が出され、たとえば明治11年に法隆寺は寺宝158件を献納して、代金1万円を下賜されたという。

　太田は「寺院は現在に至るまで、規模を維持することができ、また献上された宝物は、皇室のもとで保護されたことで、かえってその散逸を免れたとも言える。」というが、その元をつくったのは、時の神仏分離という国家的政策であったことを忘れてはいけない。たとえば、明治23年に「蒙古襲来絵図」を熊本士族の大矢根から買い上げているが、このような買い上げは「宮内省が明治年間に古美術品を積極的に蒐集しようとして、応じた作品を買い上げようとしていたらしい事実は、幾つかの事例からも推察されるが、その数は多くはなかったようである。」と言っている。

　明治年間以後、日本の重要な美術品が欧米に流出したが、皇室

はそれを押し止め得なかったこともある。私としては、正直この図録を見て、その伝来をもっと分明にして欲しいと考える。中国の山水画なども高橋是清や井上馨からの献上とある。

　図録を見ていると、以上のような、伝来ひとつをとってもいろいろ思うところあって、眼福とばかり言っていられない事実もある。

6．2000年代前半

レンブラント版画展

2000年3月15日—4月9日　小田急美術館　主催・小田急美術館　東京新聞　2000年4月14日—5月18日　佐倉市立美術館　主催・佐倉市立美術館　東京新聞　2000年6月2日—7月2日　高松市美術館　主催・高松市美術館　四国新聞社　西日本放送　2000年7月5日—7月24日　美術館「えき」KYOTO　主催・毎日放送　京都新聞社　2000年8月18日—9月27日　北海道立帯広美術館　主催・北海道立帯広美術館　北海道新聞社　レンブラント版画展実行委員会

エッチングの巨匠レンブラント　ラオ・ラウレンティフス

日蘭交流400周年記念の企画である。正直驚くべき展覧会である。レンブラントが生涯制作した銅版画が約300点と言われているが、その内156点の代表作を展示したもので、レンブラント版画の概容がわかる。それはともかく巻頭のラウレンティフスの論は24頁に及ぶ広大なもので、これを読むと、たとえばレンブラントの紙に関する調査、エッチングの技法などについては非常に研究が進んでいることを知らしめられる。作品展示は、「自画像」「旧約聖書」「新約聖書」「風景」「肖像」などに章分けされているが、各作品についての解説は、作品の成立、技法、用紙に至るまで詳細である。詳しく読むと、作品をとり巻く時代背景がよくわかる。驚いたことにレンブラント版画の原版がいまでも発見されるとのことである。私の注目したいのは、レンブラント自画像である。なぜレンブラントはこれほど（ここには14葉の作品がある）自己像に拘執したのだろうか。またほかに30葉の肖像画もある。あれこれ検討したくなる。

どれほどの観客を惹き寄せたかわからないが、こういう研究的

で特殊な展覧会が日本で開かれたことは誇りとすべきだ。

岡本太郎　EXPO'70
太陽の塔からのメッセージ

大阪展　2000年4月20日―5月28日　国立国際美術館　主催・国立国際美術館　川崎市岡本太郎美術館（以下、開催館同じ）　日本万国博覧会記念協会　日本経済新聞社　テレビ大阪　札幌展　2000年9月4日―10月16日　芸術の森美術館　主催・財団法人札幌市芸術文化財団　北海道放送株式会社　川崎展　2000年10月28日―2001年1月28日　川崎市岡本太郎美術館　主催・日本経済新聞社　新津市展　2001年2月10日―4月8日　主催・財団法人新津市文化振興財団＝新津アートフォーラム

万国博に賭けたもの　岡本太郎　EXPO '70と太郎の塔と村岡慶文輔／原始から未来へ　ワイドな精神岡本太郎像―《太陽の塔》への道　日向あき子／太陽の塔と大衆　加藤秀俊／《太陽の塔》が我々に告げるもの　倉林靖／国立民族博物館と《太陽の塔》　石毛直道／《太陽の塔》は「昭和の御神木」　串門努／《太陽の塔》誕生・ドキュメント　大杉浩司

　私は岡本太郎の絵画、壁画、彫刻のほとんどをいい作品とは認めない。岡本は口では過激なことを言う。しかし作品はすこしも過激ではない。そう見えるだけである。早々と岡本太郎美術館が建ってしまったのも、単に一般的に受容されやすいからである。そのなかで「太陽の塔」はまだ許される彫像と思っている。明るく、次の世へと向かっているからである。それもこれも万国博覧会という場なればこそであったと言えよう。あの万博へは私は行かなかったが、私の父は孫を連れて、はるばる大阪まで行った程

で、日本国民挙げて参加したものだった。東京オリンピックと並んで、時代を象徴する、画期的な行事だった。そういう中で、岡本太郎も外向的に跳躍できたと言えよう。

この図録には岡本太郎の油絵作品もあるが、ほとんどは「太陽の塔」の成立、展示をめぐっての、いわば記録によって占められている。その意味では'70年万博を将来考察するためのいい資(史)料となろう。

国宝　平等院展
2000年5月30日（火）―7月9日（日）　東京国立博物館　主催・東京国立博物館　平等院　朝日新聞社　2000年7月22日（土）―9月10日（日）　仙台市博物館　主催・仙台市博物館　平等院　朝日新聞社　2000年9月22日（金）―11月5日（日）　山口県立美術館　平等院　朝日新聞社　NHK山口放送局
平等院に想うこと　永井路子／平等院の歴史と文化　神居文彰／鳳凰堂壁扉画とその模写　小林達朗／コンピューター・グラフィックスによる鳳凰堂内彩色復元　由樫太郎／鳳凰堂彩色復元　百橋明穂／平等院庭園発掘調査の記録　吹田直子／十二世紀中頃の平等院と宇治の復元想像図　杉本宏／創建時の平等院　岩佐光晴／鳳凰堂の阿弥陀如来像について　金子啓明／彫刻の和様　鳳凰堂の仏像を中心に　山本勉／平等院の復元　杉本宏

私は40年ほど前に平等院を一見しただけで、以後行っていない。その時も鳳凰堂を池越しに観て、その良さに驚いただけで、寺内には入らなかった。開創950年記念の展覧会だが、図録の過半を占めるのは、国宝「雲中位巻菩薩像」全52軀であって、個々の像についての解説がまた詳細である。こういう国宝の全体図の把握

はこの図録から可能であろう。復元された鳳凰堂内の彩色のきらびやかさには驚くが、これは建築物だから展示されたものではなかろう。CGによる12世紀改修時の鳳凰堂の復元図も図録のみに掲載されたものか。この図録に寄稿された諸氏の論は、平等院論としては貴重なもので、この図録はその点で平等院文献として、後世に残るものと言える。

村山密展
画業60年　セーヌの岸辺から

東京展　2000年6月6日（火）―7月16日（日）　渋谷区立松濤美術館　千葉県　2000年7月22日（土）―8月27日（日）千葉そごう美術館　神戸展　2000年9月7日（木）―9月19日（火）　大丸ミュージアム神戸　下関展　2000年11月9日（木）―12月17日（日）　下関市立美術館　茨城展　2001年4月7日（土）―5月27日（日）　茨城県天心記念三浦美術館　主催・各　美術館　朝日新聞社　セーヌ河畔のバルコニー　ミシェル・ヌルザニー／藤田嗣治、岡鹿之助、そして村山密　島田泰寛／村山密の絵画―日本の心でパリを詩う　金原宏行

パリ在住の日本人画家の展覧会図録であるが、しかも解説で島田が言う藤田や岡ほどの個性があるとは思えない。村山の場合、強いて言えばモネ的かなと思う面があるが、金原がいう「日本の心」というのは当らないと思う。藤田ほどの内省化された日本は村山にはない。全くの西洋の絵である。

グレーの画家たち

山梨展　2000年10月21日―11月26日　山梨県立美術館　主催・山梨県立美術館　美術館連絡協議会　府中展　2000年12

6. 2000年代前半

月2日—2001年1月21日　府中市美術館　主催・府中市美術館　読売新聞社　美術館連絡協議会　西宮展　2001年1月27日—3月4日　西宮市大谷記念美術館　主催・西宮市大谷記念美術館　読売新聞大阪本社　読売テレビ　美術館連絡協議会　成羽町展　2001年3月10日—4月15日　成羽町美術館　主催・成羽町美術館　読売新聞大阪本社　美術館連絡協議会　佐倉展　2001年4月28日—6月3日　佐倉市立美術館　主催・佐倉市立美術館　読売新聞社　美術館連絡協議会

芸術家村グレー＝シュル＝ロワン—その前史、地誌、および日本との関係について　荒屋舗透／資料・スムール経由で芸術家コロニー、グレー村へ　シリ・フォン・エッセン（ストリンドベリの最初の妻）／「…事物の得も言われぬ慄き…」グレー＝シュル＝ロワンに集うイギリスとアイルランドの画家たち　ケネス・マッキンキー／グレー＝シュル＝ロワンで活動したスウェーデンなどのスカンジナビアの画家たち　ドシュテン・グンナション／グレーのアメリカ人画家　ウィリアム・H・ガーツ／日本画家たちの聖地グレー村　前川公秀／グレー村での絵はがき　前川公秀／資料篇＝グレー村を訪れた日本人画家たち　志賀秀孝／児島虎次郎とグレー　渡辺浩美／グレーにて風景を描く　枝松亜子／西欧絵画紹介における一考察—バルビゾン派と白樺派　立入正之

多少値が張っても、この図録を古書店で目にしたら、直ぐさま求めるべきである。色々、種々図録を観て来たが、この図録ほど内容の充実したものはないと言っていい。正直、この美術展覧会を開催している美術館は超一流とは言えないであろう。日本の各地に見かけられる美術館である。主催者に読売新聞社を見るが、それはともかく、各章で執筆している美術史家、大学教授をどういう伝で接して、執筆を依頼し得たのか、それを知りたくなる執

筆内容なのだ。そして図録を一覧すればわかるように、この図録はグレー村にかかわる画家たちの絵はむろん、それ以上と言ってよいが、各解説文が絵画をかき分けるように紙幅を取って、綴られていて、絵画と文のどちらが主であるのかわからないのである。これほど文が幅をきかせているものはない。この解説は解説ではない。論文である。ある論は注が150に及ぶものがある。

　この図録を前にして、私は何を言い得よう。たとえば、この図録の絵画の図を一覧すると、グレーで描いた絵の特質を指摘できないわけではない。しかし、それは執筆者たちがすでに述べていることで、私が重ねて語る必要はない。ただここに掲載されている絵画の印刷が、非常にすぐれていて、そのことを賞賛するほかはないのだ。強いて言えば、グレーという環境で、黒田清輝や浅井忠などは充分影響を受けていることが、ほかの欧米画家たちの絵からわかる。しかし、私たちには未知の多くのヨーロッパ画家たちの絵を図録で観ることができるが、そしてひとつの通貫するものがあるようで、一方多彩でもある。だから長い論考が必要とさとされるのだろう。

　グレー村の画家たちという、すこし特色のある絵画を知りたかったら、この図録は稀に見る宝庫と言える。古書店で見かけたら早速求めるべきである。

エジプト文明展

　東京展　2000年8月2日（水）―10月1日（日）　東京国立博物館　主催・東京国立博物館　NHK　NHKプロモーション　松山展　2000年10月21日（土）―12月17日（日）　愛媛県美術館　NHK松山放送局　主催・愛媛県美術館　NHK松山放送局　NHKきんきメディアプラン　愛媛新聞社　大阪展　2001年1月13日（土）―4月8日（日）　国立国際美

術館　主催・国立国際美術館　NHK大阪放送局　NHKきんきメディアプラン　札幌展　2001年4月21日（土）―7月1日（日）　北海道立近代美術館　主催・北海道立近代美術館　NHK札幌放送局　NHK北海道ビジョン　私見古代エジプトへの旅　後藤健

「世界四大文明展」のひとつとして開催された。エジプト4000年の歴史をひとつの展覧会で通覧するのは、とうてい不可能である。だからこの展覧会で得るところあらしめるためには、ひとつの視点を定める必要があろう。そのために、この図録で見る限り、彫像に視点を集めるのが一方法と言える。たとえば、はじめに前2500年前後の神官、書記などの像を観ると、同時代の「カフラー王の座像」「メンカフラー王のトリアド」の像が、いかにも王像らしく気品にあふれているのに対して、いたってリアルな像型になっている。なぜなのか。また王像を追って観ると、長い歴史の中で多くの変化がうかがえる。あるいは新王国第18王朝の10代目、太陽神アランの唯一神とした宗教改革（ユダヤ教発生の源と見る論者もいる）の王アメンヘテプⅣ世の像「アクエンアテン王の立像の一部」を見て、一般的な王像との差、その極端な垂直状の顔貌に驚くと共に、その宗教改革者の姿に納得するに違いない。

以上のように、彫像をめぐって、種々得るところがある。

中国国宝展

2000年10月24日―12月17日
東京国立博物館
主催・東京国立博物館　（社）日中友好協会　朝日新聞　中国国家文物局　中国文物交流中心
地上の宝、地下の宝　珍舜臣／中国考古学の回顧と展望　徐萃芳／中国古代の文化と文明　張忠培／5・6世紀の北中国

における人物造形上の変化と諸問題　宿白／中国古代の玉器　谷豊信／古代中国青銅器に見られる象嵌　高浜秀／南北朝時代の仏教美術　小泉恵英

　新石器時代から8世紀位までの、中国の各地から発掘された種々のものの展示会である。この展示品のなかで私たち日本人がよく知っているのは、秦の始皇帝の兵馬俑ぐらいのものだが、私の関心が向くのは、前13世紀頃から前15世紀までの青銅器である。実に様々なものがある。こういう各種の発掘によって、中国古代史は変わって来たのだろうか。

良寛さん

京都展
2000年11月17日―12月17日
京都文化博物館
主催・京都文化博物館　日本経済新聞社
東京展
2001年1月20日―2月25日
Bunkamuraザミュージアム
主催・Bunkamura　日本経済新聞社
良寛の御三家　加藤信一／図版・章解説　小島正芳／良寛さんの自然の書　名児耶郎

　図版は手紙・かな・漢字によって章分けされており、各作品はそれぞれ活字によって起こされているので、それほど難読でもない良寛の書も（仮名はむつかしいのもある）分明に読み解くことができる。なお、巻末に「描かれた良寛」があり、坪内逍遙、安田靫彦、川合玉堂、中村岳陵、山口逢春らの良寛を描いた日本画作品が、原色版で掲載されている。

6．2000年代前半

透明なる永遠の詩　福本章展

2000年11月23日―12月24日

安田火災東郷美術館

主催・財団法人安田火災美術財団

深まりゆく光と影　北杜夫／無限青の雲水―色光を内包した画家　福本章　米倉守／風景と思念のはざまから　福本章

　福本章とは1932年生まれ、東京藝術大学卒業、35歳で渡欧した現代作家である。私は美術評論家ではないから、現代画家についてはあれこれ語ることはできない。それでも言えば、福本の油絵は油であっても、背景のうちに描くべき建物、などを溶解させ、対象を強く押し出そうとせず、そこに淡々しい存在をあらしめている。1989年の「横たわる裸婦」でも、裸婦はあやうくソファーの内に溶け込んでしまいかねない淡い存在でしかない。しかしそこに福本の魅力があると言える。

メルツバッハー・コレクション展

名古屋展　2001年4月13日―5月27日　愛知県美術館　主催・愛知県美術館　中日新聞社　中部日本放送　東京展　2001年6月2日―7月22日　安田火災東郷青児美術館　主催・財団法人安田火災美術財団　東京新聞　萩展　2001年7月28日―9月28日　山口県立萩美術館・浦上記念館　主催・山口県立萩美術館・浦上記念館　財団法人山口県教育財団　毎日新聞社　TYSテレビ山口　盛岡展　2001年10月6日―11月11日　岩手県立美術館（仮称）　主催・岩手美術館（仮称）

色彩の歓び―メルツバッハー夫妻とそのコレクション　ステファニー・ラッカム／近代絵画と色彩：ドラクロワからフォーヴィスム、表現主義　千足伸行

図録を開いてまず驚くのは、第1の絵がセザンヌの「髑髏と燭台のある静物」(1866)で、その厚ぽったい、絵の具で描かれた髑髏に目が引き寄せられる。はじめて観るセザンヌだ。次のモネ、シスレーも普通私たちが知る両画家の絵と印象は違う。次のルノアールは私たちの知るルノアールだが、ヴラマンク、ブラックを観ると、このコレクションがやがて表現主義を中心とするものであることに納得しよう。しかし私には表現主義の絵画の3分2位は好意的に受け入れることができないのだ。それは個人的な私の嗜好というより、私の感受性の古さなのだろう。だからこの図録について、あれこれ語ることはできない。

　なお、このコレクションのコレクターのメルツバッハー夫妻については、ステフェニー・ラッカの文が詳しい。

ダ・ヴィンチとルネサンスの発明家たち展

2001年7月10日―9月2日
日本科学未来館
　主催・科学技術振業団　日本科学未来館　日本経済新聞社
　フィレンツェ科学史博物館　フィンメニカ
　はじめに　フィレンツ大学教授・フィレンツェ科学史博物館長　パオロ・ガルッツィ

　この博覧会は、パリ、フィレンツェ、ニューヨーク、ロンドンと廻ってきた巡回展のひとつとして、東京で開催されたものである。

　この図録で驚くのは、はじめ「序」として、80頁弱の長大なルネサンス期の科学技術史が論じられているのだ。しかしそれも概論ではなく、たとえば前半では、私の知らないタッコラという科学者の『技術論』『機械論』が検討され、そして全体の3分2以上はレオナルド・ダ・ヴィンチの業績を詳細に論述している。図録

の解説というより、一冊の論著と言っていい。そして「Catalogue」では、まずフィレンツェ大聖堂のドーム建設にかかわる道具、器具の模型、設計図が展示されている。そしてさらに「シエナの技術者たちの手柄」と題して、治水、凌渫機、水準器、揚水機、銃火器、建設機器などの図が展示される。そして終章がダ・ヴィンチで、彼の各方面にわたる業績が、設計図や解剖図などを展示して、あきらかになっている。

 以上のように、本図録は、現代におけるルネッサンス科学研究の水準に添った、学術色豊かなものと言える。

レオナルド・ダ・ヴィンチ《白貂を抱く貴婦人》

チャルトリスキ・コレクション展
2001年9月1日—10月28日
京都市美術館
主催・京都市美術館　京都新聞社　NHK京都放送局
2001年11月3日—2002年1月6日
松坂屋美術館
主催・NHK名古屋放送局　NHK名古屋ブレーズ　中日新聞社　松坂屋美術館
2002年1月19日—4月7日
横浜美術館
主催・横浜美術館　東京新聞　NHK横浜放送局　NHKプロモーション
チャルトスキ美術館のあゆみとレオナルド・ダ・ヴィンチ《白貂を抱く貴婦人》　ヤヌシュ・ヴァクェク／眼差しと微笑み—レオナルドの肖像画の秘密　岡田温司／チェチリア・ガッレラーニロ　ジャニス・シェル／科学的分析　ディヴィッド・ブル

チャルトリスキ美術館について、私は知るところはない。その創設については、ヴァウェクの文に詳しいが、1801年にポーランドのもっとも由緒ある名門の、チャルトリスキ美術館の夫人であるイザベラによって、開設されたものである。ポーランドはその6年前に分割されて、その国名は123年間にわたって姿を消すことになった。それでもイザベラ夫人はヨーロッパ各地を巡り、個人コレクションにも足繁く通って美術品蒐集に努めたとのことだ。その成果によって美術館の設立に到った。この美術館の現在に到るまでの歴史はヴァウェクの文にゆづる。第1次大戦時、ナチ時代、ソ連支配下にはいろいろな事があった経緯が詳述されている。

　さて、本展の目玉であるダ・ヴィンチの《白貂を抱く貴婦人》は1800年頃の購入らしいが、どこから誰からはわかっていない。本図録の解説は40頁の長さ（それもこういう海外作品には欧文が付せられるのが一般だが、本図録では日本文だけである）を持つが、そのほとんどがダ・ヴィンチの作品に当てられている。岡田文はダ・ヴィンチの肖像画全体のなかの《白貂》の位置付け、シェルの文はその貴婦人のモデルとされるチェチリア・ガッレラーニについての詳細な考証（註はなんと72）、ブルの文は題名通りのX線による分析と、正直この肖像画をめぐってこれほど言及している資料がほかにあるまいと思われるほど綿密なのである。ほかの美術館蔵の15、6世紀の肖像群、さまざまな1500年前後の版画、ポーランドのバロック時代の絵画についての総説はない。（しかし個々の作品についての解説は手を抜いているわけではなく、詳細で参考になる）。図録を観ると、ショパンの肖像画、彫刻、ブロンズの手があって、いわばポーランド生んだ作曲家として当然の扱いをされているのが知られる。その意味で、この図録は、ダ・ヴィンチの《貂》にあっても重要な文献であるが、ポーランド史

を知る上でも貴重な資料となっている。むろんポーランドだけではなく、14～16世紀のヨーロッパ絵画・版画も貴重で私たちにあっては未知の画家に出会えるし、またその解説も有益である。

松永耳庵コレクション

2001年9月18日―10月14日
福岡市美術館
2002年2月19日―3月24日
東京国立博物館
松永安左ェ門と茶の湯　矢部良明／耳庵・松永安左ェ門―その人と茶の湯とコレクション　尾崎直人

　不思議なことであるが、松永安佐ェ門は決して財閥の上にあった人ではない。私たちが知っているのは電力のオニと称される一産業の人である。多くの会社、事業を束ねて、その長として坐っていた人でもない。これは私の憶測でしかないのだが、松永は金銭上それを自由にできるほどの収入があったのかということだ。私は松永の自伝を読んでいないので、そのあたりを把握していないのだが、たとえば彼の年上の友人、むしろ師と言うべきか、益田鈍翁や原三渓の二人の場合は、これまた財閥の人ではないが、明治からの経済人として、彼らは金銭を相当自由にできた人であろう。その二人に比して松永安左ェ門はそう自由ではなかったと思うのだが、どうであろうか。この展覧会の展示は各作品の購入時期に則して並べられたという、特異なものである。そして松永には「買物控」「買入代」という覚書も残っている。尾崎直人「耳庵・松永安左ェ門」は、35頁に及ぶ長い評伝で、その各作品の買価も一部紹介されているが、私はこれらの資料を基にして、昭和のコレクション造りが精密に跡づけられたらと考える。実物は国立博物館、福岡市美術館に現蔵するのだから、後世に残るいい為

事と思う。

11世紀「釈迦金棺出現図」から始まって、「法然上人伝絵巻」、俵屋宗達、尾形乾山、宮本武蔵、そして雪村らの山水画、数多くの唐磁器、海外に手が伸びて、紀元前6世紀のギリシャの壺、3世紀のガンダーラ仏像、西周期の青銅器、となんとも幅広い。

先に触れた尾崎直人の長い評伝は必読文献であり、松永安左ェ門宛、益田鈍翁、原三溪の数多い書簡復刻は貴重な資料であり、松永の詳細な著作目録も参考になる。以上のように、この図録は様々な面から後世に残るものである。

益田鈍翁の貴重なコレクションは現在散逸してしまったが（一部再蒐集され、展覧会も公開された）、幸い耳庵のコレクションは一括博物館、美術館に寄贈された。電力のオニ、松永安左ェ門の実業家としては、今世に知られるところはほとんどないが、美術品コレクターとしては、立派な型として、これからも存在を持続して行くであろう。

聖徳太子展

東京展　2001年10月20日―12月16日　東京都美術館　主催・東京都美術館　NHK　NHKプロモーション　大阪展　2002年1月8日―2月11日　大阪市立美術館　主催・大阪市立美術館　NHK大阪放送局　NHKきんきメディアプラン　名古屋展　2002年3月2日―4月7日　名古屋市博物館　主催・名古屋市博物館　NHK名古屋放送局　NHK名古屋ブレーズ

聖徳太子の実像を求めて　石田尚豊／聖徳太子の時代　東野治文／法隆寺聖霊院の聖徳太子及び侍者像　鷲塚泰光／斑鳩寺本太子講讃図覚書　有賀祥隆／時空を超えた聖徳太子像　石川知彦／絵伝にみる聖徳太子の生涯　菊竹淳一

6．2000年代前半

　これほどの大規模の展覧会が、東京国立博物館などの国立系の機関ではなく、都や市立系の美術館などによって催されたのは驚きである。出品などの援助を受けた寺や機関、個人などが150以上にのぼるのだ。図録も300頁強である。いいものも展示されている。法隆寺蔵「観音菩薩立像」、中宮寺「菩薩半跏像」などは斑鳩の里に行かずに拝めるのである。「玉虫厨子」「天寿繡帳」、伝聖徳太子筆「法華義疏」も同じである。宮内庁蔵「聖徳太子二王子像」も拝観できる。また太子二歳像、童子像の多さも目を見張るが、聖徳太子画伝の鎌倉時代に20を越えることを知り、あらためて太子信仰の厚さが知られる。

　聖徳太子の実像を得るのはむつかしい。時に疑義が発表される。そのためには種々の議論が必要とされよう。しかし伝説に拠るとは言え、太子信仰が強かったのは事実で、この展覧会で展覧される様々なものがそれを物語っている。本図録掲載の諸文はそのひとつの追求である。参考になる。

巨匠たちが描く日本の美
　　　―名都美術館コレクション

2002年1月2日―2月17日
茨城県天心記念五浦美術館
　主催・天心記念五浦美術館　朝日新聞社

　名都美術館というのを知らなかったが、序によると、愛知県愛知郡長久手町にある、1987年に開館した美術館だとのこと。それがなぜ天心記念美術館で展覧会を開いたのか、それがわからない。人を寄せるためか。名都美術館は実業家林軍一のコレクションを基にしているとのことだが、林のコレクションははじめルノアール、キスリング、ボナール、ルオーなどの西洋画から、梅原龍三郎、岡鹿之助、藤田嗣治、藤島武二ら日本近代洋画家のものだっ

たが、後半日本画家の美人画に移ったとのことであって、本展覧会でも中心は、美人画である。正直、その点で、この展覧会はいささか時代遅れである。まずはじめ上松松園の作を多く展示するが、私は松園の美人画は、日本画の美人の規範性が強く、またそれは痴呆な顔貌であって高く評価しない。また鏑木清方も多いが、評価できる美人画はすくない。伊東深水は評価がむつかしいが、本図録に掲載の「麗日」が琳派風の樹木のなかにしゃがむ女性像は新鮮味があって評価したい。大観の絵もある。しかし二つの富士山の絵は陳腐で私の好みでなく、むしろ展示された前田青邨「富士」（1964年頃）の方がはるかにいい。橋本関雪「玄猿」にも心ひかれる。

　さて現在名都美術館の活動はどうなったいるのだろうか。西欧近代日本の洋画の展覧会は開けないものだろうか。

横山大観　その心と芸術

平成14年２月19日（火）—３月24日（日）
東京国立博物館
　主催・東京国立博物館　朝日新聞社
　記憶の片隅の横山大観　細川護熙／大観芸術への誘い　古田亮／《屈原》拾遺　塩谷純

　近代日本最大の日本画家というと、横山大観があがってくるのであろう。存在はあたかも、日本画の総本山のようなものではないか。私はそこに反撥してしまう。権威嫌いの私の癖である。たとえば大観と言えば富士山だが、私にはそれはみな陳腐にしか見えない。〈霊峰〉と言う名詞を大観は用いるが、富士を精神化してはいけない。広重は富士を精神化はしていない。絵の対象としてしかとらえていない。大観は描写する対象を精神化しすぎる。傑作とされる「無我」を、私が初めて知ったのは何時だったろう

か。多分その時、私は「無我」に驚ろいたろう。しかし今は単なる幼児像としか映らない。また「屈原」は、正直、精神性が表に現われすぎて、単純な構図が気になる。また「流燈」の女性像はやわに過ぎて弱い。「柳蔭」や「松並木」の構図の大胆さ、など評価すべき作品が私にもないわけではないが、重要文化財の「生々流転」は、往昔の山水画と比較とすると、構成力が弱いと私は考える。

　ただ、ひそかに思うに、私に大観藝術を評価する面が欠けるのは、大観藝術の大に対して、私が小であるからではないか。だからほかの画家に接するように、作品評価を私の器に合わせて、大観作品の良否を決定して置けばいいのかも知れない。大観作品すべてを傑作と見る必要はないが。

長谷川良雄展—浅井忠の画風を継承した水彩画家
2002年3月12日（火）—4月14日（日）
佐倉市立美術館
長谷川良雄という水彩画家　平野重光

　浅井忠が千葉県ゆかりの画家であることから、佐倉市立美術館が、浅井忠に教えを乞うた水彩画家長谷川良雄の回顧の展覧会が開かれた。長谷川についての水彩画の修業を中心にした伝記は、平野重光によって詳細に記されている。さて、長谷川良雄の水彩画を一覧して思うのは浅井忠の水彩画、あるいは水彩画家大下藤次郎を観ている私の目には、その両者には一歩遅れている感がある。しかし水彩画という領域はせまい。そのなかで、浅井、大下は傑出しているので、両者と比較するのは酷というものであろう。

松方・大原・山村コレクションなどでたどる美術館の夢
2002年4月6日（土）—6月23日

兵庫県立美術館
主催・兵庫県立美術館　神戸新聞社　NHK神戸放送局
日本の「美術館」をめぐって　速水豊／美術館がほしい―今から百二十年の夢について　木下真之／高橋由一の「螺旋展開図」　大泉和文　中谷礼二／中原實の「ミュゼ・ド・ノワール」　大泉和文／中原實「ミュゼ・ド・ノワール」考―美術館のも一つ先の美術館　五十嵐利治／松方幸次郎の夢―共楽美術館　湊典子／松方幸次郎の「共楽美術館」　大泉和文／グレーゾーンとしての美術館―コレクション・反コレクション　建昌哲

　本展覧会の全体的な展望はむつかしい。何しろ広範囲にわたるからである。第1回内国勧業博覧会（五姓田義松・高橋由一ら）からはじまって、高橋由一の美術館構想、文展の創設と作品買上げ（大正15年東京府美術館設立）、白樺派の美術館構想などが微細に辿られている。そして突然場面を変えて、中原實（日本歯科医学専門学校長中原市五郎の子息。父が出資）の前衛美術中心の「ミュゼ・ド・ノワール」に移る。クレーやカンディンスキーそして中原自身や仲田定之助の作品の展示となる。そして松方コレクションと共楽美術館、大原孫三郎と大原美術館に多くの頁を用い、そしてとんで読売アンデパンダン展の現代美術に移って、大光コレクションと長岡現代美術館の設立、廃館の経緯を伝える。そして最後に「山口勝弘の〈イマジナリム〉と新しい美術館像」で巻は閉じる。巻末に地方美術館設立の、1978年から2001年にかけの美術館一覧がある。その数の多さには正直驚くしかない。

　本展の底を流れるのは、美術展覧会とは何かを基調に、何が求められて来たか、それが夢と終わったのは何故か、これから求められる美術館はどうあるべきか、となろうか。建昌「グレーゾーンとしての美術館」で語られる先端を行く読売アンデパンダン展

の開催が、会場の危険性、汚損、そして作品の猥褻さなどによって、会場管理者側から会場の貸与をこばまれ、展覧会の役割は終わったとされるが、公的管理のもとにある美術館にあっては、同時代美術に対しては常にこういう限界性を持っている。では美術館は何のためにあるのか。松方や大原の蒐集は優秀なヨーロッパ絵画を日本の画家の目に触れさせ、日本の絵画を活性化させることに意義あったろうが、現代画家の目には骨董としか見えないだろうルネッサンス以後の西洋美術の展覧は意味があるのか、という問いにさらされる。美術の現場、今製作しつつある画家にあって、地方美術館の数の多さは喜ぶべきことか疑問なしとしない。

　私にあっては美術作品は骨董であっても楽しめる。多くの美術愛好家にあってはそうだろう。その点で展覧会場の数が増え、作品と接する機会が多くなるのは結構なのだ。しかし今創作しつつある美術にたずさわる若い人にはどうなのか。この展覧会はそんなことを反省せしめるいい機会となっている。

　なお巻末の20頁にわたる「関連年表」は微細で、有益なものと言えよう。掲載の月日も明示し、新聞、美術評の記事を摘録している。

シーボルト・コレクション
日本植物図譜展

　福岡展　2002年4月12日（金）－5月19日（日）　田川市美術館　主催・田川市美術館　岩手展　2002年6月15日（土）－7月28日（日）　岩手県立美術館　主催・岩手県立美術館　千葉展　2002年8月17日（土）－9月23日（月・祝）　佐倉市立美術館　主催・佐倉市立美術館　東京展　2002年12月26日（木）－2003年1月12日（日）　小田急百貨店　主催・（財）NHKサービスセンター

1896年に植物学者マキシモヴィチの要請で、ロシア科学アカデミーがシーボルトの植物画を購入した。のちに植物学研究所に編入されるサンクト・ペテルブルク帝国植物園の所蔵となった。これを基にしたのが、今次の展覧会である。

　すでにシーボルトの植物図録展覧会は1995年に開かれ、その図譜は限定本で出版されている。それらを踏まえて、さらに深化させたのが、今回の展覧会である。計何図が掲示されているのかわからないが、400点前後ではあるまいか。その数の多さでも、本図録は貴重である。私たちの知る植物も多いが、未知のものもある。

　なお図録に解説というより以上の文が、無署名（相当専門的である）で掲載されている。それを最後に摘記して置く。

　シーボルト・コレクション『日本植物誌』とリンネ時代の植物画
　桂川甫賢、伝統的スタイルの植物画
　水谷助六、拓本技法を用いた植物画
　川原慶賀、世界的レベルの植物画芸術
　清水東谷、科学性と芸術性の美しい融合

ウィンスロッポ・コレクション

　フォッグ美術館所蔵の19世紀イギリス・フランス絵画
　2002年9月14日―12月8日
　国立西洋美術館
　主催・国立西洋美術館　東京新聞　ハーヴァード大学付属フォッグ美術館
　エドワード・W・フォーブス、ポール・J・サックスとフォッグ美術館とフォッグ美術館の起源　ジェイムズ・クノー／美を求める眼：グレンヴィル・ウィンスロップとそのヨーロッ

6．2000年代前半

パ美術コレクション　ステファン・ウォ　ホジアン／侵入するヴィジョン—バーン＝ジョーンズとモローの作品に見るイコンの変成　喜多崎親／美、峻巌さ、理想主義—グレンヴィル・L・ウィンスロッゴとイギリス美術　ミリアム・スチュアート

　図録を一覧して、この全280頁の図録は、後世に残る貴重な資料集となるであろうと確信するに至った。何しろクノー、ウォロホジアン（注が59）、喜多崎（注が37）、スチュアート（注が73）の冒頭の3論文はそれぞれ長大なもので、概説、各論ともに、ウィンロッポ・コレクションの意義を詳説している。これだけでも貴重だ。第1はアングル「黄金時代」以外どんな言葉も要せず、直接画に向って接していた。しかしそれから時間が経過し、活字をも必要とすることになったとも言えよう。そのために、左頁の詳細な記述は有効なものとなっている。

　ウィンスロップ・コレクションはエジプト、西洋美術、中央アメリカ文化などから西欧の各時代の美術まで幅広いものである。ところで、このコレクションはハーヴァード大学への寄贈者ウィンスロップの遺志で外への貸し出しはなかったが、フォッグ美術館の改修工事で、特に館外貸し出しが可能になり、そして東京新聞の折衝の末、計画としてテーマを立て、グルーピングをし、アングル、モロー、ロッセッティ、バーン・ジョンズらの代表作の展示となったのである。東京展以後、ロンドンのナショナル・ギャラリー、リヨン美術館、ニューヨークのメトロポリタン美術館もこのコレクションの美術展覧会を予定しているが、それはコレクション全体の代表作の展示であって、テーマを立ててのものではないとのことである。そういうなかで、テーマを立て、19世紀末のロッセティー、バーン・ジョンズらの絵画に焦点を当てる展覧会はひとつの方向性を示すものとして多いに評価したいし、図録

も学術的な意味を持つことになる。しかし、特定の美術館のうちからひとつのテーマ作品を摘出して展示するという試みは、この展覧会以降あったろうか。

ヴェルサイユ展
太陽王ルイ14世からマリ＝アントワネットまで

2002年10月12日―12月25日
神戸市立博物館
　主催・神戸市　ヴェルサイユ宮殿美術館　日本経済新聞社
2003年1月25日―3月30日
東京都美術館
　主催・東京都美術館（以下同上）
　ヴェルサイユの建築　ピエール＝グザヴィエ・アンス／東洋の薫り　グザヴィエ・サルモン／ヴェルサイユ宮殿のジャパンとチャイナ　岡泰正／ヴェルサイユ―祝祭から「鏡の間」へ　大野芳材

ルイ15世からルイ17世に到るまでのヴェルサイユ宮殿の華麗な装飾品の変遷を跡づけている。絵画に重点があるが、書斎机とか輿、陶器（日本の美麗な古伊万里もある）とか、ルイ王などの生活の華美さがよくわかる。一つ一つの作品に対する、フランス人中心の解説者の文が非常に精細で、それをじっくり読むことで、当代のフランスの文化的状況がおのずから知られてくる。たとえば、ニリザード＝ルイーズ・ウィジェ＝ルブランと肖像画工房の「フランス王妃マリ＝アントワネット」については、当時にあって最も有名な女性画人であることを指摘（そうしてみると、アントネットの像は女性の目を通したものとわかる点もある）、さらに画像の肖像画としての史的意味、そして模写の具体的特質が詳細に記されている。解説文が小論文となっているとも言える。ま

た冒頭の文もヴェルサイユの建築史や陶器などを中心に、細かい論述がなされていて有益である。

ウィーン美術史美術館名品展
―ルネサンスからバロックへ―

2002年10月15日―12月23日
東京藝術大学美術館
主催・東京藝術大学　NHK　NHKプロモーション
2003年1月11日―3月23日
京都国立近代美術館
主催・京都国立近代美術館　NHK京都放送局　NHKきんきメディアプラン
美術史美術館ギャラリーの歴史　カール・シュッツ／人間・自然・美：ルネサンスからバロックへ　千足伸行／ルドルフ2世―時代を体現したコレクター　薩摩雅登

　美術史美術館、かつての帝室絵画ギャラリーに至るまでの、ハプスブル家の絵画蒐集の経緯は、カール・シュッツの冒頭の文が精緻に論述していて、特にルドルフ2世の蒐集は薩摩雅登が詳細に論述していて多いに参考になる。そして図録を観て行くと、2番目にあるクラナハ（父）の「キリストの磔刑」は、十字架上のキリストの無惨な姿やその下の女性たちの嘆きの像は、リアルというより、むしろデフォルメされていて、胸に迫ってくるものがあり、3番目も著名で、名作と言えるデューラー「若いヴェネツィア女性の肖像」の幾分愁いを含んだ女性の像は、心に迫ってくる。ベラスケス、ルーベンス（しかしルーベンス「メデューサの首」は今の私には薄気味悪いだけだ）もあるが、過半の絵画は、時間軸上の美術史から言えば意義ある作品なのだろうが、現在の私の年齢から観ると、もう沢山だという感慨はある。美術史家という

のは広く見渡さねばならないので、大変な職業だなとも思う。

クールベ展―狩人として画家―

東京展　2002年11月1日（金）―12月24日（火）　村内美術館　主催・村内美術館　東京新聞　大阪展　2003年1月10日（金）―2月16日（日）　大阪市立美術館　主催・大阪市立美術館　毎日放送　毎日新聞社　名古屋展　松坂屋美術館　主催・松坂屋美術館　中部日本放送　中日新聞社　広島展　2003年3月21日（金）―5月11日（日）　ひろしま美術館　主催・ひろしま美術館　中国放送　中国新聞社
ギュスターヴ・クールベ―欲望を映し出す絵画　井手洋一郎／〈オルナンの画家〉ギュスターヴ・クールベ　マリ・エレーヌ・ラヴァレ／クールベと現実の風景　サラ・ファウンス
「パイプをくわえた男」を始めとして、クールベの肖像画は注意されるが、本展では女性の肖像画が広く収集されていて、その多様性に触れることができる。そして本展はテーマ別になっていて、二番目の「標的としての〈鹿〉」には12点の狩猟の絵があり、なぜクールベは鹿狩りを追ったのか関心が向く。「ブレームの滝」「雪の中の鹿」「雪の中の鹿のたたかい」は鹿の生態を如実に描出している。またクールベの描く〈自然〉を2章に分けて展示しているが、「ブラジェの樫の木」「ブー・デュ・モンドの滝」などは単なる自然ではなく、そのたくましさへの驚きのようなものを感得する。

なお巻末の和文参考文献は、この時点までの文献をよく蒐めている。

大日蓮展

平成15年1月15日（水）―2月23日（日）

6. 2000年代前半

東京国立博物館

主催・東京国立博物館　日蓮聖人門下連合会　産経新聞社

日蓮の心くばり　立松和平／日蓮とその伝統　中尾堯／日蓮教団と絵画　宮島新一／日蓮諸宗本尊画試論――題目本尊から絵曼羅へ　行徳真一郎／法華信者と絵画　田沢裕賀／日蓮諸宗の書跡　安達直哉／日蓮諸宗の彫刻　浅見龍介／法華信仰と町衆の美術―日蓮諸宗の工芸　小松大秀

立教開宗750年記念の展覧会である。

私は早稲田大学の学生時代、その仏教青年会に属していた。その頃の早大仏青は親鸞派と道元派とに分かれ、道元派は坐禅を組み、親鸞派は諸書を読むなどそれぞれ非常に深くその派に打ち込んでいた。私はその一派に属することはなく、しかし両派の祖師をめぐっての諸書は読みつつ、一定の距離を置いて、宇野伯寿の書に導かれて、インド仏教を学んでいた。そういう両派に曖昧な立場にあった故か、大学3年になって日本仏教全体を統率するような役に着かされて、先の両派が部室であまりいがみ合わないように仲裁の役割をしたり、合宿となるとなぐり合いになりかねず、両者の間に入ったりしていた。そして私はたれも受けない、天台・真言班を担当することになり、その両宗のむつかしい教義に分け入らなければならないことにもなった。ところで困ったのは日蓮班である。これを担当する学生がたれもいないのである。そのころの仏青は、先の両派に分断していたが、ただ一致したのは、創価学会と、当時勢いを増してきた原理研究会、その両者への対処であった。しかし創価学会とは別に、仏教青年会にあって、鎌倉仏教の日蓮をはずすわけにはいかないと考えた私は、当時盛んになって来ていた学生運動の波のなかで、どういうわけかそれに組する、私たちは仏青左派と呼んでいたグループが、仏青にも存在していたのである。私は4、5人の彼等を呼んで、どうだ、日蓮

に取り組まないか、日蓮には現実変革の力があるぞとおだてたのである。すると、彼らもその気になり、そして仏青、日蓮班が結成されたのである。さて、その後、その班がどうなったのか、私には記憶がない。仏青内でたいした力を結び得なかったのかもしれない。

さて、私は仏教徒であると、今でも考えている。しかし、「立正安国論」など読みはしたが、日蓮仏教には親しみは持てなかった。現在でもそうである。私も大学時代、2、3の仏教論を書いたことがある。それを日蓮宗の寺の住職で、立正大学の教授をしている年輩の知人に渡したことがある。それを読んだ知人からは、君の考えはダメだよと、一蹴されてしまった。どうも私の仏教観は日蓮的でないようなのだ。

300頁近い、大冊のこの図録を観ると、私の仏教観とはかかわりなく、本阿弥光悦の作品などが多く載っている。長谷川等伯の「仏涅槃図」もある。日蓮宗の寺院所蔵のものもある。たとえば、兵庫、青蓮寺蔵の「日教上人像」の像は一見すると西洋人である。解説を読むと、慶長13（1608）年の作ということで、解説には記していないが、ヨーロッパ人の手が入っていることも考えられないかと私は妄想する。また諸寺院蔵の日蓮の肖像画は、一様にふくよかで、それほどきびしくないのを知ることができる。日蓮の教えとはかかわりなく見通すことのできる図録である。

神秘の王朝　マヤ文明展

東京展　2003年3月18日—5月18日　国立科学博物館　主催・国立科学博物館　TBS　朝日新聞社　静岡展　2003年5月27日—7月10日　静岡県立美術館　主催・静岡県立美術館　静岡新聞社　SBS静岡放送　鹿児島展　2003年7月29日—8月31日　主催・鹿児島県歴史資料センター　黎明館　宮崎

6．2000年代前半

展　2003年9月20日—11月3日　宮崎県総合博物館　主催・宮崎県総合博物館　MRT宮崎放送　宮崎日日新聞社　高知展　2003年11月22日（予定）—12月25日　高知市民プラザ　主催・KUTVテレビ高知　よみがえるマヤ王朝　猪俣健／コパン王朝興亡史　中村誠一／仮想考古学とVR技術　広瀬通孝　西岡貞一／マヤ文明を担った人々——骨と歯の形態から垣間見たマヤの生物学的背景　溝口優司／ミトコンドリアDNA分析からみたアメリカ先住民の起源と古代マヤ　篠田謙／マヤ文明をささえた食生活にせまる　人骨の化学分析からわかること　米田穰／マヤの色彩感覚と色料　児島英雄／石器分析からみた古典期マヤの経済組織——コパンとアグアテカ　青山和夫／熱帯雨林をさまよう夢想家たち　増田義郎／マヤ文字　八杉佳穂／マヤの天象記録　長谷川一郎

　インカ文明に比して、マヤ文明については、日本人はその細部までは知っていない。その点でこの図録によって見るマヤ文明の遺品の展示と、各章の解説文、及び個々の遺品の解説は非常に私たちの目を広げてくれる。皿とか壺とかは別に驚くものではないが、人物像（貴族や戦士などの像）などはその異様さに、新大陸がいかに私たちから離れているかを思わしめるのだが、非常に綿密な多くの解説者たちの文を読むと、マヤ人もまた人類の一員として、私たちとつながっていることを認めざるを得ない。そこに多くの人たちがマヤ文明に惹かれるのであろう。また解説文のいくつかに見られるように、科学的（化学、ミトコンドリアなど）にマヤ人を迫って行く姿勢が見られる。またマヤの遺跡はいまだ未発掘のものが多いことが、解説文中でも言われている。さらなる発掘でいっそうマヤ文明の姿がより一層あきらかになろう。

　なおマヤ文明の章を読んで面白いと思ったのは、マヤ文字にも〈送り仮名〉があるという指摘だ。すなわち日本人は〈行〉とい

う漢字の読みを、送り仮名の〈く〉と〈う〉で区別するように、マヤ文字も同じであるとのことだ。すると、マヤ文字も表意文字と表音文字という日本の文字と同じような機能をするものがあることになる。このマヤ文字の章の記述は言語学的に言っても、非常に参考になって面白く、ここまで研究が進んでいるのかに驚く。マヤ文字には、漢字的要素が多いことも知らされる。たとえば漢字の意味がわかるが、読めないという場合が、マヤ文字にも多いという。

しかし、マヤ文字、マヤ暦など、まだまだ不明な点があると言う。

コレクションにみる画家たちのパリ

2003年6月7日―9月23日
ポーラ美術館
エコール・ド・パリとポーラ美術館の絵画　荒屋鋪透／画家たちのパリ　岩崎余帆子

私はポーラ美術館が2001年9月にオープンした美術館とは知らなかったし、またポーラ化粧品本舗第2代社長の鈴木常司が、1950年代からエコール・ド・パリの画家たちの作品蒐集につとめたこともこの図録で始めて知った。それはともかく、この図録の解説者荒屋鋪、岩崎の両者はエコール・ド・パリの諸問題をよく把握している。私は岩崎の文で、〈エコール・ド・パリ〉の語をはじめて使ったのは、1925年批評家アンドロ・ヴァルノが「コメディア」紙で「エコール・ド・パリは存在する」という言葉であるとのことを知った。しかし、そこでは「ピカソ、パスキン、フジタ、シャガール、ヴァン・ドンゲン、モディリアーニ」など「フランス人のかたわらで彼らと同じ方向を目指して制作する外国人の芸術家」たちであったとのことだ。そこでエコール・ド・パリの定

義が不鮮明になる。ピカソやシャガールはその派なのかという疑問を持たざるを得ない。岩崎も種々検討して、結論的に指摘しているように、この言葉は「曖昧な部分を残している」のである。あの時代の熱気に満ちたパリ美術界の総体を語る言葉が〈エコール・ド・パリ〉なのだろうか。

　モネ、ロートレック、ルソー、ピカソ、デュフィ、モディリアーニ、スーティン、シャガール、フジタ、パスキン、ユトリト、ヴァン・ドンゲン、キスリングと、代表作とは言えないが、それに次ぐような作品が展示されており、章に分けた解説も平明で分かりやすい。なお最終章は日本画家で、金山平三、佐伯祐三、岡鹿之助、荻須高徳、梅原龍三郎の画が展覧されている。またポール・ドゥソワの当時のパリの風景写真も添えられている。

クリムト
1900年ウィーンの美神

2003年6月28日—9月21日
兵庫県立美術館
主催・兵庫県立美術館　読売新聞大阪本社　NHK神戸放送局
ウィーン、ベルヴェンデーレ宮オーストリア絵画館　ゲルベルト・フロードウン／1880—1918　ウィーンの伝統と前衛　ゲルベルト・フロードゥル／クリムトと「美しきウィーン女性」—近接と遠隔の肖像　ドビアス・G・ナター／クリムトの東洋趣味はどのようなものであったのか　越智裕二郎／クリムトの時代における女性のイメージとファッション　三木由美子／世紀転換期のウィーンの音楽文化におけるワグナー崇拝とユダヤ人—《ベートーヴェン・フリーズ》の背景　西村理

多分この美術展覧会を観に来た人達は、予期に反して、あるいは期待に反して、《クリムト》と題した美術展であるのに、どこにクリムトがいるのかと思ったに相違ない。むろんクリムトの絵画はある。しかし私たちが一般に知るクリムト作品はそれほど多くはないのだ。はじめの第１章に「クリムトの先駆者たち」と題するものが置かれている。（各章にはじめに署名入りの文があり、参考になる）。その図版を観ると、ハンス・マカルト「ペルタ・ピロティの肖像」「赤い羽根帽子をかぶった女性の肖像」「鏡の前の女性」「ドーラ・フルニエ＝ガビヨンの肖像」、そしてアントン・ロマコ「赤いドレスを着た女性の肖像」「マティルダ・シュテルンの肖像」と並んでいて、これらは明らかに、私たちの知るクリムトへの道を暗示している。そして第２章は分離派のクリムトへと進み（資料的に参考になる）、さらに、第３章「肖像画家としてのクリムト」となる（序の文に「この章の女性の肖像画は、クリムトの肖像制作のごく一部である」と断っている）。しかしその第１画は1894年作の「ハイマン夫人（？）の肖像」であって、私も始めて観る作で、傑作とも評し得るが、しかしクリムトの作とは思えない絵となる。次の「マリー・ヘンネベルクの肖像」(1901―02)から「フリッツア・リートラーの肖像」(1906)はクリムトの作として納得できる作（とは言え、私が予期するクリムトとは相違する）と続くが、次の「ヨハンナ・シュタウデの肖像」(1917―18)、「白衣の女」(1918)はクリムトの崩壊を観るだけである。どうしてこういうクリムト作品が招来され、あえて展示されたのかがわからない。次の章は「母と子」と題するものだが、母と子というモチーフが当時のウィーンにあって大きなものであったかはわかるが、しかしクリムトにあってはどうであったかについては何の言及もなく、ほかの画家の７つの絵画が並置されている。ココシュカの「画家の母」は名画と言えるが、どうしてここにあ

6．2000年代前半

えて置かれているかもわからない。以下の章がみな同断である。
第5章は「画家とミューズ」で、はじめにようやく私たちの知るクリムトの「エミーリエ・フレーゲの肖像」に出会う。そしてココシェカやクリムトの出会いが大きな意味を持つエゴン・シーレの作もこの章にあるが、ほかの絵画はクリムトの関係がはっきりしない。たしかに第7章には著名なクリムトの「ユディットⅠ」などがあるのだが、図録全体のなかでは、クリムト以外の画家達が大きな位置を占めている。しかしそれも各作品のかなり長い解説を読むと、クリムト絵画の同時代のウィーンの画家たちの存在をあきらかにすることで、クリムトの画業を孤立化することのなきようにする試みが、この展覧会の大きな意図であることがくみとれるのである。そういう視点で各絵画を観、解説を読むことで、私たちはクリムトが生きたウィーン画壇の全体像を把握することができるのである。

　私の知らなかったクリムト作品として「ベートーヴェン・フリーズ」があった。34mに2mの大画面で、1984年の実物大複製が掲示されていて、その拡大図が8頁にわたって示されている。まさにおののくような感性によるクリムト絵画である。また第9章は「素描家グスタフ・クリムト」で、初期からのクリムトの素描が数多く掲示されていて、クリムトの筆のたしかさを観ることができる。なお最後に1891年のクリムトの「17歳のエミーリエ・フレーゲの肖像」「ヘレーネ・クリムトの肖像」が掲示されている。後年のクリムトからは思いもつかない精緻なデッサン的な絵で技倆の優秀さをうかがい知ることができる。

　年譜は写真に見るクリムト像などカタログ、家具など付した詳細なもので、読み得る年譜となっている。

レンブラントとレンブラント派　聖書、神話、物語
2003年9月13日―12月14日
国立西洋美術館
主催・国立西洋美術館　NHK　NHKプロモーション
物語画家レンブラント／肖像画家レンブラント―展覧会に寄せて　幸福輝／レンブラントの世界における宗教画　フォルカー・マヌート／かつてのレンブラントの「名作」―《聖家族》の受容史　ターコ・ディビッツ／聖書・神話主題をもつレンブラントのエッチング―絵画との関連性をめぐって　エリク・ヒンテルディング

　この図録のはじめに置かれる諸氏の論考は、ほぼ50頁になる(欧文訳はない)。特にヒルテルディングの論は11頁に渡り、註は71で、なかには「レンブラントの絵画は、光はたいてい左から差している」とあり、また「これは3作品の中で、唯一、光が右から差しているエッチングでもある」とあって、註であってもなおざりにできないのだ。ところで、この展覧会は、第一が「前レンブラント派」で、ついで「レンブラント」となり（版画がかなりの量である）、そして「レンブラント派」となるが、レンブラント派が図録の半ばを占めている。しかし、図録のはじめの論考では、ピッケルがレンブラントの弟子たちに論及しているだけで、ほかの人たちはすべてレンブラントのみである。むろん作品解説は詳細で、レンブラント派もよく分かるし、解説者ピッケルが「弟子たちに物語絵における模倣と独創」と題しているように、その特質も鮮明に論じている（全12頁で、註が51の充実した論考）。たしかにこの図録は、はじめの論考が焦点が定まっていて有益である。たとえば「聖家族」は私は始めて知るが、この絵の受容史から、ほかの画家たちの「聖家族」への影響など幅広く私には示唆深く読めるし、それだけでなく、作品解説と合わせ読むと、理解

がより一層深まるという仕組になっているのだ。この図録は読むに価する内容を持った貴重なものである。

　私自身の無知によるのか、ちょっと図録を観て気になったのは、レンブラントの「モーセと十戒の石板」「聖ペテロの否認」「修道士に扮するティトゥス」の３作品の筆触が、レンブラント以前、あるいはレンブラント派には見えない位、少々荒いというところだ。荒いと言っても決して悪評ではなく、むしろ表情を豊かにしていると言える。

　なお幸福輝の文を読むと、17世紀オランダ絵画の世界の評価、位置付けが、最近では大きく変わっているようだ。

大英博物館の至宝展

2003年10月18日（土）―12月14日（日）　東京都美術館　主催・大英博物館　朝日新聞社（上記２機関以下同じ）　東京都美術館　テレビ朝日　2004年１月17日(土)―３月28日(日)　神戸市立博物館　主催・神戸市　神戸市立博物館　朝日放送　(財)神戸国際観光コンベンション協会　2004年４月10日(土)―６月13日（日）　福岡市美術館　主催・福岡市美術館　九州朝日放送　2004年６月26日（土）―８月29日（日）　新潟県立万代島美術館　主催・新潟県立万代島美術館

大英博物館1753―2003年　アージョリー・ケイギル／大英博物館・記憶の劇場　ジョン・マック

　無署名であるが、「大英博物館の250年」が面白い。その誕生、形成、拡大の経過が図版で簡略に述べられている。なかにはコナン・ドイル、カール・マルクス、レーニンなどの利用申請書、利用署名が写真で掲示され、南方熊楠の利用申請書もある。その保存に驚く。さて展示物だが、これが広範に過ぎて焦点が合わせにくい。古くはメソポタミアの諸文明に始まり、ペルシャ、古代エ

ジプト、ギリシャ、ローマ、ヨーロッパの先史時代、ルネサンス、そしてアフリカ、マヤ、中国に及び、驚くことに日本の銅鐸３点、14世紀の聖徳太子像、歌麿、北斎の肉筆画までが展示されているのである。多分これは大英博物館の収蔵品のほんの一部なのであろうが、それぞれが関心を寄せられるべき品々であり、今さらながら、大英帝国のかつての国力、財力に驚かされるばかりである。これらの品々を博物館などにどう転移させたのか、その努力にも感心する。収蔵品を見ても、13世紀のフランスなどの「聖遺物容器」が２点展示されているが、これは信仰上、宗教上許されることなのだろうかと思わしめる。そのなかにあったはずの聖遺物はどうなったのかと思う。そのように一点一点、いろいろ考えさせる。

天空の夢　絹谷幸二展

　東京展　2003年11月13日（木）―11月18日（火）　東京日本橋高島屋　大阪展　2003年11月26日（水）―12月２日（火）　大阪・なんば高島屋　京都展　2003年12月３日（水）―12月９日（火）　京都四条・高島屋　高崎展　2003年12月11日（木）―12月16日（火）　高崎高島屋　横浜展　2003年12月17日（水）―12月23日（火）　横浜高島屋　岡山展　2004年１月７日（水）―１月13日（火）　岡山高島屋　岐阜展　2004年１月14日（水）―１月20日（火）　岐阜高島屋　名古屋展　2004年１月21日（水）―１月28日（水）　ジェイアール名古屋高島屋　米子展　2004年２月４日（水）―２月10日（火）　米子高島屋

　絹谷幸二は年譜を見ると、私より一歳年下である。同一年齢の画家と言ってよい。そして私は絹谷の作品にある一体感を持ち得る。ほとんど同一年齢に、こういった画家を持つことは、ひとつの幸せである。赤を中心とした乱舞する色彩の横溢、それは老い

を迎えた現在の私にも生命力を与える。造型性も自由で、存在感がある。この図録の過半は富士山の図だが、富士の物質的な重量感が見事にとらえられている。富士を数多く描いた横山大観も顔色なしである。絹谷にとって富士は、大観のように〈霊峰〉ではない。〈もの〉としての存在感、その重量感である。それに対する驚きが絹谷の底にはある。

サンクトペテルブルク古都物語
エルミタージュ美術館展
―エカテリーナ２世の華麗なる遺産―
東京展　2004年7月17日―10月17日　江戸東京博物館　主催・財団法人東京都歴史文化財団　東京都江戸東京博物館　TBS　毎日新聞社　福岡展　2004年10月26日―12月8日　福岡市博物館　主催・福岡市博物館　西日本新聞社　RKB毎日放送　東映　広島展　2004年12月17日―2005年1月30日　広島県立美術館　主催・広島県立美術館　中国新聞社　中国放送
"北のアテネ"の美の殿堂：エルミタージュ美術館をめぐる人と歴史　千足伸行／エカテテリーナ２世とその時代　土肥恒之／大国への道―新生ロシアの首都サンクトペテルブルク　V・フュードロフ／エカテリーナ２世と宮廷の輝き―サンクトペテルブルクの装飾工芸品コレクション　O.G.コスチュク／エルミタージュ絵画キャラリー―収集家エカテリーナ２世―M.アニキン／２人の「大帝」と日本　飯塚晴美／「エルミタージュ（隠れ家）」を作った女帝　池田理代子／サンクトペテルブルク古都物語　田中良英／帝政ロシア改革の父―ピュートル１世　S.A.ニロコ／北方の最も輝ける星―女帝エカテリーナ２世　A.V.ソヴィヨフ／芸術の都―18世紀

のサンクトペテルブルグ　T. マリニナ

　解説文の多くが女帝エカテリーナ２世をめぐってのものであるように、展示の大部分はエカテリーナ２世にかかわるものである。（ピュートル１世に関するところもある）。女帝の近くの将軍や寵臣、婚外子などの肖像絵画、彫刻も多く、その解説はいろいろ有益である。エカテリーナ２世の晩年の肖像画など２点が掲載されている。内発的な力を感じさせる絵だ。エカテリーナ２世に関する装飾工芸品も数多く展示されている。またプッサン、ルーベンス、ヴァン・ダイク、プーシュ、ドラクロアなど、エカテリーナ蒐集の絵画の展示も見られる。展覧会の展示物を観て、この図録を求め、自宅で各解説文をじっくり読んだら、エカテリーナ２世の像を深くとらえられよう。そういう展覧会である。

マティス展

2004年９月10日―12月12日
国立西洋美術館
主催・国立西洋美術館　読売新聞社　NHK　NHKプロモーション
過程にある絵画　天野知香／アンリ・マティス―色彩についての考察　イザベル・モノ＝フォンテーヌ／マティスの彫刻おける「プロセス」：《背中》、あるいは「宙吊り」の彫刻　田中正文／同一主題のヴァリエーション　イザベル・モノ＝フォンテーヌ／制作の現場・マティスのアトリエ　田中正文／マーグ画廊における展覧会：1945年12月７日―12月29日／プロセスと表面　天野知香／『テーマとヴァリエーション』1941―1943／切り紙絵　天野知香

　私はマティスをどう評価したらいいのか、未だはっきりとしない。1940年頃からの、マティスのひとつの特色としてあらわれて

6．2000年代前半

来る色彩の淡々しさが、どうも私の好みではない。1910年代のマティスは、もっと色彩の重みがあったのではないか。たとえば、1942年の「テーマとヴァリエーション、シリーズP」に見るデッサンの線は非常にたしかな筋であるが、同時代の、マティス特有の油絵の線の造形性のない、あやうい感じを受けるのはなぜなのかと、私は感じてしまうのだ。造形性と言えば、マティスは彫刻作品もあり、これを私は評価する。以上のように、私にはマティスは評価の基準が定まらない。ただこの図録では、各氏の様々な面からの評価の文もあるし、各作品に対する解説文も長い。しかしそういう散文を読んで、作品を観る印象が変化するわけでもあるまい。とは言え、謙虚の姿勢を執って、それらの散文に眼を通してみよう。

大兵馬俑展

2004年9月25日（土）—2005年1月3日（月）
上野の森美術館
主催・産経新聞社　上野の森美術館
大兵馬俑展―今、甦る始皇帝の兵士たち　鶴間和幸

発掘30周年記念事業として開催されたもので、日本ではすでに、1983年開催の「中国秦兵馬俑展」から、2000年の「秦の始皇帝と兵馬俑展」まで3回展覧会が開かれていた。今回は90件の展示であって、過去の展覧会では120件あまりの展示もあるので、より一層充実した展覧とは言えない。過去の展示もそうであったろうが、今回の展示も兵馬俑そのものの発掘品は30点強で、ほかは始皇帝陵園やほかの地域からの出土品の展示となっている。しかし将軍俑、軍吏俑、武士俑、文官俑、跪射俑俑、鞍馬など、代表的な俑は展示されているので、兵馬俑の実体は観ることができる。また遺品解説は丁寧で、わかり易い。コラム欄が39あって、解説

を補っている。

　解説の鶴間和幸は学習院大学教授で、そのほかの本文の解説は学習院大の大学院生らが担当している。

フィレンツェ―芸術都市の誕生

2004年10月23日―12月19日
東京都美術館
主催・イタリア文化財省フィレンツェ美術館特別監督局　日本経済新聞社　東京都美術館（以下、開催館、2機関同じ）
2005年1月29日―4月10日
京都美術館
主催・京都新聞社
フィレンツェ・ルネサンス美術に見る労働の文化　アントニオ・パオルッチ／職人と商人の都フィレンツェ　マリア・スフラメーリ／写本の経済学　ジョヴァンナ・ラッツィ／ダンテのフィレンツェ　浦一章／ルネサンスの芸術家像　越川倫明

　この書冊は図録というと、何か戸惑わされる面がある。すなわち本冊を開けば、たしかに図像はある。しかし、それと匹敵する、あるいはそれ以上に、活字面が1頁1項で占めていることがわかるのである。いわば読むことを強いるのである。たとえば冒頭文に、パオルッチは「労働の文化」を言い、スフラメーリは「職人と商人の都」を言う。そうすると、この展覧会の副題「芸術都」はどうなるのかと疑問を呈したくなる。しかし、その文をよく読めばわかるように、フィレンツェの芸術というのが、職人や商人らの実業的なものを基礎にして成立していることがわかるのである。だからこの展覧会にも、そういった側面を示す美術品が多い。図録に掲示されているのを観れば、地味な作品が多いのもそれ故

である。たとえばボッティチェリの「婦人の肖像」は彼の作品として名高いものではない。かつては別の画家の作品とされてもいたのである。この展覧会図録では、個々の作品の解説文が長く、いろいろ教わるところも多い。たとえば「福者ウミリアーナの胸像形聖遺物容器」は、数多くの奇跡を行なったとされるウミリアーナが聖人となった経緯、そして死後の聖遺物、それの容器、その変遷が詳しく語られて、私たちに聖女伝説への関心を喚起させる。そしてさらに、この聖遺物容器がなぜ日本に招来、展示され得たのか、そんな疑問も持つ。しかし、この容器は女性の頭像で、ルネサンス前の彫像として、芸術的価値のあるすぐれた作品となっている。

　いずれにしろ、この図録は、図録という以上に、フィレンツェ文化を底から支えているものは何かを豊かに語る、全280頁の一冊フィレンツェ文化論考として、傍に置くべきと言えよう。

7．2000年代後半

踊るサテュロス展

2005年2月19日—3月13日
東京国立博物館
主催・東京国立博物館　読売新聞社　愛知万博イタリア政府総代表
踊るサテュロス　青柳正規／湖から美術館へ　セバスティアーノ・トゥーサ／謎にみちたブロンズのサテュロス　ロベルト・ペトリマッジ／修復にあたっての問題と実際　パオラ・ナーティ

1998年3月に、漁船の底引網にかかって見つけ出されたブロンズ像で、踊るサテュロスと名づけられたもの1体の展示会である。解説文でトゥーサは、ヘレニズムの波に呑まれかかった紀元前4世紀のギリシャ彫刻の大傑作とする。さらにローマ第3大学のモレール教授は当時の彫刻家プラクシテレスの作とする。しかし巻頭文の、東京大学教授の青柳正規はプラクシテレスの個人様式にも、時代様式にも一致しないと断言している。そして紀元前2世紀にアレクサンドリアで製作とされたものと推測している。そして、青柳はそのほか種々検討を加え（ローマ時代のコピーという説もある）、「謎のサテュロス」と命名することも可能という。しかし青柳は「ダイナミックな肉体」に「その造形の類まれな価値」は認めている。ただ私としては、その均衡をあまりに欠いた、ねじれの過ぎた肢体（踊っているのだから当然とも言えようが）にあまり美感を感じない。どこか不自然であって、とうてい大傑作とは言いがたいのである。

7．2000年代後半

ジョルジュ・ド・ラ・トゥール
―光と闇の世界―

2005年3月8日―5月29日

国立西洋美術館

主催・国立西洋美術館　読売新聞社

緒言　ジャック・テュイリエ／闇からの声―日本における初の「ラ・トゥール展」を巡って　高橋明也／ジョルジュ・ド・ラ・トゥール―90歳の若い画家（90年前に出現した17世紀の画家）　ジャン＝ピエール・キュザン／2005年のラ・トゥール―画家を育んだ世界　大野芳材／ジュルジュ・ド・ラ・トゥール：その生涯の略伝　ディミトリ・サルモン／ラ・トゥールに基づいて　ディミトリ・サルモン／記憶の場としての絵画―ジュルジュ・ド・ラ・トゥールの作品の科学的調査　エリザベト・マルタン／真作一覧

あやうく海外へ流出されそうになった、ラ・トゥールの、日本の個人蔵「聖トマス」を国立西洋美術館が購入、収蔵し得たことを記念するかのようにして開催した、日本初のラ・トゥール展である。本図録の1に「聖トマス」が掲示されている（拡大写真も併載）。これを観ると、やはり日本に止まってよかったと思う。拡大写真を観ると、ラ・トゥールの筆触が手に取るようにわかる。

ラ・トゥールの絵は生前は評判を呼んでいたが、数百年にわたって埋もれていて、ここ8、90年に再評価されたもので、真筆と見られる作品は、世界各地の美術館に散在している。国立西洋美術館はよく蒐集し得たものと思うが、展覧会が日本においては国立西洋美術館のみであるのは何故なのだろうか。必ずしもラ・トゥールの絵画が専門家好みで、一般には受け容れないとは思えないのだが。闇と光のなかでの静謐としか表現できないが、どの作品も一定の完成度を示していて、駄作と見られる作がないというの

も不思議である。この図録の巻末には「真作一覧」があって、多分全作品集だろうが、たとえば「ゆれる炎のあるマグダラのマリア」は日本人好みのフェルメールを思い出させる。フェルメールとどう違うか、そんなことも考えて見たくなる。

　ラ・トゥールの絵画については、解説の諸氏の、相当長い文が明示しているので、私としては重言を避けたい。なおサルモンの「ラ・トゥールに基づいて」は、近年の画家や写真家が、ラ・トゥールに触発されて作製した油絵、写真である。ここまで影響が及んでいるのかと驚く。

　図録としては、拡大写真も多用し、ラ・トゥール絵画を細部から追求し、貴重なものである。

ドレスデン国立美術館展―世界の鏡

2005年3月8日―5月22日
兵庫県立美術館
主催・兵庫県立美術館　日本経済新聞社　神戸新聞社　NHK神戸放送局
2005年6月28日―9月18日
国立西洋美術館
主催・国立西洋美術館　日本経済新聞社
展覧会の内容と構成について　佐藤直樹／ドレスデン―世界の鏡　コルドゥラ・ビショッフ／選帝侯アウグストの美術収集室と科学の機化　ペーター・プラスマイヤー／君主の気晴らしから宮廷美術のジャンルへ　ドレスデン宮廷の象牙挽細工について　ユッタ・カッペル／ザクセンのマルスあるいはザクセロンのスルカタン　パプスブルクとオスマン帝国の狭間で　オルガー・シュッケルト／ドレスデンの中のイタリア　ある芸術的魅惑についての注解　グレゴール・J・M・

7．2000年代後半

ヴェーバー／文化の手本／ザクセン選帝侯とフランス　ディルク・ズュンドラム　ドレスデン漆器の起源　マルティン・シュネル関する覚書　アンドレ・ファン・デル・フース／マイセン磁器と東アジアの手本　ウルリヒ・ピーチュ／アウグス時代のドレスデンにおけるレンブラント作品　その収集と受容の歴史　ウタ・ナイトハルト／変遷のなかで継続するもの　バロックとロマン主義をつなぐドレスデンの風景画　ハラルト・マルクス／ドレスデン　領主の居城から芸術と学問の中心地へ　ディルク・ズュンドラム

　図録を見ただけでも、実に多種、多様なものが、ドレスデンから来たものと驚く。7の章に分かれているが、その1章ごとでもひとつの展覧会が開催され得るとも言えるほど、各章が独立性を持っている。たとえば第1章の2番目の図に、デューラーの「人体均衡論四書」がある。日本では既に翻訳があるが、私としては、これがデューラーの有名な書の原本かとじっくりと観てしまう。このように一点で立ち止まってしまうのである。しかし展示品は多様であって、コンパスなどの工芸品、地球儀、剣、刀、記念メダンなどなどである。このメダルも多数掲示されていて、たとえば「王妃マリー・テレーズのパリ到着記念メダル」（1660年）があるが、このメダルはどう配布されたのか興味が惹かれる。展示品解説は記されていないが、売られたのであろうか。もしそうとするなら、現代にまで続くメダル史というものを知りたい。ところで絵画作品も多く、ティツィアーノの「白いドレスの女性の肖像」（1555年頃）にまず眼が行くが、続いてヴェネツィアの風景画（18世紀）が数多く掲示されている。またシャルル・ペローの「ヴェルサイユの迷宮」（1679年）をはじめとする5点の書物の展示にも関心が向けられる。磁器の展示品に日本の有田（1700年頃）もあるが、これはどう見ても日本の国内向けではなく、ヨー

217

ロッパ人の嗜好に合わせたものと知られる。その点で貴重である。

　絵画作品としては「レンブラントとレンブラント受容」に目が行く。レンブラント作品は一点のみで（あまり重要作品とは見られない）、まず第1番がフェルメールの、フェルメール再評価の第1弾となった「窓辺で手紙を読む若い女」である。フェルメール好きな日本人としては、本展覧会に行って、このフェルメール作品に出会えれば、それでよしとしたのではあるまいか。しかしさらにレンブラント派と言ってよい、ヘリッド・ダウ「祈る隠修士」、サーロモン・コーニンク「隠者」を観るべきであろう。レンブラントに優るとも劣らない作品ではないか。

　最後にローマ派の作として数多くの風景画が並ぶ。これも様々な技法で風景を描いていて、リアルに樹木をとらえ切ったもの、人物と風景との肉感的な調和を示したものなど鑑賞し得るものがある。

バロックへ　ロココの匠
天才たちの競演

　宇都宮展　2005年3月27日—5月22日　宇都宮美術館　主催・宇都宮美術館　盛岡展　2005年5月27日—7月3日　盛岡市民ホール　主催・財団法人盛岡市文化振興事業団　岩手日報社　熊本展　2005年7月15日—9月4日　熊本県立美術館　主催・熊本県立美術館　熊本日日新聞社　RKK熊本放送　福岡展　2005年11月19日—12月25日　福岡県立美術館　主催・福岡県立美術館　毎日新聞社　17世紀ヨーロッパ絵画の展望　アルノー・ブレジョン・ド・ラヴェルニュ／ルーベンスの《十字架降下》をめぐって—ヴェランシエンヌ美術館所蔵の祭壇画を中心に　村上哲

一番目の絵、ティントレットとその工房「コンタリーニの肖像」

を観れば、これがバロックなのだということを知らしめられる。この図録で広く知られているのは、ルーベンスとヴァン・ダイクであろうが、ルーベンスの「十字架降下」(片山の詳細な論がこの図録にある)は、その部分拡大を観ると一層わかるが、バロックの筆触がよくわかるし、ヴァン・ダイクの「聖ヤコブの殉教」(拡大図あり)「聖母子」もバロックの本質をよく描出していると言えよう。ロココについては、それぞれの絵画が語っていて、これがロココだと代表せしめるものはないが、強いてあげれば、ニコラ・ミニャールの「レディ・メアリ・ホイットモアの肖像」が、その華麗な衣裳とともに、ロココ風を描き出している。

解説は二者ともにかなりの長文で、ラヴェルニエの論は17世紀ヨーロッパ絵画を細部に亘って論じており(24頁)、村上のものは研究論文と言える(10頁)。

最澄と天台の国宝

2005年10月8日(土)—11月20日(日)
京都国立博物館
主催・京都国立博物館　天台宗　比叡山延暦寺　天台宗京都教区　読売新聞大阪本社
2006年3月28日(火)—5月7日(日)
東京国立博物館
主催・東京国立博物館　天台宗　比叡山延暦寺　天台宗京都教区　読売新聞東京本社
比叡山—千二百年の歴史　武覚超／日本天台の教学と美術　大久保良峻／日本天台の祖師—最澄・円仁・円珍　赤尾栄慶／装飾経の歴史—天台寺院伝来の教典を中心に　島谷弘幸／伝統の継承—最澄の自刻の薬師と円仁請来の阿弥陀　浅湫毅／天台絵画の森に踏み迷う—思想と美術の横断的小考　泉武

夫／天台宗の垂迹画—山王曼荼羅の造形世界　行徳真一郎／初期天台密教における法具の整備　久保智康／金色堂の荘厳と中尊寺経の軸端金具　加島勝

　天台開宗1200年記念の展覧会である。10数点の国宝と数多くの重要文化財を中心に、天台宗にかかわる教典（この図録に、東京、浅草寺蔵の国宝法華経2巻の紹介がある。浅草寺に国宝があることを初めて知った）、文書、図像、仏像、仏具などの総展示である。「天台密教」の章にある数多くの仏像、曼荼羅図、仏画には圧倒される。所蔵作品は全国各地の寺院で、延暦寺蔵がほとんどないのは、織田信長による延暦寺焼亡によるのか。

　寄稿文はもう一段と詳細に、長くあるべきではないか。巻末の展示解説は天台宗理解に参考になるところが多々ある。

　総頁400のこの図録は、たしかに広大な天台宗文化を知らせるものであるが、しかし学術的にひとつの軸があるかと言うと、総花的で不満がすこし残る。

プーシキン美術館展

2005年10月22日—12月18日
東京都美術館
主催・東京都美術館　朝日新聞社　テレビ朝日　プーシキン美術館　ロシア連邦文化情報省
2006年1月11日—4月2日
国立国際美術館
主催・国立国際美術館　朝日新聞社　朝日放送　プーシキン美術館　ロシア連邦文化情報省
プーシキン美術館、その歴史と未来　イリーナ・アレクサンドロヴナ・アントーノヴァ／プーシキン美術館所蔵の新しいフランス近代絵画　アレクセイ・ベトゥホフ／マネからピカ

7．2000年代後半

ソまでのオリジナル版画　プーシキン美術館コレクション／シチューキン・モロゾフと西洋近代コレクション　三浦篤／なべて地平線は火に包まれ…──世紀転換期のモスクワ、6つの《光景》　亀山郁夫

この展覧会は、副題として「シチューキン・モロゾフ・コレクション」を付していて、実はこれが現在のロシアにあって苦衷の命名ではないかと察せられるのである。というのは、冒頭に掲載されているアントーノヴァ（プーシキン美術館長）のプーシキン美術館史と、ペトゥホフ（プーシキン美術館学芸員）のプーシキン美術館所蔵のフランス近代絵画についての言との間に、随分大きな乖離があるからである。すなわち館長は、1912年一般公開以来の、エジプト、ギリシャ美術、ボッティチェリらのルネッサンス絵画、オランダ絵画、17－19世紀美術など、プーシキン美術館の宏大さを語るばかりで、当展覧会の眼目たるフランス印象派の美術については、ペトゥホフの論文を参照されたいと言うだけで一言も触れていないのである。プーシキン美術館の栄光を語るだけである。一転して、ペトゥホフの論述は違う。ここで始めて、帝政末期のフランス印象派及びそれ以後の絵画のコレクター、シチューキンとモロゾフが登場し、その蒐集振りを語るが、その具体的なことは本文にまかせる。そして1917年ボリシェヴィキが権力を握るに至って、「新権力はコレクションの創立者たちに苛酷な仕打ちをした。シチューキンとモロゾフは国を去らねばならず、とくにモロゾフは自殺を遂げた。」ということになる。ただソヴィエト政府はそれなりにこのコレクションに合理的な対応をし、第一西洋近代美術館、第二同館、それを合わせた国立西洋美術館の設立となり、そこにはロマン・ロランやマルケも訪問したという。私はその間にスターリンの手の及ぶところはなかったのかと危惧するところがあるが、ペトゥホフは何も触れていない。しかし、

その美術館は第二次世界大戦後、「フォルマリズムとの闘いを掲げたスターリン体制の儀牲となった。1948年、美術館は閉館し、解散させられ」、まとまっていたコレクションは、取り返しのつかない残酷な一撃をくらって、そのコレクションは「恣意的に、何のシステムもなく気まぐれにプーシキン美術館とサントクペテルベルのエルミタージュ美術館に分けられてしまった」のである。そしてペトゥホフは「モスクワに残されたコレクションを全て展示することができたのは、1974年になってのことだった。」と言い、「モスクワに在る傑作が学術的で再び世界的に使用されることになった」と言うのだが、エルミタージュに移されたコレクションが返還されたのかは、一切触れていないし、「モスクワに残されたコレクション」と「モスクワに在る傑作」とはプーシキン美術館に移されたコレクションを言うのかは曖昧なままである。彼は最後に「プーシキン美術館の名前は今日、世界中のあらゆる美術愛好家や目利きにとっておなじみのものだ。」と、館長と同じプーシキン美術館賛美を述べて文を閉じる。シチューキン、モロゾフの全コレクションは復原されたのかを問うてみたいのは私だけではあるまい。

　さて、図版だが、魅力的な作品が並ぶ。冒頭はドガ「写真スタジオでポーズする踊り子」(1875年)で、ここではっきりと写真とはくっきり相違する像が描出されている。ピサロの「オペラ大通り、雪の効果、朝」(1898年)は、印象派の画家たちのパリ風景と並べて、比較検討したくなる。セザンヌの「池にかかる橋」(1893-98年)は鬱蒼と茂る樹木とそのなかの橋の描写は、その配色、色調が混沌として魅力的である。ラファエリの「サンニミッシェル大通り」(1890年代)、タウローの「パリのマドレーヌ大通り」(1895年)もパリ風景の一作品として、ほかの画家と並べてみたい。最後に掲示される、ピカソの「アルルカンと女友達」(1901

年)は、ピカソの全作品をそう高く評価しない(このコレクションのピカソの「友情」などの習作は、私は拒む)私としては鑑賞し得る。

以上、いろいろ刺激を受ける作品が多い。

プラド美術館展
―スペインの誇り　巨匠たちの殿堂―

2006年3月25日―6月30日
東京都美術館
主催・東京都美術館　国立プラド美術館　読売新聞東京本社　日本テレビ放送網　美術館連絡協議会
2006年7月15日―10月15日
大阪市立美術館
主催・大阪市立美術館　国立プラド美術館　読売新聞大阪本社　読売テレビ　美術館連絡協議会
プラド美術館とそのコレクションの歴史と発展　ファン・J.ルナ／ローマのベラスケス(1630年)、古典古代と風景への感興―ヴィラ・メディチを舞台として　大久保二郎／スペイン・ブルボン家の宮廷美術の展開とゴヤ　木下亮／プラド美術館創設前史―文献解題：記録されたスペインとその美術、そのコレクション　久々湊直子編／プラド美術館の歴史　木下亮編／年表―スペインを中心とする　川端佑介編

17頁に及ぶプラド美術館の歴史とそのコレクションの過程を記すファン・J.ルナの文、そして個別特殊論考と言うべき大高保次郎のベラスケスのヴィラ・メディチの追求、木下亮の宮廷画家に焦点を合わせたゴヤ論と、内容の充実した論考が並んでいて、読むことの喜びを与えてもらえる。そして各作品についての解説も詳細であって、その作品の奥深い成立、その特質を述べている。

300頁余のこのような内容豊富な図録は求めざるを得ないだろう。

　収録作品は1575年頃のアロンソ・サンチェス・コエーリョ「王女イザベル・クララ・エウヘニアとカタリナ・ミカエラ」(この絵も不思議な少女二人の肖像で、図録の解説文を読む必要がある)から、ゴヤ「アブランデス公爵」(1816年)まで、時間的に長い。しかしその間に史的な大幅な変遷があるわけではなく、各時代の作品はそれとして、現代の作として鑑賞できないわけではない。たとえばジュセッペ・リベーラ「盲目の彫刻家」(1632年)は、ほかにも彫刻をまさぐる盲人の絵もあるので、「どちらの作品も感覚のトポスとした上で何を表象しているかについては、長きに渡り、多様な仮説が提唱されてきた」ということで、今もなお謎を秘めた絵であるが、表現上からも (特に拡大図が掲示されている) 頭と手に光を当て、そのところが肉感的リアルである点に関心が向く。あるいは、ベラスケスの「道化ディエゴ・デ・アセド、エル・プリモ」は、ほかに矮小な道化像は2点あるのは知られているが、なぜベラスケスはこういった道化に特に関心を持ったのか不思議である (顔の拡大写真もあるが、その顔貌は全く通常のもので、特に道化性は感じさせない)。このように本図録では、特に拡大図のあるものは、色々問題にしたい作品が多い。それにしても、各作品の詳述された解説を読むと、絵画研究も随分進んだものと思う。

ヨーロッパ絵画の400年　ウィーン美術アカデミー名品展

2006年4月7日 (金) ―5月21日 (日)　山口県美術館　主催・山口県美術館　読売新聞社　KRY山口放送　美術館連絡協議会 (以下、開催美術館、読売新聞社、美術館連絡協議会は同じ故省略す)　2006年5月27日 (土) ―7月9日 (日) 三重県立美術館　主催・中京テレビ放送　岡田文化財団

7．2000年代後半

2006年7月15日（土）―9月10日（日）　新潟県立近代美術館　主催・TeNYテレビ新潟　ウィーン美術アカデミー名品展新潟展実行委員会　2006年9月16日(土)―11月12日(日)　損保ジャパン東郷青児美術館

美術大学におけるヨーロッパ絵画名品：ウィーン美術アカデミー絵画館　レナーテ・トゥルネック／肖像・風俗・静物・風景―様々なジャンルについて　千足伸行

ウィーン美術アカデミーの古い歴史はレナーテ・トゥルネックの文に云ってもらう。ただその記述のなかで面白いのは、かつて教育のためにギリシャ・ローマの古典的彫像のレプリカを多数造ってあったが、現在では用いられることはなく、虚しく所蔵されているだけになった由、その大きなレプリカの収蔵庫の現状の写真が文中に挿入されている。

16世紀から19世紀に至るまでの広範囲の絵画が展示されているが、私がその画家の名を知るのは、クラナハ（父。4点あり、1点は拡大図もある）、ルーベンス、ファン・ダイクのみである。面白いのは、1787年の「ウィーン美術アカデミーの裸体教室」という画がある。当時の教室の様がリアルに描かれているのを観ることができる。これらの絵画を見ても私としては別に言うことはないが、巻末に画家紹介と作品解説があり、特に作品は緻密で、その画の持つ画題の史的意味、方法の特徴が詳細に記述され、読むと実に学ぶところが多い。作品解説はこうあるべきだと思う。また最近の写真技術の進歩ゆえであろう、細部まで鮮明で、色彩も現物に近いのではないかと思わしめられる。図録を求めるべき（解説を帰宅して読む）であろう。

ピカソとモディリアーニの時代
―リール近代美術館蔵―

2006年4月20日―6月4日　愛媛県美術館　主催・「ピカソとモディリアーニの時代展」実行委員会（愛媛美術館・愛媛新聞社・テレビ愛媛）　2006年6月10日―7月16日　財団法人ひろしま美術館　主催・財団法人ひろしま美術館　広島ホームテレビ　中国新聞社　2006年7月22日―8月27日　秋田県立近代美術館　主催・秋田県立近代美術館　2006年9月2日―10月22日　Bunkamura ザ・ミュージアム　主催・Bunkamura　毎日新聞社　2006年11月18日―2007年1月14日　北九州市立美術館　主催・北九州市立美術館　毎日新聞社　2007年1月18日―2月4日　大丸ミュージアム梅田

リール近代美術館について／フランスの収集家、ロジェロ・デュティユールとジャン・マジュレル　ジョエル・ピジョディディエ＝カパ　ニコラ・シュルラピエール

　リール近代美術館はフランスのヴィルヌーヴ・ダスク市に1983年に開館されたもので日本ではほとんど知られていないだろう。作品はジュヌヴィエーブとジャン・マジュレル夫妻から、1979年にリール都市圏共同体に寄贈されたものである。2人の蒐集家については、冒頭の文で、その人となり、蒐集の精神のあり様、そして蒐集当時のフランスの美術界などをからませて、11頁に亘って詳述している。非常に参考になるが、それを要約するのは困難である。原文を読んでもらうしかない。

　さて、この展覧会の名称で惹き寄せられて来た鑑賞者は、多少意外の感を抱くのではないか。ピカソとモディリアーニの《時代》と称するのだから、その《時代》は多くの画家を含んでも、看板にいつわりなしとは言えまい。しかしピカソの作品は、ブラックの5点に次いで、7点を掲示するのみで、それも私の眼には、ピ

カソの各時期の優品と言えるものではない。むろん私は、開高健の有名なピカソ作品の否定論に同意する向きが強いから、ピカソ評価には厳しいところがある。それにしても、ここに掲示されている作品は、内的緊張感のない、ゆがんだ造型性しか私の眼には映らない。モディリアーニの絵は、デッサンを含めて12点で、うち4点は私の認める彼の優品としたい。レジェにもいいものがあるし、1点だがユトリロのパリ風景もいい。しかし、私の知らないアンリ・ロランスという彫刻家の作品が6点あるが、私の採るところではない。このように、私の未知の画家の作品も多いが、私としては首をかしげざるを得ないものが見当る。そして突然ビュッフェの戦後作品が4点加わる。これは《時代》に含まれるのか。私はビュッフェの人に媚びた薄手の、浅薄な造形性をもっとも嫌う。

　総体的に観て、何を訴えたい展覧会なのかが不明である。やはり《ピカソ》と《モディリアーニ》というのは、看板に偽りありと言わざるを得ない。

ルーヴル美術館　古代ギリシャ芸術・神々の創造
2006年6月17日―8月20日
東京藝術大学大学美術館
主催・東京藝術大学　ルーヴル美術館　日本テレビ放送網　読売新聞東京本社
2006年9月5日―11月5日
京都市美術館
主催・京都市美術館　ルーヴル美術館　読売テレビ　読売新聞大阪本社
ルーヴル美術館の古代ギリシャ・クラシック芸術　ジャン＝リュック・マルティネズ／ギリシャ彫刻史概説―彫刻史の流

れの中枢に常に「青年裸体像」があった ―福部信敬／ギリシャ陶器・陶器画の世界　薩摩雅登／古代の獲得―グロ／ギリシャ／ナポレオン　中谷至宏

ルーヴル美術館の古代ギリシャ・エトルリア・ローマ美術部門の展示室の改修によって、館外への貸し出しが可能になり、それによって開催された展覧会である。

実に様々な方向性からギリシャ文化の相を見ることのできる展覧会と言ってよい。たとえば彫刻で観るなら「アテナ」（通称「聖具箱を持つアテナ」）や「アテナ・パルテノス」（通称「首飾りをつけたミネルヴァ」）には、ギリシャ彫刻に現われたある気品を感得することができるし、「うずくまるアフロティナ」にはひとつのエロティシズというものがある。またソクラテス、プラトン、アリストテレスの首像には、私たちがあらかじめ持っている三者に対する想いを、そのまま顔に刻み込まれているとも言えるのである。

また各作品に対する解説は非常に詳細でいろいろ教えられるところが多い。

ペルシャ文明展　煌めく7000年の至宝

2006年8月1日―10月1日　東京都美術館　主催・東京都美術館　朝日新聞社　東映　テレビ朝日　2006年10月13日―12月10日　愛知県美術館　主催・愛知県美術館　朝日新聞社　東映　名古屋テレビ　2007年2月6日―3月25日　北海道立近代美術館　主催・朝日新聞社　北海道新聞社　東映　2007年4月13日―6月17日　福岡市博物館　主催・福岡市博物館　朝日新聞社　九州朝日放送　東映　2007年7月11日―9月17日　大阪歴史博物館　主催・大阪歴史博物館　朝日新聞社　東映　朝日放送

イラン旅行の思い出　三笠宮崇仁／ペルシャ古代文明理解のために　大津忠彦／道の文明―イラン高原の古代都市群　後藤健／最古の帝国アケメネス朝ペルシャの興亡　後藤健／シルクロードが結ぶ日本とペルシャ　大津忠彦

　1937年に開館し、30万点を越す収蔵品を誇るイラン国立博物館から招来された、1万年前から紀元前後までの間の様々な出土品の展覧である。碑文などは観るに足るものがある。浮彫も美術的価値があろう。ペルシャ歴代のコインの展示も面白い。本展寄稿の文も多いに参考になる。

オルセー美術館

19世紀　美術家たちの楽園
2006年9月29日―2007年1月8日
神戸市立博物館
主催・神戸市　神戸市立博物館　オルセー美術館　日本経済新聞社
2007年1月27日―4月18日
東京都美術館
主催・東京都美術館　オルセー美術館　日本経済新聞社
　トリロジーの完結　高橋明也／調和の時。19世紀の芸術家の楽園　カロリーヌ・マチュー／美しき日本のおもかげ―ファン・ゴッホが夢見た楽園　岡泰正／美術史の中の日本と写真の中の日本　乙葉哲／雅宴画の変容―楽園としての18世紀絵画　大野芳材

　7年前に神戸市立博物館と国立西洋美術館で開催された「オルセー美術館展」に続くものである。両展を見るならばオルセー美術館のおおよそは把握できるのではないか。本図録でまず驚くのは肖像画である。ドガの「テレズ・ドガ」（ドガの妹）が冒頭を

飾り、ついでホイッスラーの「画家の母の肖像」、ファンタン＝ラトゥール「シャルロット・デュブール」、ルノアール「シュリー・マネ」と見て行くと、前3者の微細な筆致で描かれた画には驚かざるを得ない。ドガ、バーン＝ジョーズの女性の顔のデッサンもまた好い。後の方にルノアールの「バジールの肖像」(1867)、「絵筆を持つクロード・モネ」(1875)があるが、後のルノアールでは想像できないリアルな肖像画である。マネ、モネ（「ルーアン大聖堂」）。シニャック、ゴッホ、ゴーガン、ドニ、ロートレック、ギュスターヴ・モローと作品が並ぶ。ルドンなど悪魔的な作品もある。前回と同じく写真も、エジプトや中東の古跡や人物など、豊富に展示されているが、これら写真が絵画とどう関係するのだろうか。（乙葉筆の「写真の中の日本」は本展とは関係ない）。しかし写真史に関心のある私には、いい資料である。巻末の「作家解説」は知られるところの少ない画家たちのいい紹介となっている。各〈解説〉は展示作品にはあまり関係のない、独自に作品の写真を併載したものであるが、それなりに有意義である。各作品の〈解説〉は詳細で有益なものとなっている。

浦上玉堂

2006年9月29日（金）―10月29日（日）
岡山県立美術館
　主催・岡山県立美術館　社会福祉法人旭川荘　テレビせとうち　山陽新聞社
2006年11月3日（金）―12月3日（日）
千葉市美術館
　主催・千葉市美術館　文化庁
浦上玉堂の生涯　守山収／南画／文人画／南宗画を横断する―浦上玉堂の画風変遷　佐藤康宏／浦上玉堂のパフォーマン

ス　小林忠

　作品解説は非常に詳細である。参考文献目録を見ると、実に沢山の画集が刊行され、また論も多い。しかし私には玉堂はわからない。川端康成記念会蔵で国宝の「東雲篩雪図」はまだいいのだが、ほかの作品の山魂はまるで〈陰茎〉そのままではないかという印象で、そのむっくりとした様に思わず笑ってしまう。私の美的鑑賞眼が劣るのであろう。しかし以上のようなことしか、私には言えない。

プリズム：オーストラリア現代美術展
2006年10月7日—12月3日
石橋財団ブリヂストン美術館
主催・石橋財団ブリヂストン美術館
プリズム展に際して　島田紀夫／オーストラリア現代アートの一断面—プリズム展をめぐって　中山朋子／プリズム　オーストラリアの現代美術あるいはアボリジナル・アート革命の後オーストラリア美術に何が起こったか？　クリスティン・ニコールズ

　展示作品の数は多くない美術展であり、正直抽象画は、私の世代では、これ以前のアンフォルメルやアクションペインティグ（本展にもボデイ・ペンティングの作もあるが）の成果を知っていて、これらの作はすこしも衝激的ではない。むしろ穏やか過ぎる。オーストラリアらしく、（写真作品だが）「バシュラの女」「先住民の血」の原住民をとらえた作の方が、強烈であると言える。そして写真を繰り込んだ具象的作品の方が面白い。先の写真作品の作者フィオナ・フォレイは巻末の作者案内で先住民と記されている。オーストラリアではアボリジナル・アートが現代美術の主流となっているという解説があるが、たしかに〈非先住民系〉オース

トラリア作家とアボリジナル系作家とがどうかかわるか、オーストラリアでは問題であろう。そのむつかしい問題をクリスティン・ニコールズは巻末論文で詳細に論じていて興味深い。リー・キング＝スミスは先住民ではないが、先住民の肖像写真をうまく表現にとり入れた作品は、ひとつのその融合された作として関心が寄せられる。

レオナルド・ダ・ヴィンチ—天才の実像

2007年3月20日—6月17日
東京国立博物館
主催・「イタリアの春2007」実行委員会　東京国立博物館　朝日新聞社　NHK　NHKプロモーション
序論—レオナルドの思考の過程をたどる　カルロ・ベドレッティ／レオナルド・ダ・ヴィンチの生涯　池上英洋／《受胎告知》—思索の原点　池上英洋／「マニエラ・モデルナ」の始まり—ヴェロッキオ工房時代からミラノへの出発まで　アントニオ・ナターリ／日本展開催によせて　パオロ・ガルッツィ

　この展覧会は、レオナルド・ダ・ヴィンチの最近の研究成果の上に立った、言ってよければ、歴史的な展覧会なのだ。パオロ・ガルッツイ「日本展開催によせて」がそれをよく明かしている。これを読んで知ったが、20世紀半ばの同時期に、レオナルドを専門とする博物館が一斉に開館し、また一方「無数の小さな施設が、純粋な商業目的でイタリア各地に設立された」という。これは驚いた。専門とする博物館は皆「研究の進歩によって得られた結論に展示内容を一致させるように徹底的な見直しを進めている」とも言う。そして従来は「一見しただけでは異なるように思えるふたつの側面が、レオナルドの頭の中では解きほぐすことのできな

い「単一のまとまり」だったという明確な証拠が見つか」り、今なお確認され続けていると言う。芸術、解剖学、技術、水、地理、飛行の多様なレオナルドの活動を統一的に把握しようという方向である。そのことの試みが、この展覧会であるわけだ。たとえば1935年と1939年とにウフィツィ美術館から離れたことがあるだけの「受胎告知」が日本に招来されたが（「受胎告知の本題とレオナルド作品の特質」という文も付されている）、それをレオナルドのスケッチ、習作、他作品などを掲示し、その「受胎告知」への統一的吸収を図示しているのは、レオナルドの多方向性をひとつに統合しようとする試みだろう。最近の先端的な技術を用いて、手稿の映像化、模型化もしている。たとえば、パリ手稿Bに基づく「人力飛行機」の模型もある。実際の展覧会を観ていないからわからないが、この図録に掲示されたものは、すべて展示されたのだろうか、あるいはどう展示したのだろうかと思わざるを得ないところがある。いずれにしろ、これらの展示品を観ることによって、レオナルドの新しい実像を日本人はあらためて理解したのではないか。

　寄稿論文も重要であるが、展示物の展覧だけでは不充分であろうから、この図録を観、読むことは絶対的に必要であるとともにこの図録はレオナルド文献としても重要であろう。

二人のクローデル展

2007年4月28日（土）―5月27日（日）
川口市立アートギャラリー・アトリア
主催・アートギャラリ記念事業委員会
カミュ・クローデルという伝説　レース＝マリー・パリス／姉を悼む老詩人―ポール・クローデル「わが姉カミーユ」から　芳賀徹／ポール・クローデル　日本を愛したフランス人

中條忍／カミュとポール　相似形の愛　湯原かの子

　ポール・クローデルについては、すでに日本では2005年に「日本におけるクローデル」と「ポール・クローデルと京都画展」と題する展覧会が開催されていたが、彫刻家の姉カミーユを含めての展覧会ははじめてではないか。パリにおいても初のカミーユ回顧展が開かれたのは1951年であって、日本でもようやくといったところである。私の知識でもカミーユのことはロダンの愛人とかということはあったが、その作品はこの図録で見るのが初というのが多い。この図録に転載されているロダンのカミーユの像を観ると、若き日のカミーユは美しい。ロダンの心を奪ったのもむべなるかと思う。そしてこの図録でカミーユがロダンの「地獄の門」などの彫刻に対していかに助力したかもはじめて知った。

　しかしそれとは別に彼女の独自の才もすばらしい。ロダンから離れたあとの「髪のないクロートーのトルソ」や「分別盛り」などを観ると、彼女の方向性の彼方が想像できる。しかし42歳からの精神錯乱、そして精神病院に1906年（42歳）入院し（79歳の長寿であった）、その可能性が断たれたのは何とも残念である。

　ポールについて長らくフランスの日本大使を勤め、そして日本の文化界にも影響を与えているので知るところは多い。本図録では中條忍のかなり長い解説があって貴重である。カミーユとポールとの間に近親愛以上のものがあったことも記されているし（湯原かの子「カミーユとポール」）、カミーユのポールの彫像もある。この展覧会が川口アートギャラリー・アトリエだけであったのが惜しまれる。

日展100年

東京展　2007年7月25日（水）―9月3日（月）　国立新美術館　主催・国立新美術館　社団法人日展　日本経済新聞社

7．2000年代後半

（以下、開催美術館、ほか2機関同じ）　仙台展　2007年9月23日（日）—11月4日（日）　主催・河北新報社　仙台放送　広島展　2008年2月19日—3月30日（日）　広島県立美術館　中国新聞社　中国放送　富山展　2008年4月12日(土)—5月18日（日）　富山県立近代美術館　主催・北日本新聞社

夏目漱石の見た文展—第六回文展評「文展と芸術」を読む—植田彩芳子／新光洋画会の動態—文・帝展洋画のエリート集団（槐樹社前史に代えて）　庄司淳一／文展初期の彫刻—荻原守衛の視線—　柳原正樹／「日展工芸」スタイルの誕生　福永治／日展と書　名児耶明

これほど大きな組織、文展・帝展・日展の100年の歴史の展覧会について述べるのはむつかしい。現に解説者たちは、夏目漱石、荻原守衛、あるいはせいぜい広くて槐樹社前史といったところに焦点を合わせて文を書いている。私もこの図録を通観して日展通史は語り得るのか、あるいは近代美術史というのは成立し得るのかという思いを抱かざるを得なかった。ほかの図録で述べたことを繰り返せば、美術というものに進歩はあるのかという問題意識を持つことになる。すなわち、個々の作者たちは己れの前の作品を否定的媒介として、新しい造型作品を打ち立てるのだろうが、私たち享受者は、しかし時間継起としてではなく、同一の平面で作品を観てはいないかということだ。だから私たちは美術史という時間ではなく、むしろ個々の作品の前に立ち止まらざるを得ない。そして広がっても画家という一個人というものに関心が向くのだ。

　むろん、このような日展100年史という試みが無駄というのではない。こういう機会を通して、歴史の断絶ということに気づかせられる、そういう逆説的なところに、通史の持つ意味があると

も言える。

　この100年展は、むろん絵画のみでなく、彫刻、工藝品、書道と幅広い。その点で、私たちの問題意識を広める有効性がある。

　なお開催地に京阪、九州がない。どうしてなのだろう。

京都五山禅の文化展

　2007年7月31日―9月9日
　東京国立博物館
　主催・東京国立博物館　日本経済新聞社
　2008年1月1日―2月24日
　九州国立博物館
　主催・九州国立博物館　西日本新聞社　TVQ九州放送　日本経済新聞
　日本文化と禅宗　浅見龍介／京都五山の頂相　救仁郷秀明／京都五山の水墨画　畑靖紀／京都五山禅宗高僧の袈裟　沢田むつ代／京都五山の彫刻

　栄西をはじめ、さまざまな祖師の図像や彫像にまず驚く。夢窓疎石像が多い。また彼の墨蹟も掲示される。将軍家と五山僧は関係が深いから、足利義満像（鹿苑寺蔵）、座像（等持院蔵）など観るべき作が多い。伝周文の山水画にも眼が行く。雪舟、如拙の山水画も招来されている。仏像、仏画も数多く招来されている。なお作品解説が詳細である。五山文化の大要は理解できる。

大徳川展

　平成19年10月10日（水）―12月2日（日）
　東京国立博物館
　主催・東京国立博物館　財団法人徳川記念財団　財団法人徳川黎明会　財団法人水府明徳会　テレビ朝日　朝日新聞社

7．2000年代後半

博報堂メディアパートナーズ
将軍家の遺産　家康公文事継承　柳田直美／尾張徳川家の収蔵品について　山本泰一／水戸徳川家の遺した「水戸学」　徳川眞木

　徳川宗家のみならず、徳川御三家に関わる品々の展覧会であるから、膨大な量の展覧となっている。1は徳川家康所用の「歯朶具足」から軍扇、采配、火縄銃まで、家康所用の戦時用の武装、武器がよく保存されていたものと感心する。家康の御影も多いがみな下ぶくれの丸顔で統一されていて、家康の実像はこうであったのだろうと思わしめる。各代将軍の図像も掲示されている。茶道具も名品が多い。著名な、名古屋・徳川美術館の「源氏物語絵巻」もむろん展示されているし、探幽の絵もある。河内本源氏物語も忘れられていない。衣裳の展示も数多い。作品解説も60頁に及んでいる。

　徳川家の威容がこの展示品だけで知られるとは思えないが、その一端には触れられよう。

旅展　異文化との出会い、そして対話

2007年12月15日（土）―2008年1月28日（月）
国立新美術館
主催・文化庁　国立新美術館　文化庁芸術家在外研修員の会美術部門
旅―異文化との出会い、そして対話　大谷省吾／かけがえのない時間としての「旅」　武田厚／『旅』展に寄せて　田中通孝／風神と地霊―「旅」について　本江邦夫

　正直、文化庁による美術家海外派遣の研修制度が、40年以前から日本にあるとは知らなかった。巻末にある、その派遣人数が、派遣総数2594人（美術部門以外に何があるのかは私は知らない）

中、美術部門計が780とあって、非常に驚いた。これだけの人が海外派遣されているということを、一般の人たちは知っているのだろうか。そして今現在の日本にあって、海外に行って、住むことによって、自己の画境に大きな刺激があるのだろうかと思ってしまう。しかし第１回の被派遣者であった奥谷博は「いろいろな世界を広く深く身近に考え、日本人であるという強い自覚が生れたのも40年前の在外研修員としての研鑽であった」と語っているし、多くの人もそれに類したことを綴っている。私の好きな画家絹谷幸二も1977年にイタリアに１年間派遣されているのをはじめて知った。

　図録を観ると、派遣による結果なのかわからないが、かなりの作品を見出すことができる。

　この派遣者の人選は、どういう基準によっているのだろうか。

天璋院　篤姫

2008年２月19日（火）―４月６日（日）
東京都江戸東京博物館
主催・財団法人東京都歴史文化財団　東京都江戸東京博物館
2008年４月19日（土）―６月１日（日）
大阪歴史博物館
主催・大阪歴史博物館　NHK大阪放送局　NHKプラネット近畿
2008年９月６日（土）―10月17日（金）
鹿児島歴史資料センター黎明館
主催・鹿児島県　鹿児島歴史資料センター黎明館　NHK鹿児島放送局　NHKプラネット九州　南日本新聞社　財団法人自治総合センター
尼璋院と幕末の薩摩　芳野正／幕末の徳川将軍家と天璋院

7．2000年代後半

松尾正人／篤姫の結婚—幕末維新史の伏流水　寺尾美保／御台所敬子の実像—将軍継嗣問題を中心に—　崎山健文／知られざる戊辰戦争期の天璋院　藤田英昭／江戸から東京へ　転換期を生きた天璋院　柳田直美

　2008年のNHK大河ドラマ「篤姫」の放送に合わせて開かれた展覧会である。私はテレビを見ていないので、テレビで篤姫がどう描かれたかは知らない。しかし、この図録の諸氏の文を読む限り、篤姫は特別に歴史に対して能動的にそれを切り開いた女性とは考えられない。薩摩藩の島津家の一門の姫として生まれ、徳川13代将軍家定に嫁され、14代将軍家茂の養母となり、幕末維新時代に幕府側と反幕派との間に立って、歴史の波にもまれた女性、という姿しか私には浮かばない。NHKが大河ドラマにとり上げたのはどういうモチーフ故なのか、テレビを見ていない私には不明だが、決して歴史上の人物とは私には思えない。

　図録を見ると、篤姫の遺品が徳川記念財団に実に多く所蔵されているのに驚く。徳川家の余風というべきか。また図録には古写真もある。これはなかなかいい。驚くことに安政3、4年の「御台所（篤姫）付女中一覧」が掲示されていて、個々の女中の職階、職掌、名前、宿元、身分、屋敷が明示されている。過去のほかの御台所の女中一覧も分かるのだろうか。

美が結ぶ絆
ベルリン国立アジア美術館所蔵日本美術名品展

2008年4月12日—5月25日　郡山市立美術館　主催・郡山市立美術館　福島民報社　2008年6月1日—7月21日　岩手県立美術館　主催・岩手県立美術館　岩手日報社　IBC岩手放送　2008年7月30日—9月21日　山口県立美術館　主催・山口県立美術館　毎日新聞社　tysテレビ山口　2008年10月1

日―11月16日　愛媛県美術館　主催・「美がむすぶ絆　ベルリン国立アジア美術館所蔵日本美術名品展」実行委員会

美術品という"外交官"　小林忠／東洋美術コレクションのなかの日本美術　Dr. ヴィリバルト・ファイト／造形史上におけるベルリン本《地蔵菩薩像》の独創性について　鈴木誠一／1885年収蔵のふたつのやまと絵―《天稚彦草紙絵巻》と《扇面平家物語》　村野愛／《河内木綿製織図巻》をめぐって　長井健

　図録を観て、これほどの日本美術の優品が、ベルリンの一美術館の所有に帰していることに憤慨するのは間違っている。日本の美術館や個人でもフランスをはじめとして、ヨーロッパ絵画の優品をけっこう所蔵しているのである。図録の巻頭の小林忠の言う"外交官"と思えばいいのである。ヨーロッパの美術館がエジプトなどの美術品を植民主義的掠奪によって得たのに対し、日本の美術品は林忠正などの美術商が商売のなかで売ったり、東京、京都などの美術商、コレクターから商品として渡ったものであって、その詳細な次第は巻頭のヴィリバルト・ファイトの文に詳しい。これを読んで、あらためて確認したのは、第二次大戦後、ソヴィエト・ロシアの手によって、数々のコレクションが戦利品として、ソヴィエト連邦に運び込まれたという事実だ。1957年にコレクションのごく一部は西側連合国によって西ベルリンに返却されたが、しかし、今日なお、コレクションの一部はエルミタージュ美術館とモスクワのプーシキン美術館に置かれているとのことである。「コレクションのすべての屏風作品を含む158点の日本絵画」について、2002年訪問の際、エルミタージュでごく一部が発見されたが、プーシキン美術館は、コレクションの存在について情報を提供していないとのことである。私はこのことは忘れてはならないと思う。

7．2000年代後半

　それはともかく、図録を観ると、確かにこれがどうしてベルリンに流出したのか思わしめる作がある。鎌倉期の「文殊菩薩像」は、日本にあれば国宝とまでは行かないにしても、重要美術品に指定されるのではないか。特に研究上最重要と見えるのが狩野探幽の縮図画帖『縮図佚遊』だろう。探幽が古画などを縮小して模写したもので、流派内で制作上の粉本としたもので、この縮図は京都国立博物館などにもあるが、この帖は全56図からなっている。この図録には全図が掲示されていて貴重である。また「扇面平家物語」（図録寄稿文でも言及されている）は、これも全図であろうか、掲示され、文は活字に起こされていて、参考になる。池大雅の文人画、若冲「素絢帖」崋山「鹿図」も目に止まる。浮世絵も多い。写楽、北斎、広重の名品もある。近代日本画もある。これは1931年に開催された「伯林日本画展覧会」に出品された作品を、画家たちが一点ずつ寄贈したからである。結城素明「白雲出岫」は山容を大胆に描出した佳品、川井玉堂「深山晩秋」はあらたな山水画として評価できる。なお、本図録寄稿の諸文は力の入った個別研究論文となっている。

　最後に、この展覧会は、なぜ地方都市のみで、東京などで開催されなかったのか。この展覧会だけで見られる優品はすくない、すなわちこの程度ならたとえば東京なら、あちらこちらの美術館、博物館で観られるという判断からであろうか。とすると、ちょっと残念な気もする。

芸術都市　パリの100年展
ルノワール、セザンヌ、ユトリロの生きた街1830－1930年
　2008年4月25日―7月6日
　東京都美術館
　主催・東京都美術館　TBS　毎日放送　毎日新聞社

2008年7月12日―9月7日
ひろしま美術館
主催・財団法人ひろしま美術館　中国放送　中国新聞社
2008年9月13日―11月3日
京都市美術館
主催・京都市　パリ市　毎日放送　TBS　毎日新聞社　京都新聞社
パリ100年の美術―芸術都市を支えた人たち　井手洋一郎／パリ―都市の変貌・1830―1930年　ジャン＝マルク・レリ／写真の黎明期と画家たち　中原淳行／客窓から―大正期の日本画の「客窓視線」とその後　尾崎眞人／セザンヌとパリ　渡辺純子

　正直、この展覧会の全貌を伝えるのはかなり困難である。図録の副題に「ルノワール、セザンヌ、ユトリロ」とあるが、別にこの三人の画家をめぐっての展覧会ではない。どれほどの画家がとり上げられているか、5、60人にはなろう。絵画だけではない、写真も多い（中原淳行の論は参考になる）。ロダンの彫刻4点、ブールデルは6点、マイヨール4点である。たとえば巻頭にあるのは、コロー「ジェーヴル河岸から眺めたジャンジュ橋」（1830年頃）、モネ「テュイルリー」（1876）からユトリロ「コタン小路」（1910、11年頃）まで各年にわたって14点のパリの風景画が掲示されている。私の知らない画家もいるが、その画家が風景画として関心を寄せるべき良品を描いている。それらを観て、モネにもこんな風景画があったのかなど、パリ風景に思いをいたすこともできる。次はエッフェル塔の建築次第の写真、これが面白い。次が「パリの市民生活の哀歓」で、パリの風景画もあれば、ルノワール、フジタの肖像画もある。諷刺画も多い。市民たちを撮った写真も関心が寄せられる。次の章ではユゴーやアナトール・フラ

ンスの肖像など各種の肖像画があり、その多様性に肖像画について考えしめる。そして次がナダールの写真だ。ジュルジュ・サンド、デュマ、ボードレール、ドガなどおなじみのほか、はじめて観る写真もある。こう記して行くときりがないほど、展示品は豊富であって、「芸術都市を支えた」あらゆるものに出会うことができる。正直愉快な遊歩道を歩んで行くような趣きである。今後もこんな展覧会があってもいいのではないか。

　なお、各氏の寄稿文はそれぞれ論点を絞って、このパリの諸相を論述し、あるいは日本画家の当時の欧州遊行の意義を明らかにしている。また巻末の渡辺純子の「関連年表」は、美術、文化・政治、国際関係を並記した労作である。

フェルメール展　光の天才画家とデルフトの巨匠たち
2008年8月2日—12月14日
東京都美術館
　主催・東京都美術館　TBS　朝日新聞社
　フェルメールとデルフト・スタイル　ピーター・C・サットン／作品解説　ピーター・C・サットン／オランダ絵画と日本—そしてフェルメールの受容　乙葉哲

この展覧会を称して「フェルメール展」とするのは羊頭狗肉の感があることを率直に言って置かなくてはならない。というのも、フェルメールの作は35点とも36点とも言われているが、その内8点だけの展覧であり、フェルメール好きの日本人としてよく知っている「手紙を書く女」「真珠の耳飾りの少女」「牛乳を注ぐ女」「窓辺で手紙を読む女」「青衣の女」などは見られない。そしてよくわからないが、ハーグのマウリッツハイス王立美術館からはフェルメールの「ディアナとニンフ」（私はあまりいい作とは思わない）が招来されているのに、フェルメールの作として、日本

人が一番好む（私も同様）、同館所蔵の「真珠の耳飾りの少女」が展示されていない（前の同館所蔵展で招来されていたからか。但しはじめは「青いターバンの少女」と題されていた。しかし25年前だから時は経っている）。そしてこの展覧会への招待美術館として、アムステルダム国立美術館もあがっているが、同館所蔵のフェルメール「青衣の女」も展覧されていない。この展覧会はピーター・C・テッサンが監修しているので、あえてこの2点は招来しなかったのか。たしかに展覧された「ヴァージナルの前に坐る女」「リュートを調弦する女」はフェルメールらしいが、しかしフェルメール作品としては一段下がるのではないか。ただ急遽「特別出展作品」とされた「手紙を書く婦人と召使い」（アイルランド・ナショナル・ギャラリー所蔵）は、アイルランド共和軍などに盗まれるなど、複雑な事情を持った絵だが、私は今まで観ていなかった。図録で観ると、フェルメールの作としては傑作の部に入る。

　それはともかく、この展覧会の監修者ピーター・C.サットンは巻頭に70頁弱の文を寄せている。それは「フェルメールとデルフト・スタイル」となっていて、フェルメールを特別に論じているようだが、それは違う。この標題も展覧会主宰者側が勝手につけたものかも知れない。その章分けを写して置く。「序・1．デルフトの文化と社会　2．17世紀前半のデルフトの絵画　3．デルフトの建築画　4．透視法、光学、視覚補助機器　5．カルル・ファブリティウス（1622-1654）　6．ピーテル・デ・ホーホ（1629-1684）　7．ヨハネス・フェルメール（1632-1675）　8．後期デルフト・スタイルの画家たち」。たしかにサットンはフェルメールに全体のなかで1番長い20頁を費やしていて、実に綿密にフェルメールを論じている。それを読んで私も非常に多くのことを教示された。その意味でデルフト画壇のなかで特出したフェル

7．2000年代後半

メール像に主眼が置かれていると言えるが、他方、この長い論考全体を読んで、デルフトという地域の美術状況も教えられるところが多い。図版を観ると、ホーホに「窓辺で手紙を読む女」、ヤコブ・フレルの「子供と本を読む女のいる室内」、コルネリス・デ・マンの「金を天秤にかける男」など、フェルメールと同じ画題を扱った絵画があるのを教えられる。そしてホーホの「窓辺で手紙を読む女」の作品解説（サットンの作品解説も詳細で、得るところ多い）を読むと、手紙を読む女性という主題がオランダの風俗画家ヘラルト・テル・ホルフによって、17世紀後半に広められたこと、それは現代人がEメールや電子文書でのやりとりで夢中になっているように、当時にあって、手紙のやりとりが急激に増えたことなどが関係していることを指摘しているのは、多いに参考になる。フェルメールの手紙を書く女や読む女にはサットンは言及していないが、ホーホの絵については、ホルフとは相違するホーホの新視点を述べていて、ホーホの絵に近似するフェルメールの絵についてもそれは言えるだろうと推測はつく。

　私ははじめにこの展覧会が羊頭狗肉といった。それは表題に惹かれて、フェルメールの一級品に会おうと参集した観客にとっては、多少期待を裏切られたであろうと考えるからだ。もちろんサットンの図版解説を読めば、それぞれの作品はフェルメールにあって重要な作である。ただ、これがフェルメールだと思わしめ、納得させる絵が多くないのは、私自身のフェルメール受容は低いとは言え、たしかなことではなかろうか。

　しかし、展覧されたデルフト画壇の諸家の絵画を観、そして図録を求めて、学問的にもすぐれた長大なサットンの論を熟読するなら、フェルメール評価も深まるとは言えよう。この図録はフェルメール受容には貴重な文献と言えよう。

　なお、乙葉哲の文は、はじめに北斎研究の、ヨーロッパにおけ

る進展から、北斎に西洋絵画の影響があることを述べ、さらに近代に入って、日本画家への影響が単にフランスだけでなく、レンブラントなどオランダ絵画の影響もあったと言い、フェルメール受容の過程を追っている。筆者がフェルメール研究を志した時、フェルメールに対する日本人の関心はほとんどなく、フェルメールの第3回目の紹介である、私が先に記した「マウリッツハウス王立美術館展」(1984年)には、「真珠の耳飾りの少女」(図録では「青いターバンの少女」)が出品されたのにもかかわらず、あまり評判にならなかったとのことである。そして1999年、2000年に至ってブームというものになったと指摘する。その経緯はなかなか詳細である。

丸紅コレクション展
―衣裳から絵画へ　美の競演―
2008年11月22日―12月28日
損保ジャパン東郷青児美術館
主催・丸紅株式会社　損保ジャパン東郷青児美術館　毎日新聞社
丸紅絵画コレクションについて　杉浦勉／丸紅コレクション：きものアラカルト　河上繁樹／「あかね会」成立過程とその背景―芸術家と染職業界が情年を注いだ新たな意匠図案創作への試み　杉浦勉／ボッティチェリ《ラ・プリマヴェーラ（春）》とシモネッタ　杉浦勉

図録のはじめは衣裳であるが、その丸紅における蒐集、その意義については、解説の河上繁樹の文に詳しい。絵画についてまず注目されるのは、言うまでもなくボッティチェリ「美しきシモネッタ」であって、ボッティチェリの作品は日本ではこれが唯一のものである。図版を観ると、あまりにも鮮明であるのは、洗浄され

たからであろう。ところで丸紅コレクションの所蔵画を見て戸惑うのは、その余りにも多岐に亘っている点であろう。むろん多岐に亘ってもその作品が豊富であればいい。ブラマンクは３点あるが、デュフィ、キスリング、ユトリロ、ルオー、ビュッフェ、バーン＝ジョーンズとあれこれの画家が一点である。ルノワールは２点あるが、いい作品とは言えない。日本の近代作家も和田英作、石井柏亭、梅原龍三郎、安井曾太郎、椿貞雄、中川一政、山下新太郎、荻須高徳、岡鹿之助、小磯良平、加山又造と、こうあげれば分るように、そこに何か一貫した蒐集の姿勢は見られない。あれもこれもというより、あれこれひとつづつという具合いなのである。ヨーロッパの画家にしろ、日本の画家にしろ、そこには絵画観が窺えないのだ。戦後からの蒐集ということもあるのかも知れないが、観覧者にはある乱雑さを思わしめてしまうのではないだろうか。むろんいい作品もあるので、この一点を観れば可と言うこともできようが、蒐集側に対して注文付ければ、それなりの絵画に対する姿勢が欲しい。

　なお、戦前からの意匠図案研究会として、多くの日本画家も参加した「あかね会」の考察の、杉浦勉の論考は貴重であり、また伊藤忠そして丸紅史は、美術年表を合わせていて、読める年表になっている。

ルーヴル美術館展―17世紀ヨーロッパ絵画
2009年２月28日―６月14日
国立西洋美術館
　主催・国立西洋美術館　ルーヴル美術館　日本テレビ放送網
　読売新聞東京本社
2009年６月30日―９月27日
京都市美術館

主催・京都市美術館　ルーヴル美術館　読売テレビ　読売新聞大阪本社

17世紀ヨーロッパ文化にひそむ陰の領域　ブレーズ・デュコス／17世紀ヨーロッパにおける絵画と政治　ヘンドリック・ツィグラー／「レンブラントのヨーロッパ」における世界周航、庭園、科学革命　ブレーズ・デュコス／伝統を教えるということ―17世紀のヨーロッパ美術におけるオリジナルとコピー　カール・ゴールドスタイン／南蛮美術と方向付け―17世紀日本における方位と世界　中谷至宏／江戸のゼウクシス―写真をめぐる日蘭交流　幸福輝

　図録の巻頭を飾る6者の論考は、全50頁に及ぶもので、前4者のフランス人の論考は17世紀ヨーロッパ絵画を支える種々の基底を詳細に語っていて参考になるものであり、日本人2名の論考は展示作品に直接にかかわるものではないが、17世紀における日本とヨーロッパ美術の関係性について、その独自の視野からあきらかにしていて（註はそれぞれ40に及ぶ）、非常に楽しい論述である。ところで、さて展示された作品はそれに対してどうであろうか。たしかに図録を求め、先の論考と作品解説を読めば17世紀ヨーロッパ美術の大概は把握できようが、各作品を展覧した日本の観客は満足するところがあったろうか。ルーヴル美術館展というので期待して来た人々にとって、その期待を裏切らなかったかという懸念が私には残る。たしかにプッサン、レンブラント（「自画像」）、ルーベンス、ヴァン・ダイク、ジョルダーノ、ブリューゲルはある。しかしここに掲示されたものは、彼等の代表作であろうか。多分、観覧者の期待に沿うものは、フェルメールの「レースを編む女」（この作が図録の表紙を飾っている）とラ・トゥール「大工ヨゼフ」の二点位としか私には思えない。展示されているデカルトの肖像はフランス・ハルス原作（コペンハーゲン国

7．2000年代後半

立美術館蔵)の模作であって、ハルスの原作に到底及ばない。「ムール貝を食べる少年たち」とか「テーブルを囲む陽気な仲間」とかの風俗画が多いが、なるほど当時の風俗を知るにはいいにしろ、絵画としての価値は劣る。ル・ナン兄弟の「農民の家族」は風俗なのか私には不分明だが、そのなかではいい作品と言えようが。加えて、私にその作品の位置付けがよくわからない風景画や静物画も多いが、私には見るべき画とは思えない。それぞれの作は《美術史》という上では意味あるのかも知れないが、私は《美術史》によって絵画に参及したくないのだ。それを抜きんでる作品に直参したいと考えている。その点で言うと、この展示会はあまりに史的に過ぎて、私は評価しない。

　さて、問題はフェルメールの「レースを編む女」である。ここ20年ばかりの日本で大いに騒がれている画家だが、この絵はフェルメールの作品中でも指を折られるものであろうし、私も高く評価する。この作品の解説で、「フェルメールを再び歴史の表舞台に戻す栄誉」を持つのは、フランス人のテオフィル・トレであるとあえて指摘する。1866年にすでにフェルメールについての論文があるという。解説によると、1870年、ルーヴルによる「レースを編む女」の購入によって、専門家のあいだの熱狂が始まったとのことだが、私は正直、現在フェルメールの近代における受容をしっかり押えるべきではないかと思うのだ。たとえば、この解説では、ほとんど無名であったフェルメール作品をなぜルーヴルは1870年に求めたのか、それはどういう方法であったのか、それについては何も触れていない。そして、私はむろんトレの論文は未見だが、紹介によると、トレは現在のフェルメール評価とは違い、「日々の仕事に忙殺される、取るに足らない人々の姿」の描出に評価を与えているということである。ここが私には関心がある。たとえば、この解説者はフェルメール絵画を「さり気なく巧緻に

抑制された形態」が今日のフェルメール作品人気に結びつけられたものとする。そしてこのレースを編む女は「仕事中の上流階級の女性（レース製作に勤む職人ではない）」とする。私に分らないのは、この絵の女性をなぜ上流階級の者とするのか。私に言わせれば女性職人であってもいいのではないか。トレが言うように「取るに足らない人々」でもいい。そして私があえていいたいのは、フェルメールの絵は元々風俗画であったのではないかということだ。解説者も指摘するように、この絵における「卓越した技巧」「空間の演出」を私は認めるし、そしてその集中が、フェルメールをほかの風俗画家から抜きん出て、単なる美術史上の画家以上の人物としていると考えたいのだ。

《美術史》と作品とを私はそう観たい。

尼門跡寺院の世界
—皇女たちの信仰と御所文化—

平成21年4月4日（火）―6月14日（日）
東京藝術大学美術館
主催・東京藝術大学　中世日本研究所　産経新聞
尼門跡寺院の世界―展覧会への道　バーバラ・ルーシュ／尼門跡の歴史―「比丘尼御所」から「尼門跡」へ　パトリシア・フィスター／仏法の娘たち―信仰に身を投じ、美術と文化を創造した四人の皇女尼僧　パトリシア・フィスター／尼門跡と尼僧の信仰　真鍋俊照／尼門跡における染織品　モニカ・ベーテ／つなぎとめられた縁―円照寺蔵葡萄棚文様小袖地打敷からみる世界　山川曉／東福門院と尼門跡たち　花房美紀／霊鑑寺書院壁画について　古田亮／尼門跡ゆかりの品々に見る文様　横溝廣子／尼門跡の略歴　パトリシア・フィスター　花房美紀

7．2000年代後半

　こういった展覧会は空前のものであったろう。尼門跡というのは私の知識にはあったが、その実体をほとんど知らなかった。現在尼門跡寺院が京都、奈良に13か寺というのも新知識である。尼門跡寺院だけでなく、尼僧、尼寺についても知るところが多い。たとえばパトリシア・フィスター「尼門跡の歴史」によると、中世にはさまざまな宗派の尼寺が500近くあり、鎌倉時代終わりまでには、その過半が禅宗であり（臨済あるいは曹洞宗）、第2位が律宗、第3位が浄土宗であったという。フィスターのこの論には34の註があるが、それを見ると、尼寺、尼門跡に関する論考が非常に多く、私はそれを知らなかったわけだ。第1章は「尼門跡寺院の開山と中興をたたえて」であるが、それは中宮院門跡、法華寺門跡、最愛寺・宝慈院門跡、大聖寺門跡、本光寺門跡などを追い、無署名ながら詳細に論述している。それだけで70頁近い。そして「皇女から尼僧へ」「尼門跡における年中行事」「尼門跡の禅画と墨跡」「観音信仰」などの章で、詳しく尼門跡の内実を説き明かしている。次項の「天皇家・将軍家からの拝領品・お手廻りの調度品」は具体的にその品々を掲示して説明する。「尼門跡を支えた女性たち」の章の「東福門院と昭憲皇太后」も読まれねばならない。前半は東福門院の記述だが、後は明治初年排仏の気運のなかで、経営がむつかしく尼門跡を救うために働いた明治天皇妃の記述である。面白いのは洋服化した天皇家によって寄贈された、明治天皇妃の洋服の大礼服が、現在大聖寺に蔵されている（展示）。

　多分、展示会では、この図録に見るほどの解説は付してはいないだろう。図録を求めて、あらためて詳細な解詳を読んで、尼門跡に対する理解を深めなければならないだろう。図録末の註の多い各論も参考になる。

　なお、解説者に多くの欧米の女性研究者の名を見る。このあた

りの研究層にも関心が寄せられる。

ゴーギャン展

2009年7月3日―9月23日
東京国立近代美術館
主催・東京国立近代美術館　NHK　NHKプロモーション
ゴーギャンへの試論　中林和雄
《我々はどこから来たのか　我々は何者か　我々はどこへ行くのか》解説　鈴木勝雄

　正直、私は困惑するのである。というのは、私にはゴーギャンの絵が理解できないのである。それはゴーギャンの絵を知った50年以上前から現在に到っても変わらない感想なのだ。たとえば駄目な絵、下手な絵という価値判断の上に立ってなら、その理由は述べることはできるだろう。しかしそういう判断からではない。これは頭脳にかかわるのだろうか。そうかも知れない。私にはゴーギャンの絵は理解の外にある。頭が受け入れない。下手とか未熟とかの理由ではない。タヒチという土地を知らないからではあるまい。この図録には《我々はどこから来たのか》云々の絵の拡大図もあるし、鈴木勝雄の6頁に及ぶ長大な論もある。何しろ図録巻頭の中村和雄「ゴーギャンへの試論」も19頁の手引論である。これらを読んでも、馬の耳に念仏である。全くお手上げである。海外からも多く招来したゴーギャン絵画の大展覧会である。私としては、こういう展覧会が開催されたという記録だけを残して置くだけにする。どこかに、私と同様、ゴーギャン絵画を受け付けない人はいないものだろうか。

THE ハプスブルク

2009年9月25日―12月14日

7．2000年代後半

国立新美術館
主催・国立新美術館　読売新聞東京本社　TBS
2010年1月6日—3月14日
京都国立博物館
主催・京都国立博物館　読売新聞大阪本社　毎日放送
ウィーン美術史美術館絵画館の歴史　カール・シュッツ／ブタペスト国立西洋美術館古典絵画館の歴史—バログ・イロナ／ウィーンの美術収集室の歴史　サビーネ・ハーグ／重厚な外観、軽快な画面—近世絵画史からみた初里帰りの画帖　山下善也／ハプスブルク・コレクションの開祖ハドルフ2世とその周辺　千足伸行／ティツィアーノ作《イル・ブフーヴォ》にみる「ティツィアーノらしさ」—ロドヴィーコ・ドルチェ『アレティーノまた絵画問答』（1557年）を手がかりとして　小林明子／工芸のシンクロ—日本からみたハプスブルク工芸　久保智康／オーストリアに伝わるミカドの贈り物—明治新政府の文化外交　永島明子

　実に多くの画家たちの名品を観ることができる。ジョルジョーネ、ティツィアーノ（4点）、ティントレット、ウェロネーゼ、デューラー（3点、著名な「若いヴェネツィア女性の肖像」を含む）、クラナッハ（父）、ルーベンス、ヴァン・ダイク（4点、肖像画として傑作揃い）、レンブラント、エル・グレコ、ベラスケス（3点有名作揃い）、ゴヤと並記すればその豪華さがわかろう。加えてウィーン美術史美術館収蔵の宮廷武具コレクションがある。最後に明治天皇から皇帝フランツ・ヨーゼフⅠ世に贈った画帖と蒔絵棚の展示がある。

　寄稿文は特殊研究論もあるし、各美術館の蒐集の次第を述べた文もあって、有用である。

8．2010年代前半

セーヌの流れに沿って
印象派と日本人画家たちの旅

東京展　2010年10月30日（土）―12月23日（木・祝）　ブリヂストン美術館　主催・石橋財団ブリヂストン美術館　公益財団法人ひろしま美術館（以上ひろしま展同じ）　広島展2011年1月3日（月）―2月27日（月）　ひろしま美術館　主催・中国放送　中国新聞社

「セーヌの流れに沿って」展に寄せて　島田紀夫／忘れられた芸術家村ヴェトゥイユー日本人画家たちのコロニー　田所夏子

非常に有意義な展覧会である。こういう試みは以前にあったろうか。冒頭にシスレーの絵（1881—85）が4点並び、そして梅原龍三郎「モレー」（1911）、満谷国三郎「モレーの運河」（1913）が続いている。同時代ではないが、しかし風景画としては一脈通じるところはある。浅井忠「グレーの洗濯場」（1901）にはある重厚さがある。ユトリロ「パリのアンジュ河岸」（1929）と荻須高徳「アンジェ河岸・パリ」（1936）は同じ街を描いた両画家の筆致の相違も分かる。貴重な絵画も数多い。ルソーの2点のパリ風景（1888年、1895年頃）はパリの年代記的意味もある。ゴッホの「モンマルトルの風景」（1886年）はパリにはじめて来た時の絵で、後年のゴッホのパッションもほの見えるが、風景画としては手堅い手法を見せている。ルノアールの「パリ郊外、セーヌ河の洗濯船」（1872、73年）は、ルノワールとは思えない暗鬱な暗褐色におおわれている。こう1作品1作品について言及していたらきりがないほど、それらの作品には魅力がある。蕗谷虹児にこんなパリ風景画があったのかというような発見の喜びも多々あ

る。個々の作品の解説も的確である。展覧者たちは、フランス画家たちと日本画家たちとの近似性、同時代性にあらためて気づかせられたのではないか。

なお展示作品はすべて日本の美術館所蔵品である。協力美術館を60ほどあげているが、日本人画家の作品は言うまでもないが、これほど多くのフランス画家の作品(それも優品が多い)が日本にあるのは驚きである。

荻須高徳展　憧れのパリ、煌らめきのベネチア
名古屋展　2011年6月11日―7月3日　松坂屋美術館
主催・松坂屋美術館　朝日新聞社　メーテル　京都展　美術館「えき」KYOTO　主催・朝日新聞社　稲沢展　2011年10月29日―12月18日　稲沢市荻須記念美術館　主催・稲沢市荻須記念美術館　朝日新聞社　東京展　2011年12月27日―2012年1月16日　日本橋三越本店　主催・朝日新聞社
荻須におけるベネチアの意義　山田美佐子／絵画を開くパリの壁　山梨俊夫／荻須のパリ、私のパリ　中山忠彦／父、OGUISS　恵子　荻須　ハルペルン／荻須のことば　親松志穂／メモ　荻須美代子夫人談より／〈パリ・ベネチアレポート〉　山田美佐子

佐伯祐三のパリ風景画が、繊細にパリの建物などを神経で描いているとすれば、荻須のパリは存在感のある対象を、骨太に描き出だしている。暗鬱な風景もあるが、しかしパリの建物はそれを弾き返す存在感を持っている。「ムーラン・ド・キャレット」(1930)や「ドフィヌ広場」(1930)は、パリ風景の力強さがある。ところがベネチアの風景はどこか軽い。図録に収録されているのが1955年以降の作が多いということもあろうか。しかし、「リオ・デ・レ・ベカリエ」、「オスペダーレ」(1935)はすでにそうであ

る。軽いと言っても作に存在感がないというのではない。対象に圧迫されていない、それとの軽やかな遊びとも言えようか。それは1970年以降のパリ風景にも指摘し得る。面白いことに、1950年からのパリ風景には、戦前の作ほどではないが、やはりパリの風景の重さはある。

　荻須にとってのパリ、ベネチアは何であったのか。荻須には日本風景、東京風景の絵はないのか。日本人画家にとって、パリは単に絵を学ぶための場だけではあるまい。〈風景〉としてのパリ、〈物〉としてのパリ、なぜパリ、イタリアは日本人画家を惹きつけたのか、それに関心が向く。

　年譜、参考文献が非常に詳細である。

地上の天宮　北京・故宮博物院展

2011年7月15日（金）—8月21日（日）　北海道立近代美術館　主催・STV札幌テレビ放送　北海道立近代美術館　2011年9月12日（金）—10月10日（月）　関西国際文化センター（神戸）　主催・「地上の天宮　北京・故宮博物院展」実行委員会　神戸新聞社　2011年10月18日(火)—11月23日(水)　福岡市美術館　主催・西日本新聞社　TVQ九州放送　2011年12月3日（土）—2012年1月22日　松坂屋美術館（名古屋）　主催・松坂屋美術館　中日新聞社　2012年2月9日（木）—3月18日（日）　愛媛県美術館（松山）　主催・愛媛県美術館　愛媛新聞社　南海放送　2012年3月29日(木)—5月8日(火)　東京富士美術館（八王子市）　主催・富士美術館　朝日新聞社　2012年5月19日（土）—6月24日（日）　宮崎県立美術館　主催・宮崎県立博物館（予定）　2012年8月18日（土）—9月17日（月）　主催・長崎新聞社　福島会場　会期会場未定　主催・福島民報社

「地上の天宮　北京・故宮博物院展」開催の経緯について　陳麗華／封建時代の中国における宮廷后妃の生活　厳友／賢明な后と淑やかな妃—近代以前の中国における女性の模範　任万平／多民族国家清朝の遺産　岸本美緒／地上の天宮に生きた后妃たち　入江曜子

　冒頭の陳麗の文によると、はじめは故宮博物院と富士美術館とが契約、調印によるものだという。そしてテーマは「封建時代以前の中国宮廷の生活および宮廷文化にとって欠くことのできない構成要素」としての「后妃と子ども」に当てるとのことだ。なるほど解説文も后妃などをめぐってのものが多い。展示品はほとんど清時代のものが多い。后妃の日常生活の絵図も多いが、主流はその身の廻りの品々、アクセサリー、壺、皿などか陳列されている。特に注目されるのは、南安の「麗女考経図」で、図録に掲示されているのは全図であろうか。封建女性が守るべき徳を絵にし、それを文章化している（文章は現代語訳）。拡大図もあって、絵巻の史的重要性がわかる。最終は皇太子たちの教育、生活に焦点が当てられている。

　総じて言えることは、展覧会の標題が〈地上の天宮〉とあるように、宮廷生活の地上性を明らかにしている。美術展覧会として見るべきではあるまい。中心は清時代であって、清の時代を理解するには有意義である。

北京故宮博物院200選

2012年1月2日—2月19日
東京国立博物館平成館
主催・東京国立博物館　故宮博物院　朝日新聞社　NHK　NHKプロモーション
総論　故宮博物院の歴史と現在　鄭欣淼／一期一会—特別展

「北京故宮博物院200選」の開催にあたって　西岡康宏

　日中国交正常化40周年・東京国立博物館140周年の記念展である。巻頭の西岡康宏の文によると、東京国立博物館における中国の文物の展覧会は、1973年以降合計18回を数えるという。本展覧会の内実はどうであったろうか。故宮博物院の蔵品は百十万件以上に達するとのこと、その内から選ばれた200点である。この展覧会は2部に分かれていて、1部が「故宮博物院の至宝―皇帝たちの名品」、2部が「清朝宮廷文化の精粋―多文化の共生」である。そして図録を見ると、2部は展覧品番号91の「乾隆帝像」から始まる。すなわち本展の半ば以上は清朝時代によって占められている。そして目を惹くのは「康熙帝南巡図巻」（拡大図もある）、「雍正帝耕織図画冊」などであるが、雍正帝は何図もあり、それらは帝を美化したものが多い。この展覧会、図録で注意しなくてはならないのは、清朝時代のところに、突然紀元前12世紀の商、あるいは春秋の青銅器が出品されている点だ。これは清朝皇帝の尚古趣味で、宮殿内に飾られていたからなのである。インドやチベットの仏像もある。2部の清朝時代の展示品はその時代を知るには恰好のものとは言えるが、何しろ多岐にわたる。「乾隆帝文殊菩薩画像」を見ると、日本の天皇、将軍は、自らを文殊菩薩にすることはなかったろうと思う。

　1部を見ると、書の資料が25点に近い。中国における書の伝統の重さを思わしめる。元の山水画は観るべきものがある。ところで1部で特筆すべき展示品は、12世紀北宋の「清朝上河図巻」だろう。当時の民衆の生活をリアルに描いたものである。全図が図録に掲示されているが、全図だけでは少し鮮明さに欠ける。一方で折り込み4頁で拡大図が図示されていて、それを観ると、庶民の生活が実に鮮明に写されていて、北宋のそれと言うより、時代を越えた図像で世界史に残るものではないかと思わしめる。2部

末に塚本麿充の「「清朝上河図」の魅力—「清朝上河図巻」と宋代の祝党文化」の論考が7頁に亘って掲載されている。図巻の細部の掲示もあり、有益である。そのほか9点の青銅器の展示もある。

総じて言えば、本展覧会の展示品は多岐に渡り、中国文化の多様性が理解できる。

最後に確認して置きたいのは、別稿で記したように「地上の天宮　北京・故宮博物院展」と題する展覧会が、2011年7月から2012年9月まで、日本の全国各地の美術館や博物館で開催されているということである。本展覧会は後援が外務省、中国大使館だが、この展覧会も、後援は外務省、文化庁、中国文化部、中国大使館である。なぜ重複して同傾向の展覧会が同時期に開催されたのか、そこが不明である。

マウリッツハイス美術館展
—オランダ・フランドール絵画の至宝

2012年6月30日—9月17日
東京都美術館
主催・東京都美術館（公益財団法人東京都歴史文化財団）
朝日新聞社　フジテレビジョン
2012年9月29日—2013年1月6日
神戸市立博物館
主催・神戸市立博物館　朝日新聞社　関西テレビ放送
マウリッツハイス美術館の未来　エミリー・E.S.ゴーデンカー／マウリッツハイス美術館の歴史とコレクション　レア・ファン・デァ・フィンデ／日日の暮らしに眼を向けてエプコ・ルニア／ヨハネス・フェルメール作《真珠の耳飾りの少女》—オランダのモナ・リザ　カンタン・ビュヴェロ

マリアーネ・ファン・スヒラレン／17世紀オランダ絵画にみる「笑い」 大橋菜都子／17世紀オランダ絵画を見る作法―人生を映す鏡としての世界 岡泰正

マウリッツハイツ美術館の2回目の日本における美術展覧会である。その美術館の歴史については、すでに第1回展の図録紹介で記した。17世紀オランダ、フランドル絵画の収蔵館として知られる。図録は「風景画」「歴史画」「肖像画とトローニー」「静物画」「風俗画」の章に分れている。私に充分分っていないのは、ヨーロッパ絵画における風景画、静物画の絵画としての位置付けである。これも1種の風俗画なのだろうか。たとえば、前に紹介したヘラルト・テル・ボルフの「手紙を書く女」は、フェルメールに影響を与えたと解説文にも記されているが、「風俗画」の章に展示されている。しかしフェルメールの「真珠の耳飾りの少女」は「肖像画」の章であり、「ディアナとニンフたち」は「歴史画」の章である。同じ画家を分断するのには、私は不審感を抱かざるを得ない。それはともかく、やはり美術館にはレンブラントの収蔵が多いので本展でも第1回と同じ「老人の肖像」「自画像」の2点や「笑う男」（この図録にはフランス・ルルスの「笑う少年」もあり、ルノアールまでに及んで絵画の「笑い」を論じた大橋菜都子の註が46ある文は重要である）など6点が展示されている。但し、当美術館蔵のレンブラントの著名な作「ニコラース・テュルプ博士の解剖学講義」が、なぜ招来されなかったのがわからない。ところで、当美術館展の呼び物はやはりフェルメールであったのだろう。冒頭文でもフェルメールの「真珠の耳飾りの少女」をオランダのモナ・リザと称しているように、この文でもこの作品を詳細に論じている。読まれねばならない文献である。私は知らなかったのだが、この作品を基にして小説が創作され、それを原作として2003年映画化されたという。こういう美術作品がこれ

8．2010年代前半

以前にあったか。その小説の表紙や映画のスチール写真も掲載されている。ところで当美術館にはフェルメール作品は3点収蔵されているのは知られているが、2点は2回の展覧会に招来された。もう1点「デルフトの眺望」は、この図録では小さな写真でしか観ることができない。それを観ると、相当高度の風景画のようである。これも招来されていたなら、フェルメール評価もまた拡がったのではないか。

掲載図録リスト（掲載順）

1．1970年代以前

ボナール展　　　　　（1968年3月）
近代美術史におけるパリと日本
　　　　　　　　　（昭和48年9月）
小倉遊亀展　　　　（昭和50年3月）
ホドラー展　　　　　（1975年4月）
ハマー・コレクションによる泰西
　名画展　　　　　　（1975年9月）
ドイツ・リアリズム1919-1933
　　　　　　　　　　（1976年1月）
近代絵画の名作にみる日本の四季
　展　　　　　　　（昭和51年4月）
ドガ展　　　　　　　（1976年9月）
フォンタネージ、ラグーザと明治
　前期の美術　　　（1977年10月）
ヘンリー・ムーア素描と彫刻展
　　　　　　　　　　（1978年1月）
フリードリッヒとその周辺
　　　　　　　　　　（1978年2月）
ハンガリー国立美術館展
　　　　　　　　　（昭和54年3月）
奥村土牛　　　　　　（1979年3月）
ボストン美術館秘宝展
　　　　　　　　　　（1979年7月）
モネ・ルノアール・ボナール展
　　　　　　　　　　（1979年8月）
明治・大正から昭和へ近代日本美
　術の歩み展　　　　（1979年9月）
前田青邨遺作展　　（昭和54年9月）
ルノアール展　　　　（1979年9月）

2．1980年代前半

ルドン展　　　　　　（1980年3月）
巨匠シャガール展　　（1980年5月）
エルテの世界展　　（昭和55年9月）
ヴァンダーリッヒ展（1980年11月）
逸翁美術館名品展（昭和56年2月）
三輪晁勢展　　　　（昭和56年2月）
中華人民共和国南京博物院芸術展
　　　　　　　　　　（1981年3月）
フォービズムの巨匠ドラン展
　　　　　　　　　　（1981年4月）
森田曠平展　　　　（昭和56年9月）
映丘一門華麗なる巨匠展
　　　　　　　　　（昭和56年10月）
鏑木清方展　　　　（昭和57年1月）
ルーベンスとその時代
　　　　　　　　　　（1982年4月）
ブーシェ展　　　　　（1982年4月）
モーリス・ブラマンク展
　　　　　　　　　　（1982年5月）
北京故宮博物院展　　（1982年7月）

掲載図録リスト

レンブラント展　　（1982年9月）
安田靫彦―その人と芸術
　　　　　　　　（昭和57年10月）
日本銅版画史　　　（1982年10月）
ロートレック展　　（1982年10月）
ベルギー象徴派展　（1982年11月）
クラッシックポスター展
　　　　　　　　　（1983年1月）
'83昭和世代日本画展
　　　　　　　　　（1983年5月）
古代オリエント展　（1983年7月）
印象派と栄光の名画展
　　　　　　　　　（1983年8月）
ジャコメッティ展　（1983年9月）
回顧石井鶴三―たんだ一本の線
　　　　　　　　　（1983年9月）
中国秦兵馬俑　　　（1983年10月）
橋本関雪展　　　　（昭和59年1月）
マウリッツハイス王立美術館展
　　　　　　　　　（1984年4月）
上村松篁展　　　　（昭和59年5月）
秋の意匠　　　　　（昭和59年9月）
源平の美術展　　　（1984年9月）
梅原龍三郎展　　　（1984年10月）
ピカソ展　　　　　（1984年12月）

3．198年代後半

レオナルド・ダ・ビンチ素描展
　　　　　　　　　（1985年3月）
棟方志功展　　　　（1985年3月）
点描の画家たち　　（1985年4月）
ターナー展　　　　（1985年4月）
エコール・ド・パリ展
　　　　　　　　　（1985年4月）
フランス現代美術展（1985年5月）
モディリアーニ展　（1985年7月）
ペンティング・ティッセン・コレ
　クション展　　　（1986年1月）
松本竣介展　　　　（1986年4月）
マネ展　　　　　　（1986年6月）
日本美術名宝展　　（昭和61年9月）
エル・グレコ展　　（1986年10月）
ピカソ展　　　　　（1986年11月）
不熟の天才菱田春草展
　　　　　　　　　（1987年1月）
シャガール回顧展　（1987年3月）
西洋の美術　その空間表現の流れ
　　　　　　　　　（1987年3月）
エルミタージュ美術館展
　　　　　　　　　（昭和62年7月）
杉山寧展　　　　　（1987年8月）
フランス革命とロマン主義展
　　　　　　　　　（1987年10月）
現代日本画による中国を描く展
　　　　　　　　　（1987年10月）
梅原龍三郎遺作展　（1988年3月）
シーボルトと日本　（1988年3月）
尾張徳川家能楽名宝
　　　　　　　　　（昭和63年4月）

ジャポニズム展　　（1988年5月）
オスマン朝の栄光　（1988年8月）
加山又造屛風絵展　（1988年9月）
エルミタージュ美術館展
　　　　　　　　　（1988年9月）
モネとその仲間たち（1988年10月）
やすらぎの文化史　（1989年10月）
舟越保武展　　　（昭和63年10月）
日展80年記念展　（昭和63年10月）
インド建築の500年（1988年11月）
横山大観「海山十題」展
　　　　　　　　　（1989年1月）
桃山の華屛風襖絵（平成元年5月）
版画に見るジャポニズム展
　　　　　　　　　（1989年8月）
松方コレクション展（1989年9月）
大アンデス展　　　（1989年9月）
源氏物語と紫式部展（1989年9月）
写真150年・その光と影
　　　　　　　　　（1989年9月）
リヨン美術館特別展（1989年10月）
「昭和の洋画100選」展
　　　　　　　　（平成元年10月）
ポール・デルボー展（1989年11月）

4. 1990年代前半

ロートレック全版画展
　　　　　　　　　（1990年5月）
ユトリロとモンマントルの画家た
ち　　　　　　　　（1990年6月）
トプカプ宮殿秘蔵東洋陶磁の至宝
展　　　　　　　　（1990年6月）
ヨーロッパ絵画500年展
　　　　　　　　　（1990年7月）
日本美術名品展　（平成2年10月）
大英博物館芸術と人間展
　　　　　　　　　（1990年10月）
エトルリア文明展　（1990年10月）
ピカソ版画展　　　（1991年4月）
南ロシア騎馬民族の遺宝展
　　　　　　　　　（1991年4月）
我らの時代マグナム写真展
　　　　　　　　　（1991年6月）
長谷川利行展　　　（1991年6月）
フィレンツェ・ルネッサンス芸術
と修復展　　　　　（1991年7月）
ミロ展　　　　　　（1992年1月）
中川一政生涯展　　（1992年2月）
曽侯乙墓　　　　（平成4年3月）
森田曠平―作品と素描
　　　　　　　　（平成4年3月）
ムンク―画家とモデルたち
　　　　　　　　　（1992年4月）
エルミタージュ美術館展
　　　　　　　　　（1992年6月）
17世紀オランダ風景画展
　　　　　　　　　（1992年8月）
近代巨匠画家クレパス画名作展
　　　　　　　　（平成4年8月）

掲載図録リスト

栄光のハプスブルク家展
　　　　　　　　（1992年8月）
和様の意匠古伊万里（1992年11月）
奥谷博展―現代の黙示録
　　　　　　　　（1993年1月）
慶應義塾所蔵浮世絵名作展
　　　　　　　　（平成5年2月）
芸術と風景　　　（1993年2月）
ポルトガルと南蛮文化展
　　　　　　　　（1993年4月）
レンブラント銅版画展
　　　　　　　　（1993年4月）
大津英敏　　　　（1993年5月）
上海博物館展　　（1993年6月）
装飾古墳の世界　（1993年10月）
バーンズ・コレクション展
　　　　　　　　（1994年1月）
川合玉堂展　　　（平成6年1月）
モネ展　　　　　（1994年2月）
王朝の美　　　　（平成6年4月）
日本画の装飾美　（1994年4月）
円山・四条派から現代まで
　　　　　　　　（平成6年9月）
1874年―パリ　　（1994年9月）
ルネ・マグリット展（1994年11月）
ウィーンのジャポニズム
　　　　　　　　（1994年12月）

5．1990年代後半

アンドリュー・ワイエス展
　　　　　　　　（1995年2月）
柳瀬正夢展　　　（1995年2月）
ブリューゲルの世界（1995年3月）
ボストン美術館の至宝
　　　　　　　　（1995年4月）
将軍吉宗とその時代展
　　　　　　　　（平成7年8月）
ミュシャ「生涯と芸術」展
　　　　　　　　（1995年10月）
ナント美術館展　（1995年10月）
北京故宮博物院名宝展
　　　　　　　　（1995年11月）
中村彝展　　　　（1995年11月）
高山辰雄展　　　（1995年12月）
モデルニテ―パリ・近代の誕生
　　　　　　　　（1996年1月）
大英博物館肉筆浮世絵名品展
　　　　　　　　（1996年3月）
フォルグヴァング美術館展
　　　　　　　　（1996年4月）
シルクロード大美術展
　　　　　　　　（平成8年4月）
生のあかしを刻む柳原義達展
　　　　　　　　（1996年5月）
法隆寺献納宝物　（1996年10月）
日展90周年記念展（平成9年1月）
海を渡った明治の美術

アルザスと近代美術の歩み　　　　　　　　　　（1997年4月）
　　　　　　　　（1997年4月）
光闇　華麗なるバロック絵画展
　　　　　　　　（1997年4月）
アート・ギャラリー所蔵ターナー
　展　　　　　　（1997年6月）
17世紀オランダ絵画の黄金時代展
　　　　　　　　（1997年7月）
京の雅・和歌の心　冷泉家の至宝
　展　　　　　　（平成9年8月）
山口蓬春　　　　（1997年9月）
紫禁城の后妃と宮廷芸術
　　　　　　　　（1997年10月）
アンコールワットとクメール美術
　の1000年展　　（1997年11月）
色鍋島展　　　　（1997年12月）
大歌麿展　　　　（1998年1月）
テート・ギャラリー展
　　　　　　　　（1998年1月）
20世紀の証言　ピュリツアー賞写
　真展　　　　　（1998年2月）
秋野不矩—インド　大地と生命の
　讃歌　　　　　（1998年3月）
日本美術院創立100年記念特別展
　　　　　　　　（平成10年3月）
ブッダ展　大いなる旅路
　　　　　　　　（1998年4月）
芸術家との対話　（1998年4月）
東郷青児展　　　（1998年4月）

醍醐寺展—祈りと美の伝承
　　　　　　　　（1998年5月）
マイセン陶器の美（平成10年5月）
ペルー黄金展　　（1998年7月）
ボイスマン美術館展（1998年7月）
レンブラントと巨匠たちの時代展
　　　　　　　　（1998年10月）
唐の女帝・則天武后とその時代展
　　　　　　　　（平成10年10月）
ロダン展　　　　（1998年11月）
日本の美—縄文から江戸まで
　　　　　　　　（平成10年12月）
ワシントン・ナショナル・ギャラ
　リー展　　　　（1999年1月）
ドラクロア「民衆を導く自由の女
　神」　　　　　（平成11年2月）
福田美蘭展　　　（1999年3月）
鏑木清方展　　　（1999年3月）
美術の内がわと外がわ
　　　　　　　　（1999年4月）
ルノワール展　　（1999年4月）
ヒューストン美術館展
　　　　　　　　（1999年4月）
19世紀の夢と現実　オルセー美術
　館展1999　　　（1999年6月）
金と銀　　　　　（1999年10月）
源頼朝とゆかりの寺社の名宝
　　　　　　　　（平成11年10月）
皇室の名宝　美と伝統の精華
　　　　　　　　（平成11年12月）

掲載図録リスト

6. 2000年代前半

レンブラント版画展 (2000年3月)
岡本太郎 EXPO'70 (2000年4月)
国宝 平等院展 (2000年5月)
村山密展 (2000年6月)
グレーの画家たち (2000年10月)
エジプト文明展 (2000年8月)
中国国宝展 (2000年10月)
良寛さん (2000年11月)
透明なる永遠の詩 福本章展
　　　　　　　　(2000年11月)
メルツバッハ・コレクション展
　　　　　　　　(2001年4月)
ダ・ヴィンチとルネサンスの発明
　家たち展 (2001年7月)
レオナルド・ダ・ヴィンチ〈白貂
　を抱く貴婦人〉 (2001年9月)
松永耳庵コレクション
　　　　　　　　(2001年9月)
聖徳太子展 (2001年10月)
巨匠たちが描く日本の美
　　　　　　　　(2002年1月)
横山大観その心と芸術
　　　　　　　　(平成14年2月)
長谷川良雄展 (2002年3月)
松方・大原・山村コレクションな
　どでたどる美術館の夢
　　　　　　　　(2002年4月)
シーボルト・コレクション日本植
物図譜展 (2002年4月)
ウィンスロッポ・コレクション
　　　　　　　　(2002年9月)
ヴェルサイユ展 (2002年10月)
ウィーン美術史美術館名品展
　　　　　　　　(2002年10月)
クールベ展 (2002年11月)
大日蓮展 (平成15年1月)
神秘の王朝 マヤ文明展
　　　　　　　　(2003年3月)
コレクションにみる画家たちのパ
リ (2003年6月)
クリムト 1900年ウィーンの美神
　　　　　　　　(2003年6月)
レンブラントとレンブラント派
　　　　　　　　(2003年9月)
大英博物館の至宝展 (2003年10月)
天空の夢 絹谷幸二展
　　　　　　　　(2003年11月)
エルミタージュ美術館展
　　　　　　　　(2004年7月)
マティス展 (2004年9月)
大兵馬俑展 (2004年9月)
フィレンツェ―芸術都市の誕生
　　　　　　　　(2004年10月)

7. 2000年代後半

踊るサテュロス展 (2005年2月)
ジョルジュ・ド・ラ・トゥール―

光と闇の世界　　（2005年3月）
ドレスデン国立美術館展—世界の
　鏡　　　　　　（2005年3月）
バロックへ、ロココの匠
　　　　　　　　（2005年3月）
最澄と天台の国宝　（2005年10月）
プーシキン美術館展（2005年10月）
プラド美術館展　　（2006年3月）
ヨーロッパ絵画の400年
　　　　　　　　（2006年4月）
ピカソとモディリアーニの時代
　　　　　　　　（2006年4月）
ルーブル美術館　古代ギリシャ芸
　術・神々の創造　（2006年6月）
ペルシャ文明展　　（2006年8月）
オルセー美術館　　（2006年9月）
浦上玉堂　　　　　（2006年9月）
プリズム：オーストラリア現代美
　術展　　　　　　（2006年10月）
レオナルド・ダ・ヴィンチ—天才
　の実像　　　　　（2007年3月）
二人のクローデル展（2007年4月）
日展100年　　　　（2007年7月）
京都五山禅の文化展（2007年7月）
大徳川展　　　　（平成19年10月）
旅展　異文化との出会い、そして
　対話　　　　　　（2007年12月）
天璋院　篤姫　　　（2008年2月）
美が結ぶ絆　ベルリン国立美術館
　所蔵日本美術名品展
　　　　　　　　（2008年4月）
芸術都市　パリの100年展
　　　　　　　　（2008年4月）
フェルメール展　　（2008年8月）
丸紅コレクション展（2008年11月）
ルーブル美術館展　（2009年2月）
尼門跡寺院の世界（平成21年4月）
ゴーギャン展　　　（2009年7月）
THE ハプスブルク　（2009年9月）

8．2010年代後半

セーヌの流れに沿って印象派と日
　本人画家たちの旅（2010年10月）
荻須高徳展　　　　（2011年6月）
地上の天宮　北京・故宮博物院展
　　　　　　　　（2011年7月）
北京故宮博物院200選
　　　　　　　　（2012年1月）
マウリッツハイス美術館展
　　　　　　　　（2012年6月）

著者略歴

大屋　幸世（おおや・ゆきよ）

1942（昭和17）年、前橋市生れ。早稲田大学大学院文学研究科博士課程修了。鶴見大学文学部教授を2006年に辞職。著書に『鷗外への視角』、『森鷗外　研究と資料』、『書物周游』、『蒐書日誌』1～4、『追悼雑誌あれこれ』、『日本近代文学書誌書目抄』、『砂子屋書房本』（共編）など。

大屋幸世叢刊 8
展覧会図録の書誌と感想

二〇一五年八月十日　初版二〇〇部第一刷

著　者　大屋　幸世
発行者　八木　壯一
発行所　日本古書通信社
〒101-0052
東京都千代田区神田小川町三一八
駿河台ヤギビル5F
電　話　〇三（三二九二）〇五〇八

印刷所　上毛印刷㈱
製本所　㈲協美製本

落丁・乱丁本はお取替いたします。

©Yukiyo Ohya 2015 Printed in Japan
ISBN978-4-88914-052-1 C0091 ¥2200E